U0568415

# 漢書下酒

西坡 ◎ 著

文匯出版社

# 自 序

我从髫龄而至知天命，不敢说"一辈子"，半辈子跟"书"纠结在一起，是没有一点问题的：念书（上学）、读书、教书、编书、著书、品书……从未中断；至于买书、藏书之类的习惯和爱好，虽然大不如前，却一直保持到现在。大抵如此。

宋释道原《景德传灯录》卷十六载义存禅师示众语："我若东道西道，汝则寻言逐句；我若羚羊挂角，你向什么处扪摸？"他的话，被历代有学问的人推为写诗作文的最高境界之一。可是那些人也不想一想，羚羊挂角于树，双脚不着于地，表面上似乎无迹可寻了，但若在光天化日或月明星稀之下，角再怎么挂，想要千方百计地脱离人们的视线，没那么容易，它的投影终归还要留在地上，被人家发现、解读、认识、批评。

让自己得到的同时，又不想让别人得到，很难。比如发表文章，不就是为了让读者了解自己吗？然而，写文章的人却不希望把自己暴露在读者面前，可能吗？这就是"二律背反"。通俗地说，有点"矫情"了。

我乃凡夫俗子，既然"羚羊挂角"的事不想做、做不了，那就只能认同"雪落无痕，雁过留声"了；而且重点更应落在"雁过留声"上。因为这几乎是所有率而操觚者的"通病""谵妄"。好在孔子他老人家也不避"吾从众"了，我自然不能例外。

这就是我希望出版此书的初衷、私心。

呈现在读者面前的这本《汉书下酒》，可以说是我与书结缘半个世纪的"留声"的成绩——尽管是微不足道的成绩。

说来惭愧，即使是"留声"，留得也许并不"响亮""悦耳"，甚至只能以"瓦釜"之声对待。既然如此，要想以"雷鸣"自许，断不可能。

"汉书下酒"这个书名，倒不是毫无由来。坊间习见，是宋人龚明之《中吴纪闻》卷二"苏子美饮酒"一节："子美豪放，饮酒无算，在妇翁杜正献家，每夕读书，以一斗为率。正献深以为疑，使子弟密察之。闻读《汉书·张子房传》，至'良与客狙击秦皇帝，误中副车'，遽抚案曰：'惜乎！击之不中。'遂满饮一大白；又读至'良曰：始臣起下邳，与上会于留，此天以臣授陛下'，又抚案曰：'君臣相遇，其难如此！'复举一大白。正献公闻之大笑，曰：'有如此下物，一斗诚不为多也。'"

"前四史"（史记、汉书、后汉书、三国志），毫无疑问，是中国古代史书不可逾越的高峰。或问：难道阁下要把自己的这本书比作《汉书》不成？非也！拙著名称里的"汉书"，肯定不是指"前四史"中的《汉书》，否则，岂不是附骥攀鸿了吗？其所谓"汉书"者，乃是取

"用汉字写成的书"的意思；而且，这里的"下酒"，也只是自斟自酌，并不要求读者"共下"。至于是否灾梨祸枣，非我所能计，全凭读者裁夺。这是需要特别声明一下的。

这本小书分成五辑（书人、书蠹、书香、书缘、书窗）。书人者，描述各类著书人的行状或事功；书蠹者，以寄生于书籍之中自况，是为本人或书友编写的著作所作的序跋结集；书香者，品读书籍之后留下的点滴印迹，称作"书话"亦无不可；书缘者，记录本人读书的经历和聚书的哀乐；书窗者，开一扇小窗，透透气，换换脑，属于哲学笔记性质。

拙著里的文章，发表的时间跨度，有的前后竟隔了二十多年！不过，读者朋友完全不必担心，因为作者说到的那些书人书事，里面传达出的基本理念，不受时间限制，自有存在的价值；若再把话说得放大些，就是：既有历史意义，也不乏现实意义。内中的苦心孤诣，读者谅能体味。

桂国强先生、陈今夫先生、陆康先生、王震坤先生鼎力襄助，俾使拙著的出版，顺利而漂亮。人们常说，"赠人玫瑰，手有余香"；而我更喜欢这样一句英国谚语："玫瑰在汝手，芬芳满吾心。"（The roses in her hand, the flavor in mine）我没有什么可以表示我的感激之情，好吧，就把这句话送给他们。

西　坡

2017 年 6 月

# 目　录

1　自序


## 书　人

3　"烂柯山人"写小说
　　——章士钊与《双枰记》

6　为了"纪念"的"忘却"
　　——也谈鲁迅人生中的两个"软肋"

10　"君子作歌，维以告哀"
　　——小记陈子展先生

13　他是一团棉花
　　——关于施蛰存先生和"施蛰存现象"

16　"大清遗老"
　　——速写钱仲联先生

19　流年碎影话张老
　　——略谈我与中行先生的交往

22　"话痨"金克木
　　——访金克木先生

25　慈若梵澄
　　──与徐梵澄先生聊天

29　"扎硬寨""打死仗"的名编辑
　　──回忆范泉先生

32　带了一肚子的掌故，他走了
　　──悼周劭先生

35　"那就找个字分析分析吧"
　　──我和张斌先生的一段师生缘

38　"三好老师"
　　──邓云乡先生印象

40　"北郭先生"

43　那些有包浆的影像

48　渡边一瘦

52　面壁十年图破壁

56　旧雨新知

59　充满生命体征的雕刻

63　顾太清

# 书　蠹

81　当记忆成为一种奢侈

86　收藏历史

88　明清娱情小品撷珍

91　回到纯真年代

93　漫画化的《三国》

97　吃嘛嘛香

100　吃着碗里

103　南北通吃

105　何必舔破窗纸

107　我只看想看的文章

113　了不起的米舒

119　性情文字

121　追踪"秩序里的中断"

124　看，镜头在说话

127　爱因斯坦也是哲学家

131　"成人的童话"

136　闲情逸致

140　人情长短

144　名物采访

148　哀乐人生

153　名士风流

158　旅情印痕

161　艺林散步

164　读书有味

168　何谓杂文

171　何谓小品

175　何谓随笔

178　世界那么大，应该去走走

180　旅行的意义

3

182　追逐美食，也是一种情怀

184　因为养生，所以长寿

187　毛病可以吃出来，也可以吃出去

190　上海底牌

193　美味成殇

195　人生安分即逍遥

## 书　香

199　流云

201　志摩的字

203　脚踏中西文化两只船

207　偏好读黄裳

209　直言不讳的价值

212　关于《天地》

217　魅力在坦率

219　应有的姿态

222　游吟者的笔杖

224　海派无派

227　敬畏如斯

229　倾听与悦读

232　文人相嬉

235　神功奇行之类

238　必攻不守的人生境界

241 唱盛上海的企图

243 直笔写史话"引资"

245 孩子的读物

248 流言：流产或者变成传奇

251 知周万物　道济天下

253 认识里尔克

256 纯正的浪漫

258 一个狞厉的童话

260 网络时期的报纸副刊

## 书　缘

273 怀念与老萨同行的日子

277 两家书店

281 完成了一个轮回

284 《大系》系我

288 放诞：文人的另一面

291 告别矫情

294 文人无奈

296 文人尖刻闲诂

299 一间自己的屋子

302 作家与客厅

304 方向感

306 风度

309  批评家的气度

311  咬嚼与学问

313  玩《周易》

315  重译之风缘何起

318  娱乐圈的"性福生活"

321  该谈技术的地方不要胡扯

324  这点屁事不难看

327  "学的散文"还是"人的散文"

## 书　窗

333  爱老师，爱真理

335  上帝死了

337  梦是利比多的伪装

339  历史积淀

341  凤凰涅槃

343  没有两片叶子是相同的

345  生活之树长青

书人

# "烂柯山人"写小说

## ——章士钊与《双枰记》

　　端木蕻良先生在致《中国近代文学大系》编者的信中，忆及幼时读过的几部小说，中有"烂柯山人"所做的小说。端木老似乎不清楚"烂柯山人"究为何人。其实"烂柯山人"正是鼎鼎大名的章士钊先生之笔名。

　　据毛泽东的侍从人员说，毛颇喜欢和一些思想保守的人士交朋友。在这些"保守人士"的名单中，章氏无疑是个重要人物。章氏在近现代中国政坛文坛上是以保守形象鸣于世的，他被世人所诟病，主要因为两件事：一是与新文化运动对垒，反对白话文。他的反对白话文的观点一直到晚年未有丝毫改变。有一回，他的子婿乔冠华问他何以家里没有《鲁迅全集》，是否因为与鲁迅打笔仗的缘故。他对以"不读白话文，故不置"云云。这个回答显然勉强得很，因鲁迅著作中不乏古奥的文辞，但他这一"遁词"，至少可以映出他保守的一面。二是站在学生运动的反面，有"老虎总长"之称。迨鲁迅《记念刘和珍君》一出，章氏"反动"的"臭名"便昭著了。实际上章氏对学生运动之反感，倒并非因其长北洋司法、教育两部，于是"反动"了，而是大有渊源。早在1902年，他就读于南京陆师学堂，为响应上海公学退学风潮，率同窗买舟之上海，加入上海爱国学社。在其中年，他对此事便有刺骨之悔，谓："罢学之于学生，有百毁而无一成，何待他征？愚所及身亲验，昭哉可睹，既若此矣。"由此可见，章氏对女师大事件采取压制的手段，是不足怪的。虽然以"保守"论章氏一生大致不错，但他也确有激进的表现，如他主《苏报》《甲寅杂志》（前期）笔政，就颇有倡扬革命的言论；国共和谈，他是起了积极作用的。

一般人多从"政客"一面来认识章氏，实在说来，他并非这方面的"料"，而是一个地道的"墨客"。他的文章瓣香桐城一路，又受严复的影响，再加上游学英伦，专攻逻辑，故他的作品文法谨严、精密繁复，时称"逻辑文"。他的老友陈独秀为国民党当局所拘，他出任律师，其辩辞后来成为学律者必读的教材。陈子展教授曾说，读章氏之文，"总觉得它极为谨严莹洁"，"又严正，又幽默；又深刻，又公允，真有趣味"。1959年，他任中央文史馆馆长，恐怕与他在文史上的造诣不无关系吧。

像这样一个"保守"的人，居然在1906年时发表了一部言情小说，这就是《双枰记》。之所以要著这部小说，说来竟是因生活窘迫急于换稿费。小说叙述的是革命党人何靡施（原型是否为何梅士？）一日去公园游玩，与一朋友下棋，隔壁一桌有妙龄女郎沈棋卿亦正与女仆下棋，忽遭外国流氓调戏，靡施挺身救助，博得沈的好感，由此而上升为爱慕。但以革命为第一要义的靡施无意寄情于温柔之乡。后来沈的那位俗气的中表兄弟桂儿利用沈父从前随口说过要把女儿许配给他的一句话，频频向沈献媚。靡施得知后深悔自己的高傲孟浪，欲与棋卿修好。由于奸人从中作梗，靡施与棋卿竟不得相晤深谈。最后靡施在赴日途中蹈海自沉。

如用现在的眼光来看，这个故事既简单又乏味，但在当时算得上缠绵悱恻，而且其叙述方法独特，用"烂柯山人"的提示、靡施的自述和旁人的回忆等等手法穿插敷演故事，技术上还比较先进。尤其是，他把当时的一些著名人士如章太炎、吴稚晖、蔡元培、陈独秀等都编织进去，造成了一种既不似纪实又不像完全虚拟的效果，如安恺第演说一节，可以从钱基博、郑逸梅的文章得到佐证。章士钊并非是个高明的小说家，他往往急急忙忙地跳出来，通过"烂柯山人"和其他人物之口发表对政治的看法和对社会风尚的理解，其中既有真知灼见，亦多迂阔之论，因此，这篇小说亦可成为研究这位有争议的人物的极好材料。

又，《双枰记》，1906 年由甲寅杂志社出版，小 64 开本，版式十分好看，现存上海图书馆，可能已是孤本了。

# 为了"纪念"的"忘却"

## ——也谈鲁迅人生中的两个"软肋"

鲁迅下世已有 80 个年头了。按中国老例,80 整年的忌日应该被看作纪念的"大年",总得发点声音。膜拜也好,应景也罢,乃至于"消费",至少表示此间还没忘记这位前辈。

就是在这个节点,微信群里有个帖子《一生欠安》,传播甚广,"流水"达到了 10 万+,这还仅仅是标为"原创"平台显示的数字;有些微信公号"扒"了这个帖子,"标题党"一下,变为《如何优雅地抛弃原配》等等,再放到自己的平台上,也获得了惊人的点击率。

帖子是讲鲁迅和其原配朱安之间的"故事",很容易嗅出是一篇声讨鲁迅"道德瑕疵"的"檄文"。作者似乎很享受替人代言的过程,所以遣词造句有点忘乎所以的放开。事实上,朱安近于文盲,决计写不出诸如"于我而言,爱是生活,是死生契阔的相依相随,是细水长流的饮食起居。我以为,经年的忍负与牺牲或可换来先生的一杯柔情,没承想,我的深情却是一桩悲剧,我的爱情亦是一场徒劳"的句子。孔子曰:"巧言令色鲜矣仁。"这大抵是老夫子看多了这类"饶舌者",

故而给予世人的一点警告吧。

关于鲁迅与朱安的婚姻，谁也不配讲——因为配讲的人已经死了；谁也说不好——因为婚姻如同穿鞋，好不好只有当事人知道。余下来的，就剩"作为意志和表象"的研究性课题，乃至于一种谈资。

对于旧式婚姻，现代人隔膜已久。在新的婚姻文明到来之前，作为旧时代的标准制式，包办婚姻任何人都无可逃遁。由于缺少充分合理性，当时的人对之所作各种形式的反动，如用当下的理念观照，都可显示其正当性。相比林语堂的圆满，胡适的隐忍，徐志摩的决绝，茅盾的机巧……鲁迅的选择，我以为可能更趋于"死板"一路；况且，朱安也不是廖翠凤（林太）、不是江冬秀（胡太）、不是张幼仪（徐太），不是孔德沚（沈太）……这就注定了鲁迅与朱安的婚姻会打上与众不同的印记。鲁迅说得很明白，朱安"是母亲给我的一件礼物，我只能好好地供养她，爱情是我所不知道的"。这句话，可以看作鲁迅对此桩婚姻的差评，同时也宣示了他对母亲，对朱安的承诺。

鲁迅接受母亲的"礼物"是在 1906 年，而中国历史上依据《民法》的第一桩西式文明离婚案例，即徐志摩与张幼仪的离异，是在 1922 年（徐志摩是在柏林签的字）。鲁迅和朱安的"悲剧"，生不逢时是一个因素；更重要的，是鲁迅不愿"离"，朱安不肯"离"。因为他们深知，一个被"休"了的女人，其未来意味着什么——生活乃至生命，毫无保障。那么，鲁迅错在哪里？是移情别恋后无法实现和朱安的婚姻正常化，还是没有选择离婚？都不是！那种站在"道德高地"，认为鲁迅在婚姻上不作为而由此存在着一个"道德瑕疵"，既缺少常识，又悖离常理，更不近常情，无形中，作者对于旧式婚姻制度的认可或欣赏，一览无遗。

"我们住在二弟周作人处，弟媳信子是日本人，作人留洋日本时'自由恋爱'而结合。她思想进步，又懂写字，深得先生喜爱。"这段文字，也是出自于《一生欠安》一文，它露骨地暗示先生（按：指鲁迅）偷窥弟媳羽太信子洗澡的传言，竟不幸被朱安的"话"坐实了。

在作者看来，这当然是鲁迅一生抹不掉的又一个"道德瑕疵"。可惜的是，猜测仅仅是猜测，尽管与真相可能隔着只是一层纸，但它永远也不会成为真相。

可以看出，作者对于"鲁学"的成果知之甚少。无法想象，一个连八道湾的房子究竟是谁买的都搞不清的人，怎么就敢写出"我们住在二弟周作人处"这样的文字？"窥澡"一事，早就被认为"无稽之谈"了，由于信源来自具有歇斯底里症象的羽太信子一面之辞，故连对鲁迅进行"有罪推定"的可能都没有。再综合一些不支持"偷窥"成立的细节——八道湾后院的房屋，窗户外有土沟，还种着花卉，人无法靠近；鲁迅和羽太信子彼此早有过节；鲁迅在日本求学时见识过当地的沐浴风俗；为了克制性欲，鲁迅坚持用冷水洗澡……在那种"语境"下再发生"窥澡"事件，其概率有多大？不厌其烦地渲染"窥澡"事件，和炒作"朱安"同样乖于常识、常理、常情。事实上，煞费苦心的描摹，最终只能成为一塌糊涂的垃圾。

如果有人希图用放大"婚姻"和"偷窥"这两大所谓的"道德瑕疵"，进而把鲁迅从"神坛"赶下来打入"凡界"，我想他一定是用错了方法。鲁迅是伟人，不是完人。能够证明他不是完人的地方很多，然而可以肯定的是，两大所谓的"道德瑕疵"不在其内。那些通过有选择地"忘却"（罔顾事实），搭乘忌日的"顺风车"来"纪念"（恶意贬损）鲁迅的言行，除了为了博取点击率或迎合"吃瓜群众"的猎奇心之外，我看不出有什么新的发明，没准他自己的恶俗趣味，倒在光天化日下被曝晒了出来。

# "君子作歌，维以告哀"

——小记陈子展先生

初见名人，不生敬畏（此处义偏于"畏"）之心的，我总觉得不很正常。如果一个很正常的人，见名人而一点不"畏"，并不是他有良好的心理素质，而是，那名人确有极好的修养和完善的人格。这样的名人，或者确切地说是年高德劭的名人，我遇见过那么三位：郑逸梅、施蛰存、陈子展。而展老给我的印象最为深刻。

展老年龄长我一个甲子还多，却称我为"先生"。说这是展老对我的"谬奖"，那话可就说得太大了。事实上，展老对任何人，一律尊称为"先生"。此是他老人家私德中很让我钦佩、折服的一面。我就听说过某位名流，年不过花甲，却口口声声称某报年轻记者为"小家伙"。虽然是昵称，或许并不含鄙视成分，只是，倚老卖老，究竟不是滋味。

展老昏暗的居室中并无太多的东西，一小铁床，一大橱，一矮柜（部分空间被书占领），几把椅子，都很陈旧，决不考究。毕竟是文化人。吃的睡的可以马虎，有些诸如与读书、写作搭界的东西，书桌、书写座椅、落地灯、躺椅等，绝对的精致，甚至可称豪华。相比之下，他的衣着又使人觉得太隔世了，简直像个老农。虽然年迈，虽然隔世，却有个绝对开放的头脑。有人曾向他讨教生活的"妙谛"，回答是："混。混到哪里是哪里。不是你错就是社会错！"自然，"陈氏混法"并不是"混日子"，内核实是一"闯"字。

展老早年别署"楚狂"，文笔犀利，锋芒毕露，连鲁迅、周作人这样的大人物都敢碰。他的《不要上知堂老人的当》，是震烁文坛的名文。对于莘莘学子，却扶掖揄扬，不遗余力。抗战时，展老在重庆复旦大学任中文系主任，有个考生国文极佳，可数学考了个零。他怜才惜才，力主录取，校方则不允。最后他以辞职"胁迫"，校方才同意开个特例。这个学生，就是后来成为著名学者的杨廷福。

我每次去看他，老人总是拉着我的手，给我讲诗，像杜甫的《闻官军收河南河北》和龚自珍的《己亥杂诗》（九州生气），是一句一字地讲解。一次，他对我说："你知道龚定庵的'万马齐喑究可哀'中的'万马齐喑'的出典吗？啊，原先我对此也百思不得其解，后来到苏州玄妙观，看见祭台上供着纸人纸马，才突然悟出龚自珍这首诗原是游火神庙时的感发呢！"一经点拨，我才觉得自己读书真是没读到家，自以为很熟的，实际上却是根本没读通，只感到芒刺在背似的不安。

每次，和展老闲聊文坛掌故，最是愉快。对鲁迅、周作人、林语堂、钱锺书、郭绍虞、刘大杰、胡秋原等人，他都有轻松有趣的评价。谈到读书，展老来劲了，告诉我，30年代，施蛰存与鲁迅关于"《庄子》与《文选》"之争，他是支持施老的，但对鲁迅，还是很佩服。

展老对究竟应该看什么书，并不意气用事。其实早在30年代，他就主编《读书》杂志，办得有声有色，品位极高。记得上面刊过一篇评论鲁迅的重要文章，作者就是获诺贝尔文学奖的赛珍珠。可惜现在不见有人提起。我曾经拿着这份杂志给伍蠡甫先生看，伍先生爱不释手，连声说："好得不得了！"那副对展老敬重的神情，着实让人感动。

展老是作家、诗人、教授、学者，在创作和治学上，都达到了极高的境界。与书和学生打了一辈子交道，即使到了晚年，依旧保持着书生本色。1989年冬，我受上海图书馆之托，请展老为他主编的《读书》杂志题词，不久，我去取，见上面赫然写着两句诗："革命成功天晓得，读书无用鬼操心。"署名"大清遗老"。听我吟完，他呵呵一笑，好像调皮的孩子做了一件得意的事。但我却笑不起来，分明感到这谐谑之中包含了沉痛。不知怎的，便记起了《诗经》上的句子："君子作歌，维以告哀。"是了，展老正是《诗经》专家，莫非他在书中找到了自我？

之后的不长时间，便传来展老与世长辞的消息。我记得很清楚，那是1990年4月8日。

# 他是一团棉花

——关于施蛰存先生和"施蛰存现象"

施蛰存先生年开百秩，堪称人瑞。人瑞者，年寿特高外，另含一义，便是人事的吉兆。王子渊《四子讲德论》曰："天符既章，人瑞又明。"海上学界，为北山老人聚首纪念，洵为善举，这至少可以彰显出在商业气息浓郁的时代，我们对于文化精英推崇的热情并没有完全泯灭。在我看来，施蛰存先生已经成为本地文化的"标志性建筑"，我们有很多的理由为这位文坛耆宿的长寿高兴，因为从本质上讲，这和岱岳之于鲁民、匡庐之于赣人的意味是相近的。

很多年以前，我曾提出过一个应该不算奢侈的想法，即倡言把施蛰存先生当作一种"现象"来研究。所谓的"施蛰存现象"，是指施老人生道路上所凸现出来的人格力量和精神资产。研究施老身上某些突出的现象，相信可以使我们了解和把握一个近代知识分子的心路历程以及浓缩了近一个世纪的中国近代文化史的一些特征。

与之对应，"何其芳现象"是另一种类型体，大体来说，是，思想由温和趋于激进，创作由灿烂走向平淡。这当然有着历史和现实的原因，我以为不能贸然断定这种转化一定无价值或是一种倒退。作为"现象"的施老和"何其芳们"是有很多不同，但这并不意味着施老的思想和创作正好走了一条相反的道路。记得施老在《北山集古录》里大致说过这样的话：鲁迅从抄古碑走向革命，自己则是从革命走向抄古碑。这好像是一句戏话，但里面蕴含的沉痛，读者都能感受得到。

因为与鲁迅先生有"庄子和文选"之辩，许多人先入为主，以为他就站在了"左翼"的另一面，所以，在只有一种声音的时代，他的沉寂和被误解是必然的。现在人们明白了，有意识地强化和放大这场争论所包含的非学术因素，实际上并不能使人获得更富想象力的东西。虽然施老在《浮生杂咏》中说自己"知难行亦何曾易，自愧材非革命人"，然而1927年国民党市党部公布的进步学生名单上，施蛰存（当时用"安华"名）先生赫然在列！笔者犹记一事，鲁迅名文《为了忘却的记念》，正是在施老主持的《现代》杂志上发表的，在当时那种恶劣的政治气氛中，这样做是很冒风险的。毫无疑问，施老和当时那些向恶势力献计输诚的所谓文人雅士是异趣的。

当然这只是"施蛰存现象"中值得关注的一个方面。我在这里要特别强调的是，很多颇具才学的人在巨大的政治压力下创造力近于枯竭，几无产出，为什么施老在历经磨难之后，在晚年的十几年光景中却向世人贡献了那么多的成果，而且这些成果整体上超过了以前（小说创作除外）几十年的积累？由此及彼，我想起施老不止一次地跟我谈起他的做人的"原则"或"方式"，即像棉花一样地生活：当受到剧烈的外部压力时，它可以是渺小的柔软的；一旦外部挤压松弛，它便

14

能弹性十足地恢复原样，棉花还是棉花！否则，为此付出的代价就会过于惨烈。我想，这应该也是"施蛰存现象"中的精髓，以此为切入点，许多问题都可迎刃而解。以前，我对施老于傅雷之死持不以为然的态度颇为不解，现在懂了，没有那种棉花般的韧性，我们今天还能不断地享用他的智慧吗？

危难当头，我们推崇那些拍案而起、奋然前行的猛士，也敬重那些义不受辱、慷慨赴死的壮士，而那些在极其困苦的条件下，坚守人格底线，兢兢业业地进行着文化建设的志士，同样值得我们欣赏。在复兴中华、传承民族文化上面，他们始终是中华文明史的命脉所在。"文王拘而演《周易》；仲尼厄而作《春秋》……"，太史公对于这种文化创造者是给予厚褒的。在这个行列里，晚近有陈垣，有陈寅恪，有钱锺书；现在则有我们的施蛰存先生！

施蛰存先生是一团棉花，是一团坚韧的棉花，是一团为百万后学默默做着铺垫的棉花！

# "大清遗老"
## ——速写钱仲联先生

钱仲联先生，诗人、学者，苏州大学古典文学专业博士生导师。关于他，可说的话很多，我不是钱门亲串或弟子，市虎三人，难以摄真。但，所见所闻还是有的，当能略微敷演一则"野史"、几节"趣闻"。

先生自称"大清遗老"（生于清光绪三十四年），原名萼孙，以字行。籍隶吴兴，生于常熟，两地虽仅太湖之隔，他则从未到过吴兴，故取室名为梦苕庵，表示饮水思源。他身上有那样一种怪脾性——好骂和多疑。这两款，不是干他这一行当的人应有的个性吗？话是不错，倘然搬"和为贵"之类，就有点不合时宜。据说，在江苏学界，他和任半塘先生被人私封为"二大骂家"，自己看不顺眼，便要骂，翻来覆去，无非是某某如何不通、某某怎样差劲。某生做了一篇文章寄给一刊物，因为太专门，编辑处理不了，转请钱审阅。他读完，不高兴，招某生来，说："这种题目是你做得了的？还是去多读几本书吧！"吓得某生再不敢把文章投给这个刊物了。学生久不登门请安，他不悦；来得太勤快，他也颇有戒备："这里头该不会有什么企图吧？"从好的一端想，或许这是他对学生的严格要求，从坏的一端想，或许归咎他的脾性。说仲联先生原具倍受人的崇敬和挚爱两面，也许，正因他的"怪"，渐渐，失去了后一面。似乎有人说过："成就大，火气大。"循着这一条，我们对于钱先生，大概可以归于见怪不足怪了。

仲联先生还有让人觉得"怪"的地方，是在旧诗的创作和古代文献的整理、研究上的精湛造诣。对于诗，他自视极高，确实，作为中国旧式文人的一门绝活儿，现在能够把它弄得像个样子的人已经不多，佼佼者更少。他十几岁开始写诗，28 岁出了第一本诗集《梦苕庵诗存》。那个长他几十岁、和曾朴合写《孽海花》的近代文学家金天翮，见了钱诗，击节赞赏，叹为"才雄骨秀，独出冠时，老夫对此，隐若敌国"。诗人杨云史推他为"异才，仲则仲瞿，伯仲之间"。其他近代诗人陈衍、陈诗、许承尧等在他们的诗话中，都对这位新出道的诗人给予佳评。少年得志，他愈发有些孤傲了。也因此，他替人写条幅，录的全是自己的旧作。在古典文学的整理、笺注、编选上，可以说，他是半个世纪来我国成就最大的学者之一。钱锺书先生就说过，"如果钱仲联先生不能带博士生的话，谁还有资格带？"一次，某出版单位邀请研究中国文学史的专家合作编纂一部著作，编辑会上，也许疏忽，他被冷落了。前北大中文系主任季镇淮教授一看不对，就很严肃地向主持者交涉："怎么能这样对待钱先生呢？"于是，他被恭恭敬敬地请到前排就座，并任某断代文学史的主编。难以置信，他 18 岁那年发表在《学衡》上的《近代诗评》，一直是研究近代诗的必读之作。可他坚持说，学术，只是他的副业。

他在古代文献的研究和整理上滚了一辈子，不知诠释出了多少疑难，而人情世故这篇文章，他倒是不大做得通的。但他有时也出奇地"拎得清"。有一年夏天奇热，他被作为"重点保护对象"住进了空调房间，他逢人便说这事，好不得意。那天，我陪个朋友去看他，顺便向他提了有关他主编的一部书稿的修改意见，他勃然大怒："政府把我当宝，可你们呢？"差点没把我们骂晕过去。

还有一回，是我亲眼所见。章培恒先生请他吃饭，到宾馆接他下楼。别人都对他恭恭敬敬，让他走在前头，自己紧跟在后。此时的钱老，拄着手杖，挺胸阔步，器宇轩昂，旁若无人，毫不客气地走在最前头，俨然像个皇帝！他自视之高，可见一斑。

他80岁生日，老同学王蘧常没有送"红包"，而是写来一副对联："五十年昆弟之交亲似骨肉，八百卷文章寿世雄视古今。"在我看来，上联是实写，下联便有"捧名角儿"之嫌了。然而，钱先生的一个年近70的老学生告诉我："在无锡国专，仲联老师的骈文是同学们很佩服的。"我又记起一件旧事，有次赴苏州大学前，到郑逸梅先生处串门，老人郑重嘱托："请带一句话给钱先生，说，我对他的文章很佩服！"看来，王蘧常先生的话，和他的书法一样，都是可以传世的。仲联先生格外珍视这副对联，特地请人镌在木板上悬挂起来，曾喜形于色地对我说："王先生的字可是很值钱的呐。"我暗忖，王先生的字固然值钱，你钱先生的文章何尝不值钱呢？想着，话刚要出口，马上缩了回来，否则，他听了这话之后，恐怕又要有戒备了："这里头该不会有什么企图吧？"

# 流年碎影话张老

——略谈我与中行先生的交往

　　我和张中行先生不熟，见过一回面、通过两封信而已。但我认识他却不晚，这当然是通过他的书，通过我的一些朋友谈他的"逸事"或对他的印象。

　　大约20世纪80年代中晚期，我借到一本书，这就是《负暄琐话》，装帧简陋，是我向不关注的一个出版社出版的，内容倒很对我的口味，作者张中行。文章写得流丽通脱、简洁从容，风格近于兰姆，而趣味却是《世说》之流亚。我们这一代人是靠读杨朔、刘白羽、秦牧而认识散文的，如今张先生无疑地让我知晓散文的天地和境界原是很阔大的。不久，我又读到他的另一本不太为人注意的小册子《语文杂谈》，又是一惊，他用一种家常体的文笔来探讨当前语文学习和教学的得失，中肯而不失温厚，亲切得让人感动。于是他在我心目中树立起了崇高的地位。

　　90年代初，张先生的文名已是如日中天，可在上海，他的文章见报的极少，正好我的一个朋友在一家报纸编副刊，我向他进言：约张先生写稿。朋友让我代办。我欣喜若狂,胆子大得竟直接写了一封约稿信给他。事后我就有点懊悔: 我代编辑约稿,这算什么事! 张先生会理睬这名不正言不顺的"约稿"吗?然而,他的大作如约而至,写的是妇女解放问题。不知是朋友不懂文章还是漫不经心,张先生的文章居然发不出来,最后竟被他弄丢了! 我真是无地自容,不敢与张先生通问。张先生好像交卷之后文章就与自己无关似的,也不来问询。一段时间后,来一函,托我关心一下他给另一家报纸写的一篇文章的下落。在他那头也许是不经意的,在我则犹如芒刺在背。我写了一信给他,把两桩事都说明了一下,并请他宽谅。他来信说了一些安慰的话,我觉得他真是个仁厚的长者,他一定以为我还是个鲁莽的孩子。但这事从此成了我的一个"心病"。

90 年代中期,我有事赴京,王为松兄托我请张老为他编的语文刊物就语文学习写一段话。王兄与他相熟,此事应无问题,我亦想借机向他当面请罪,所以欣然前往。到京,由扬之水女士之介,我去看他。真是人如其文,不张扬,待人接物,彬彬有礼,话不多,不像金克木先生的侃侃而谈,大多你问他答,简洁得让你觉得他是个没有激情的人。他对我的那个"心病"表示不以为然,但同时也拒绝了王兄的约稿,理由是"写不来"。我知道这是表示他不喜欢凑热闹。我转而请他为我主持的一套丛书写或编一本,他说这会儿没空,正赶写一本回忆录。我们随便谈了一些业已出版的有关知堂的书和经常在《读书》上写文章的上海作者的情况。因为在座的还有其他客人,我不敢喧宾夺主,大约待了一小时,告辞。他还是那样彬彬有礼地把我送下了电梯……

　　一次，沈诗醒女士到我办公室来玩，说与张老熟，正要赴京去看他。这不觉勾起了我的那个"心病"，于是让她游说张老为那套丛书写一本。沈一口答应。回来后，沈女士说张老同意为我们出版社写一本书，但他不愿放在丛书中。无论如何，这是极好的消息。

　　过后不太久，我调离出版社，这事也就无从过多关心，但我心里一直惦记这本书的命运。大概过了两年，书出版了，张老没有食言。我想这就是他为人的写照：诚信，平实，特立独行。他的文章好看，他的人品更让人敬仰。他的那本书，我没经过手，有点遗憾，但因这里面蕴含了我的一点小小的贡献，我想，我的那个"心病"终于可以释然了吧！

# "话痨"金克木

## ——访金克木先生

我去北大朗润园访金克木先生，是在 1996 年秋天。

那次我是赴京组稿的，金先生是组稿对象之一。因为五岁的儿子在家没人带，所以我以长见识为由让他随行。

从丁聪及金克木自己的文章推想，金先生一定是个儒雅、洋气又很风流倜傥的人。又有传说，有一次他去赴一个很庄重的会，有位领导夸其谈且令人不知所云，别人都装出"洗耳恭听"的样子，唯独他屁股未坐热即气宇轩昂地拂袖而去，可见他的狷介。

然而这些判断未必全对！他是个小小个子的干瘪老头。天气未凉，他已早早地穿上了皱巴巴的中山装。在我到过的学者寓所中，金宅是最最混乱的一家。以所谓的客厅为例，一张床，是我们在电影里看到过的军人睡的那种木板床，已铺了棉絮，那破棉絮不知怎的就翻到了不甚熨帖的床单上头，实在"惨不忍睹"。床脚旁放着一只很旧的篮头，用一条积满灰尘的毛巾盖着，无法想象里面会放些什么东西。意外的是，一台电视机倒很注意防尘，只可惜用一只大塑料袋罩着。

尤可怪者，大学者的客厅居然不见一只书架。当然，书是有的，是二十四史中的几种，线装，被胡乱堆在一个墙脚边。早就听人讲北方学者的家里不讲究装潢，但整齐干净似乎应该做得到，如我到过的季镇淮、徐梵澄、吴小如、张中行等人的家，像金宅那种情况，我只在骆宾基家见过，不过骆先生的家具可比金先生的强多了。也许金先生是想让人知道："我的学问就是这样出来的。"这里面是否含着讽刺意味？我想，是的。

金先生健谈，倘说一个钟点的谈话，其中55分钟是被他"打发"掉的。我原先想请他点评《史记》，他说不敢也没精力，然而却对着《史记》说三道四起来。他说有的选本怕读者厌烦，常常把其中的表序删掉，很傻，须知从这里面可以看出许多问题。由《史记》而转入它的标点，并扯上了顾颉刚，因为顾先生正是这套书的总负责之一，"顾颉刚比较喜欢紧跟形势"。听得出，金先生对顾并不佩服。不知怎的，我们又说到了《史记》的文体，他讲了司马迁许多好话；突然话锋一转，顺便刺了当时风头正健的一位所谓文化散文大家一下，表示出相当的不屑。由此说开去，他评骘起学人的学问，"现在搞国学的人当中，程千帆是不错的。"哦，程先生，我也是见过的，我想，他提到程千帆是有道理的，因为他俩正是武汉大学的同事，可能关系还很不错。

宾主无拘无束，有时他说到得意处，禁不住手舞足蹈起来。我儿子大概觉得这位老爷爷很好玩，冲着他哈哈大笑起来。金先生便开心地指着小孩说："你看，他也听懂了！"其神情，活像个调皮的小孩。

金先生给我留下最深的印象，是恃才傲物。是啊，他只有小学学历，全靠自学，成就却极大（记得《知堂回想录》中提到，金克木从印度回来，令北大东语系实力大增），他有理由相信自己的判断。

赴京前，施蛰存先生问我准备看些什么人。我说了一大串名字，其中就有金克木。一听"金克木"，施老便说道："这个人油得不得了。"施老了解他，因为30年代施老办《现代》，金克木便以现代诗投稿。只是，施老不曾想到，都过了那么多年了，他的这位老朋友还是那么"油"。我想这种"油"，更多的是表现出一种机智和自信吧。

听说金先生临终时要求家人让他"笑着离开"。这是何等的洒脱！

金克木那一辈的学人中，我见得多的是正襟危坐、不苟言笑。金先生可能是个另类，所以至今让我怀想并津津乐道。

# 慈若梵澄

## ——与徐梵澄先生聊天

　　说起梵语文化，大多数人马上想到季羡林：喔，季老，泰斗；倘若再深入一点，就有人说：还有金克木呢；更专业的圈子，则会放话：不要忘了徐梵澄！

　　有一种说法，论学术地位，他们三个搞梵语文化大师级人物的排序，应该倒过来。

　　我不学无术，既不敢"站边"，也没资格置一喙。不过，假使这三位学人成为百万后学的偶像，我是"粉"徐梵澄的。事实上，我就是他的"粉丝"，老"粉丝"。

　　20世纪80年代中期，我太太从学校带回一本书，是同事展望之借给她的：布面精装，小开本，青灰色；封面没有什么设计，上面一共七个字：尼采自传 梵澄译。当时，"尼采热"还没到"轰轰烈烈"的程度，我接触到了。说实话，所谓"自传"，并不是敷演故事的那种，似乎仅仅是"我的哲学思想发展史"，对我吸引力不大，倒是"梵澄"这个怪名字被我记牢了。

80 年代末，因为工作单位就在福州路上，到各大书店转转，成了日课，我自诩为"书店巡按使"。古籍书店背后有家分店，卖些不太热销的学术书，一般人不知道，来者极少。在这里我发现了一本《老子臆解》，中华书店出版，不厚，封面仍是青灰色。我翻了翻，放下，因为家里关于《老子》的书已有五六本，再加上作者诠释语言有些晦涩，不喜欢。不过，作者的名字让我眼睛一亮：徐梵澄。难道就是那个翻译尼采的人？对的。那就买吧。

1991 年，三联书店"读书文丛"增添了一本《周天集》，是印度"三圣"之一室利阿罗频多的"箴言集"，好看。译者还是徐梵澄！从译笔看，译者是个似乎脱离中国大陆好多年的人。我暗想：这人跨界跨得厉害，渊博啊！于是写了篇书评，发表在了《文汇读书周报》上，算是向梵澄先生致敬。

1994 年上下，王元化先生主编了一套学术丛书，徐梵澄的《陆王学述》被罗致进去。他的学术视野之宽，让我更有高山仰止的感觉。

终于可以见到徐梵澄先生了。那是 1996 年。

在这之前，我已把梵澄先生的"老底"摸了一遍，大多集中在他与鲁迅的交集上，比如，鲁迅要梵澄翻译尼采《自传》和《苏鲁支语录》，并把它们介绍给了赵家璧和郑振铎，交由良友和商务出版；比如，第一幅鲁迅画像的木刻是梵澄作的；比如，鲁迅收藏的一些德文书和版画集是梵澄代为购买邮寄的；比如，鲁迅为梵澄誊写、校译稿件，甚至代收代付稿费……

秋季的北京，天高云淡，澄明的蓝天上不时掠过一行翔鸽，撒落下一连串的哨声。走进坐落于团结湖社科院宿舍群的徐宅，外面聒噪的市声便戛然而止，刚刚在大街上因燠热而致的微汗瞬间收住。

这次造访，我公私兼顾：于公，希望他能拨冗赐稿；于私，了却一瞻其丰采之宿愿。

梵澄先生身材高而不大，看上去还有点瘦弱，一副金丝边眼镜架在挺拔的鼻梁上，镜片后面则是一双充满睿智的眼睛。那年他 87 岁。我清楚，梵澄先生在与鲁迅先生交往时性格就有些古怪，不太顾及别人的感受，真的面对他时就有些胆怯。想不到老先生一派温柔敦厚，没有流露出一点点的疾言厉色。他见我还带着一个"拖鼻涕"的小屁孩来，马上洋溢出一种意外的惊喜。他先是把孩子抱定在沙发上，然后拿出一把糖果逗引孩子玩。

我注意到徐宅的客厅没有什么摆设，更让我暗暗吃惊的是几乎没有第二个人在此生活的迹象。幸亏沙发边放着一辆代步用的手推车，再看看梵澄先生能正常行走，想象他的家人可能外出了（其实梵澄先生一直是单身）。

我跟梵澄先生有一搭没一搭地聊天，基本上是我开话题他回答。话题很散，以致如今竟想不起来都说了些什么。谈到赐稿事，印象中他显得很踌躇，不知是因为拿不出现成的还是不方便提供，但他说的一句话令我非常吃惊："我的书稿啊，绝对不要拿给专家去审！"我想大概他在这方面吃过所谓"专家"的苦头。他很小心地说，我有一部诗稿不知你感兴趣否。我知道，他对所做的诗，自视很高，况且还有鲁迅有案可稽的肯定文字佐证。可我感到为难，便以"不合丛书体例"为由婉拒了他。看得出他很失望。后来我才知道,他最终自费出版了那部诗稿《蓬屋诗存》。直至现在,对他,我还有一种负罪感。

孩子对两个大人的谈话不感兴趣,瞌睡虫渐渐上身,头不由自主地低垂,再低垂下来。见此情景,梵澄先生把孩子小心地放平在沙发上,并找了一件自己的衣服盖在孩子身上,慈祥得就像个不食人间烟火的老爷爷。为了不影响孩子睡觉,他示意我去他朝北的书房……

我称赞他王(王羲之)字写得好,向他索取墨宝,他爽快允诺;我给他照相,他一本正经在写字桌前摆 POSE,嘴角还特地漾起了一丝笑意。

回沪后,我开始与他通问。他认为我给他照的相,是他所有照片当中最好的;我收到他寄来的条幅,称赞他功力深厚,尽管写的是他自以为得意而我并不喜欢的章草。

其时,梵澄先生最重要的译作《五十奥义书》刚出版,上海的书店里还买不到。《上海电视》杂志熊宗一兄听说我和梵澄先生有点交往,便设法搞到并给我也带了一部,他提的条件是:让梵澄先生签个名。我答应试试;过后却犹豫再三,因为老先生固然不会拒绝,但要让他再寄回给我们,这得花费多大的精力啊。

我不忍,希望以后有机会拿到他家里让他当面签。

这么一拖,过了几年,梵澄先生下世。这件事,成了我永远的遗憾。

# "扎硬寨""打死仗"的名编辑

——回忆范泉先生

《新文学大系》(第一个十年)《中国新文学大系》(第二、第三个十年)和《中国近代文学大系》，是三部中国近现代文学经典作品的重要选本，也是在出版史上有着重要地位的三部巨编。赵家璧、丁景唐、范泉三位先生的名字，注定要和这三部大书连在一起了。

赵家璧先生在20世纪30年代编成《新文学大系》，这一开创性的工作，令他即使在这之后无所作为，也无碍成为中国第一流的出版家；丁景唐先生在新中国成立后以现代文学研究专家和出版部门领导的身份，继续家璧先生的事业，踵其武而另有发明，显示了远见卓识；范泉先生和前两位稍有不同，他既无中国近代文化的学术背景，又无遣人使钱的权力，再加上珠玉在前，这就使主编《中国近代文学大系》这部难啃的大书的难度系数大大增加，然而他成功了。《中国近代文学大系》的最终编成并克享盛誉，说明一个编辑，只要他对编辑出版工作倾注最大的热情和具有坚韧不拔的意志，就能创造奇迹。

上了年纪的文学爱好者都知道，解放前上海有本颇有影响的文学杂志叫《文艺春秋》，大概还知道有个"永祥印书馆"的出版社，范泉先生正是那个杂志和那个出版社的主编和总编辑。如果你细心地读过赵景深先生的《海上集》，会看到关于范泉和《文艺春秋》的描述，当然这是褒的一面；胡风的"万言书"里也提到了范泉，不过这一回点出的名字则差点要了他的命。这也就说明，至少，范泉先生在文坛和出版界，并不是藉藉无名之辈。

新中国成立后，范泉先生很自然地被"淡出"到只能谈出版理论而无法实际操作的出版学校当校长。难以想象，脱离了编辑出版工作的范泉先生，是怎样度过"英雄无用武之地"的艰难岁月！他的一位老同事告诉我，范先生在学校编过一份定期的"情况简报"，从目录、版式、字体、字号到装订等，完全按照正规的杂志做法，一丝不苟，从不脱期。开始我还不信，后来我们一起编《中国近代文学大系》的时候，他如法炮制一份《编辑工作简报》，才知那位老同事说得丝毫不爽。我要补充的是，在装订这份简报时，他要求我每一页纸的边角都要对齐，不能参差不齐；两个订书钉订的位置，上下左右都要一般距离！从他那种"扎硬寨""打死战"的编辑作风中，我们完全可以领略他对于出版事业那种九死不悔的挚爱和百折不挠的敬业精神。

我与范先生同事十年，对他编辑作风的了解，只能说是一点皮毛，但就这么一点皮毛，足够受用终身。前面说的"热情""坚韧"是一个方面，还有一个方面，是他对作者相当尊重。也许是口才不很好，他每天要写三四封信与作者沟通，从不厌烦；不仅如此，他还健于跑作者家里。有一回，他大清早就候在一位青年学者的门口，而此时人家还在睡大觉呢！那位青年学者后来对我叹道：你们的范先生，实在让人吃不消。而那时，范泉先生已是个八十老翁了。

80年代末，我和范先生为"大系"事拜访了许多老作家老学者，那些老者无不对他表示敬佩之意，乐意为他献计献策。我想，除了感谢范先生在从前当编辑时对他们多有照顾外，他们对范先生以如此高龄，义无反顾地挑起这副重担的勇气和精神深为折服，也是重要的因素。

《中国近代文学大系》大获成功，说范先生起了多大的作用都不过分。我想说的是，范先生实在是太钟爱编辑出版工作了！你完全可以认为他是在为民族文化的建设作最后的努力。但我更愿意相信，他是在借出版"大系"而进行着一次很有内涵的自我完成。设想一下，如果现在当编辑的都能学一点他的这种自我完成的精神，可以肯定，中华民族的文化积累无疑会更加深厚的。

# 带了一肚子的掌故，他走了

——悼周劭先生

安迪兄来电说"周劭先生没了"。"没了"，这是大家都懂的意思。以周公的身份，也许换句"玉楼之召"，更能消减我接到这个讣闻后那种怅然若失的心绪。是的，他曾自诩喝酒、抽烟、写文章为生平三大嗜好。所谓"生者为过客，死者为归人"，现在他又回到能尽情倾泻文思的地方，这样一想，他的"没了"，未必不是一件让热爱他文章的人得到稍微安慰的事。

然而，我们还能读到他那锦心绣口的文章吗？

对于文章，我现在越来越觉得迷惘。我所服膺的文章作手，似乎都不是中文系出身，比如鲁迅、知堂、胡适、郁达夫、林语堂、沈从文，又如梁实秋、钱锺书、黄裳、张爱玲，或者还有周劭，似乎经过严格训练的人，写起文章来就好比口音浓重的移民，难免积淀着不合时宜的规矩和缺少生气灌注的毛病。周公早年负笈东吴，后业律师，受"文章作法"之类的训练少，更兼票友性质，讲究趣味而不是名誉，故极少作文习气，而是天马行空，肆意挥洒，形成了那种收放自如的风格。很多朋友跟我谈起他的文章好看，我想这种好看，便是潇洒和趣味完美结合的产物。

周公好谈掌故，按照激进的观点，他应该是所谓的"夜航船派"了。只是，我看不出他的那些好像无关宏旨的篇什，会给文化建设带来什么妨碍，相反，像我这类文史修养"贫血"的读者，正是从他那里得到了不少教益。从掌故学的角度说，他的文章区别于一般谈掌故的，在于始终有"我"的存在，不管以当事人还是以叙述者的身份。有些作者只会爬梳故纸，罗列材料，周公则能够打破时空隔阂进行整合，拿捏古今，且多有发明，这是他的高明处。谈掌故要讲积累，周公能把一部《吴梅村诗集》背下来，有这样的本钱，谈天说地自然当行出色了。他还有一般人学不来的那种沦肌浃髓的波俏，这就把自己的文章自觉地和那些正襟危坐的高头讲章画了一条线。他的关于明清及近代典章制度的文章，都以这样的笔法出之，其中的代表，我以为便是发表在《读书》杂志上的"清季外交史话"。

他喜欢写文章，可以说，一生就是从文学青年到文学老年的过程。可惜没有经过"文学中年"，大概有四十多年时间，他缧绁在身，无法做自己喜欢做的"名山事业"，所以，到了河清海晏，他便踔厉风发，不可抑制，出了许多书。他曾苦恼地对我说："我很喜欢'文饭小品'这个词，每次出书，我总要建议编辑用这个名字做书名，但老是不能如愿。"我知道，他的心里正有一种"以文为饭"的情结无法消释，念兹在兹。那回我正好在编一套"文苑春秋"的丛书，周公的一本也在内，我便用了小小的权力，将这件事搞定了。这让他觉得非常痛快。作为《新民晚报》的老作者，他在"夜光杯"上写了不少好看的文章，经常被其他报刊转载。后来"夜光杯"上开出了专刊掌故的栏目"文饭小品"，实际上就是因他而设。他倒也心领神会，成了该栏目的撰稿中坚。他实在是喜欢写啊！

周公之"没"，对于读者来说，是失去了一位能够给他们带来愉快的作者；对于我来说，则是失去了一部可以随时请教的活的"四库全书"。尤其让我感到难受的是，可凡、嘉禄、书同、继平诸兄还等着秋高气爽之时由我带着去周府听他说掌故呢，如今室迩人远，教我如何覆命？思之怆然。

竟逝矣，周公！

# "那就找个字分析分析吧"

——我和张斌先生的一段师生缘

张斌先生是我的业师，我却不敢自称弟子，因我自始至终未能传其衣钵。

我刚进大学时，中文系主任是治古典文学的徐循发教授，旋易人，改张斌先生主系政。听说此公严正、不好通融：某青年教师在校园里挽着妻子的手走过，被张先生瞥见，狠狠地克了一顿。我与张先生未曾谋面，故对此传闻如风过耳，兴趣不大，但终究在他的治下，有时听到他的名字，心里不免有点惴惴。

其时，学校开出许多课供同学们选修，张先生也开了一门现代汉语语法方面的课，可能是课程枯燥或是他为人太严正，功课上不好对付，报名选修他的人少得可怜，整个年级只有三人。一个是位老三届，准备留校，功利目的明确，其余便是我和班上的一位女生，我们的动机也不含糊：因我们正在恋爱，只想找个掩人耳目之处说说话。但这一"阴险"的计划并不周全，掩得了别人的耳目，怎么掩张先生的耳目呢？好在后来有十几位研究生、进修生加盟，总算避免了尴尬。

作为一名教授，张先生的穿着实在令人不敢恭维。上身穿一件卡其中山装，已经旧得褪了颜色，衣襟、衣角残存没有掸尽的粉笔灰；灰不溜秋的裤子，没褶线，晃荡晃荡；有时脚蹬一双没有光泽的皮鞋，有时是一双松紧单鞋。自然，对张先生的课，什么语法体系，什么布龙菲尔德，什么"能指""意指"都成了过眼烟云。但有几件事不仅"入耳"，而且"入心"，比如他授课，不仅仅讲自己的一套，还很注意介绍人家的；他授课的方式是启发式、讨论式的，并不满堂灌；他对名人也敢批评，有一回竟是左右开弓，说郭绍虞先生在某一问题上是"外行"，又说朱德熙先生的一个观点"不能自圆其说"；他也并不是铁板着脸与我们交谈，倘有兴致，他会指着那个对他的问题在表情上表现出有兴趣的人说："你说说看呢。"这时候往往是我俩最惬意的，因为张先生与我的那帮"砚友"既然"交上火"，"西线无战事"，我们便神聊开了。等到学期将结束，如何应付考查便成一桩"心病"，当我赔着小心向张先生"刺探军情"时，他老先生看了我这个"不足与谋"的"弟子"一眼，说："那就找个字分析分析吧。"这自然是令人欢天喜地的。

自此以后，我与张先生便各忙各的，我想他是不会记得我的，然而我却常常惦着他的，尤其在接触到与现代汉语有关的一类文字的时候。好几年前，遇到一位朋友，无意间谈起张先生，他笑着说："哦，是这个老头，就住在我们一栋楼里，每出一本新书，便上上下下挨家挨户送书。"在他的邻居眼里，张先生此举绝不会比送一碗寿面高明的，我想。

36

差点忘了说，张斌先生是中国八大语言学家之一；全国第一批现代汉语博士生指导老师只有四位：吕叔湘、朱德熙、胡裕树和张斌。

吕先生、朱先生、胡先生均已归道山修文；于教学科研犹健者，唯张斌先生矣。

# "三好老师"

## ——邓云乡先生印象

邓云乡，民俗学家，别署蝠堂。此公精民俗之学，推想是以此"蝠"射彼"福"也。生于晋，学于京，教于沪。怪的是，平时说话，既不带"鹅"（山西话"我"），也说不来"阿拉"，居沪半百，依旧操一口好听的京片子，可见他对京华格外眷念了。

对旧人旧事旧物，邓公有自己执著的向往。于旧人，如知堂，古槐，执弟子礼甚恭，士林有口皆碑；于旧事，如风俗，老北大，条分缕析，似数家珍；于旧物，如碑版、四合院，则津津乐道，情不自禁。诉诸笔楮，便是那"水流云在系列""北京风土系列""红楼梦系列"等。其待人接物，有古风，多旧礼影迹；举止口吻，是六朝人物之流亚。他有一句话，叫做"说假话要费脑筋，我嫌烦，所以不说假话"。此当可编入新《世说》中。

邓公天才横溢，能诗，味在唐、宋之间；会书，逡巡于米、苏左右。作文，最不喜欢高头讲章、学术巨制，偏好随笔，以其可率性而作也。怎奈他于标点之术实在不经意，往往大笔一挥，而编辑要为之弥缝，每每叹为苦事。然，邓公的文章写得实在漂亮。他应邀为某出版机构一丛书撰述，交稿。另一作手恰好也来交稿，略翻邓著几叶，惊羡其有神助，自叹不如，乃挟稿返，重修己著，成一书林佳话。

教育界有"三好学生"的名目，即所谓"身体好，学习好，工作好"，我看可以给邓公戴一顶"三好老师"的帽子。先说"身体好"，邓公好交游，天涯海角，奔来奔去，身子骨倍儿棒，没出过问题；次说"读书好"。他读书万卷，乐此不疲。我请他写一篇《圣谕广训》的解读文章，他说不熟悉，没把握，过一月，稿子写来，洋洋数万言，还来电谢我给他学习机会，逼他看了不少资料；再说"工作好"。他在一所工科学校做老师，教一班将来与电流电阻打交道的学生学国文，苦口婆心，居然教出不少读书种子，外加勤于撰述，著作等身，自然可说是"工作好"了。

我以为，邓公身上应该还有一"好"，即"人缘好"。他朋友多，各种层次，各种类型，遍及海内外，你要解答个疑难或是约个稿什么的，去找邓云乡，问题泰半解决。可惜的是，我们这里兴"三"，"四"则惹人恢气，比如"四大金刚""四类分子"之类，而且，"人缘好"算不得什么"优点"，所以，我只好把邓云乡先生的这"一好"收藏在心里了。

# "北郭先生"

之所以称民乐演奏家陈金龙为"北郭先生"，是出于一种荒谬但还有点意思的联想。

陈金龙居沪北，照旧说，那儿该是"北郭"了；"先生"云者，除表示有学问，另含一层"好为人师"的意思：不惮严寒酷暑，肩背古琴，怀揣古埙，抑或携一支长笛、一把吉他，去光大他的"新国乐"理念。更要紧的，是他和那位老让人"牵头皮"的"南郭先生"最大的不同，不在"北郭先生"好独奏，"南郭先生"喜合奏，而在为人。作为艺术家，陈金龙是重技巧的；要说做人，他似乎不谙此道。他属龙，却登龙乏术。他是个实在人，至少在我看来是如此。这"南""北"两先生，本来就是两股道上跑的车呵，可称得上"南辕北辙"了。

我们的谈话从演奏而起。这是一般艺术家常用的方式，其意恐怕在于暗示自己的擅场，或者以为如我这般的"业外人士"只是一个看客。陈金龙并不拿出看家本领来镇一镇我这个外行，而是拉读初中的女儿合作一曲《阿莱城的姑娘》中的 Minuet，他吹长笛，女儿钢琴伴奏。演奏虽然不乏可圈可点之处，但也有破绽。他不在乎，他好像更想证明，在中西音乐文化的影响、沟通和融化上，中国的民乐家是可以有所作为的，关键在于观念的更新和知识的准备是否到位。比如，"你是否能容忍一首长得至今无人能完整地弹下来的名曲被压缩到仅剩下4分钟，为的只是适应现代听众的口味？"陈金龙毫不掩饰自己与某些对古乐改编持谨慎态度的同行的分歧，"假如听众对于那些冗长、单调、节奏缓慢的古琴曲不接受，你能想象它会流传下去吗？"陈金龙激情洋溢地弹着古琴，全无我们在旧戏文旧说部中看到的那种高人"温吞水"似的弹琴的腔调。同时，又尝试了将西方的名曲大胆地改编、移植到中国的古琴上来演奏，丰富和拓宽了古琴的表现力。在复旦大学、上海师大、上海大学等地举办的独奏音乐会上，他动情地演奏了《爱的罗曼史》（吉他名曲）等众多名曲。许多大学生听了他的演奏后，惊讶地说："原来古琴曲是那么地美妙好听！怎么一点也没有以前听到的那种令人昏昏欲睡的感觉？"

陈金龙原本学的是笛子；进入上海音乐学院之后，他鬼使神差地被安排学习具有3 000多年历史的古琴演奏。当年这个专业只有他一个学生，"我没有同学！"他说，不知是出于得意还是感伤。"泠泠七弦上，静听松风寒。古调虽自爱，今人多不弹。"他年复一年地在那三尺六寸边吟、揉、绰、注，耐住了寂寞，终于修炼成了正果。他追求的是不断创新，所录制的《空谷流泉》《将进酒》等新作品，都是古琴与琵琶、古琴与笛子等的二重奏，他用新的音乐语汇诠释着全新的精神内涵。他有把琴，明代的，中央音乐学院老教授吴景略所赠，这该是"宝剑赠烈士"的又一传神写照了。

1977 年，在河姆渡新石器时代遗址发现了陶埙，这是目前所知世界上最早的乐器实物，距今已有 7 000 多年。这一考古发现，立即引起陈金龙的关注，为此，他与上音的吴爱国潜心研究了 10 年，他们运用《周易》中的八卦原理，整理出一套基本指法，成功地解决了其十二平均律的演奏方法，并丰富了它的表现力，从而使这个难以操作、濒临失传的乐器重现巨大的艺术魅力。陈金龙努力挖掘埙中所积淀着的文化意蕴："圆球状的埙，体现了一种民族深层心理的执拗，暗合了古人'周而易，圆则通'的观点；闭管式的形制，决定了其音波呈回旋波，迟发音，别有一种遥远、朦胧、神秘的感觉，特有的沙哑、粗犷的音质，正是中华民族坚韧不拔、含蓄内向性格的象征。"90 年代初，陈金龙捧着这个土得掉渣的玩艺儿首次登台亮相，立即引起中外音乐爱好者的惊叹，埙独奏《阳关三叠》、埙协奏《其实你不懂我的心》等古典名曲和现代流行音乐改编曲，迅速地征服了听众。"任何东西，只要放入艺术的脉络中，那么它就是艺术的了，有时，一根草绳、一片树叶都会引起我们艺术的联想。"说这番话的时候显得很自负。这是可以理解的，尤其是假如见识过这件古而怪的乐器和陈金龙演奏的话。

过了除夕是龙年，陈金龙的本命年要来了。他照例要参与几台以龙为主题的音乐会，这使他很满足。我们且看他怎么在他的音乐中把这条龙舞起来，相信陈金龙不会是那个"好龙"的叶公，因为他只是一个和龙有缘而又平平常常的"北郭先生"。

# 那些有包浆的影像

　　我们之所以对于艺术世家怀着尊敬，是因为相信一门好的艺术，可以通过血脉遗传和技术亲授的途径使其得以保存乃至光大。中国的王羲之家族、梅兰芳家族，外国的巴赫家族、施特劳斯家族，等等，都是无与伦比、堪称楷范的样本。然而，有时我们也非常茫然，"君子之泽，五世而斩"的周期律，在艺术世家上同样得到观照，很多时候，香火之传宗接代，连"三世"也困难。这是令人相当遗憾的。它从一方面也揭示了艺术是一种富有创造性的系统工程，其流动性和被整合的概率相当高，绝不是简单的复制和摹仿，就可以挽留或延续那种曾经被定格了的高不可攀的鼎盛节点。

　　这是从纵贯线上的考量。倘若横过来看，那就很有趣了：所谓的艺术世家不再那么显赫了，你还能叫得出王羲之的兄弟吗？你还能叫得出梅兰芳的兄弟吗？你还能叫得出老巴赫的兄弟吗？吊诡的是，上帝总是帮我们安排好了我们自认为不太可能的事情：张光宇张正宇昆仲、张善孖张大千兄弟，都是非常有成就的画家，堪称双璧。再生发开去，黎氏八杰，看上去很"团队"，但真正搞音乐的也只有锦光锦晖两人；万氏四兄弟，算是蔚为大观了吧，其实孪生同胞只是古蟾、籁鸣而已。沪上画界有"韩氏五兄弟"阵容坚强，只是，细究起来未免遗憾：韩父育有十个子女，驰骋画坛者仅为一半，且并不居于一地，稍嫌不足。

然而，在上海摄影界，"邬氏四杰"倒是"成色"一点不减。曾经，北京摄影界出现了王文澜、王文波四兄弟，一时被以为并世无双。然而，老话说，"君子之言，幽必有验乎明，远必有验乎近，大必有验乎小，微必有验乎著"，在上海，"邬氏四兄弟"用镜头说话，使得"北王南邬"遥相呼应于摄影坛坫，尤其是成了中国摄影界里一道不可多得的风景。

作为一个符号，"邬氏四兄弟"需要用实力来证明其内涵不仅仅是血缘的组合关系，更重要的是代表着一种风格或流派。

情况通常是这样，纵向的艺术世家的单一风格和横向的兄弟姐妹的多元风格，形成了反差。倘若"横向的"一支也集聚于相似的风格四周，多少有点出乎人的意料，是不是应该算是一种另类？

"邬氏四兄弟"，虽然年分长幼，各组家庭，但他们对于摄影艺术的理解和创作风格的形成，却惊人的一致。若要循根溯源的话，曾任镇海图书馆馆长的祖父，可以说了他们最初以文化和艺术眼光去打量世界的"荫庇"。在日常生活中，人们的身份可以改变，财富可以改变，甚至人格也可以改变，然而气质是很难改变的。所谓"腹有诗书气自华"，说的就是这个道理。我以为，这里的"诗书"，未必就是纯粹的唐诗宋词十三经，对生活的理解力和洞察力，是占了极大的权重的。当然，兄弟敌体，彼此之间的影响和交流，是别人没有的优势。"邬氏四兄弟"毫无疑问地有着这些能力。相信看到他们作品的人，都会认同我的观点。

"邬氏四兄弟"不是艺术世家出身，所以没有那种"家法""家规"的羁绊，因此创作视野十分宽广。他们只服膺在日常生活的自然状态里面一定含有艺术的因子和趣味的取向，认同艺术家的使命就是去发现它，提炼它，并把它呈现出来。至少摄影艺术是这样。他们把自己的这种理想，灌注于镜头中，给出一个朴素的概念——生活艺术影像。这也可以说是"邬氏四兄弟"的创作风格。"邬氏风格"，一度成为20世纪80年代引领上海摄影潮流的一面标杆，不是毫无来由的。

林语堂是主张生活艺术化的。其实，生活本来就蕴含着艺术，关键是我们有没有一双发现的眼睛。

"邬氏四兄弟"的那些最经典的作品，都是在80年代拍摄的。那个年代，是中国人刚刚摆脱"生存"而进入"生活"状态的时候。虽然物质生活相对贫乏，坊间却到处洋溢着对于自由生活的向往以及精神解放后的愉快情绪。这是一个值得回味和纪念的年代。在可以通过创作再现场景的一切艺术当中，摄影是最强有力、最真实和最不可替代的一种。事实上，记录历史影像的基本母题十分繁复，但最终能够让后世记住和理解的，只有两个选项：美与丑。令人欣慰的是，"邬氏四兄弟"的作品都倾向于表现生活美好的一面。这正暗合了诺贝尔文学奖"颁给在文学方面创作出具有理想倾向的最佳作品的人"的理念。

在幸福中发现苦难，在苦难中发现幸福，两者自然无分孰高孰低，但境界毕竟不同。"幸福的家庭都是相似的，不幸的家庭各有各的不幸。"不错，然而这句话的着眼点在于对所谓那些"幸福家庭"考量后得出的结论。如果作者看到的是一个充满苦难的社会，那么他的想法一定不会那样自信和饱满。我想说的是，一个在不正常的社会发现正常的精神状态的艺术家和一个在正常社会里发现不正常的精神状态的艺术家相比，哪个更加高明呢？我以为是前者。这就好比鸡蛋里挑骨头和骨头里挑鸡蛋那样无法在一个层次上进行。"二战"的时候，揭发法西斯毁坏美好生活的罪恶的影像，确实让人震惊和愤怒以致奋起抗争；不可否认的是，那些反映在反法西斯战争遭受最严峻考验的时候，不愿屈服的人们的乐观和坚定的影像，更难得，更有感染力，更有艺术性的张力。难道不是这样吗？

"邬氏四兄弟"的作品，所呈现出的，正是那种"非正常生活中的正常生活"或"不幸中的大幸"。在那个时代，没有对未来生活充满信心、对人类前途持乐观向上的态度的人，是很难有一双慧眼去捕捉那稍纵即逝的场景的。在这上面，"邬氏四兄弟"的作品定位，无疑非常准确而稳定。

对于评价那些老练的摄影家而言，倾泻过多技巧上的描述是得不偿失的，别致的视角和深刻的思想才是需要我们真正关注和了解。我们非常容易感受到"邬氏四兄弟"给我们带来的清新、鲜活以及充满美感的画面，尽管它们还是 30 年前的陈迹！知道我们为什么仍然为之感动？因为它们传递出的气息，是我们今天还在怀念和追求的，一点没有过时。

　　这是难能可贵的也是意义深远的一次展示，它的价值在我们与它一接触的时候就体现出来了。

　　是的，应该是这样。

# 渡边一瘦

　　渡边一瘦？看起来像个日本人的名字。如果这样想，你就走远了——日本人哪有这么幽默的？

　　"大和"不是个富有幽默感的民族。日本人名字里可以容忍猪（豕）、狗（犬）、龟、鸠等，或者"土""肥""圆"，就是不待见"瘦"。他们受中华古代文化影响深刻，知道，苏东坡《于潜僧绿筠轩》："无肉令人瘦，无竹令人俗。"李清照《如梦令》："知否，知否？应是绿肥红瘦。"马致远《天净沙·秋思》："枯藤老树昏鸦，小桥流水人家，古道西风瘦马。"龚开《瘦马图》："今日有谁怜瘦骨，夕阳沙岸影如山。"同时，他们可能不晓得，在中国，瘦也是一种境界，唐代诗坛有"岛瘦郊寒"之称；金农有联句"清如瘦竹闲如鹤，座是春风室是兰"之谓；坊间更有"瘦死的骆驼比马大"之说……

　　但总之，瘦是一种不太美好的形态。

　　能把名字里嵌入"瘦"字的人，性情需要充分洒脱，内心需要足够强大。

微信朋友圈里标榜"渡边一瘦"的，自然是个昵称，然而，情况并非你想象的那样：我们的主角在微信里的正式名字，叫"渡边一瘦"；而昵称，则是——王震坤。

　　标准的乾坤大挪移啊。

　　我猜想，"渡边一瘦"的含义，大抵是：住曹家渡周边地区的一个瘦子吧。多年来，我一直想问问震坤这个名字的出典，却老是忘记；既然如此，索性不追究了吧。庄子云，"相濡以沫，不如相忘于江湖"，诚哉斯言。

　　瘦，是诗词里头"愁苦"的意象；它也让人联想起"道骨仙风"。就像在剃刀边缘行走，只要瘦而不卑，瘦而不俗，瘦而不枯，瘦而不弱，瘦而不病，瘦而不颓，管他呢。

　　有趣的是，王震坤三个字，就占了"八卦"的四分之一。莫非他是雷公，是土地（《易》曰：震为雷，坤为地）转世，抑或是发现莫高窟的王道士？

　　呵呵，咱就别闹了吧。

　　我和震坤可是老朋友。朋友云者，有两种：或曰感情寄托，或曰利益攸关。前者纯粹，后者势利。我和震坤算哪种？他如何看，我管不了，但我自以为属于后者。我搞书籍，他帮我搞封面；我搞报纸，他帮我搞配画；我搞文章，他帮我搞插图……那么多年来，震坤一直被我"驱使"，所谓"召之即来"，便是我们朋友关系的投影。但是，对"召之即来"，我看得并不很重，我心仪的，是不仅"来之能战"，而且"战之能胜"。震坤做到了。这是他的本事。

二十多年前，《黄裳文集》编竣，我竟犯起愁来：黄裳文章，古雅华美，那得为他配件"门当户对"的书衣才行，否则不克相得益彰。于是想到了震坤。他知道我一贯"苛刻"，也真是蛮拼的：遍访沪上有名的纸张店，最终自费买来一叠看得上眼的样张，供各方研究、取舍……这部书的设计，后来获得国家级的奖项。他为此好不得意。

黄裳先生满意了，他的老同学周汝昌先生却心怀了"嫉妒"——在"夜光杯"上发表了一组《得书喜咏》的旧体诗，其中一首写道："书颜古雅胜纷华，品格藏书是大家。"下面附注："新得《黄裳文集》六卷，装帧古雅，心甚慕之（拙著十数种，其面目皆为凡手所饰，十之九恶俗之风格也）。"善哉！"凡手"的反义词是什么？我就不点穿了吧。

圈内圈外都知道，震坤一直是王元化先生著作封面设计的"金马门待诏"。清园老人的耿介不随是很有名的；能略无罣碍地跨过这个坎，震坤堪称神勇。

丁亥秋，我主持《好吃周刊》笔政，倩公输于兰女士写专栏。为使版面美观且富艺术气息，我想到应该找一位画家为之配图，震坤显然是不二人选。将近十载，两位朋友合作愉快，创作了几百篇（幅）作品，并各自出版了专著。最妙的是，震坤为美食题材的配画，居然照样拿奖！

如今，震坤又在为《新民晚报》评论版作漫画，风生水起，游刃有余。

在我们订交后的那些岁月里，震坤的创作发生了令我欣喜的变化：线条，由拘谨而松弛；色彩，由朴素而丰润；布局，由饱满而克制；构思，由简单而奇崛。事实上，他作于 20 世纪 80 年代初的那些连环画，于今看来，线条稍嫌生涩，但造型功夫已然非常扎实了。

别的朋友退休，彼此相遇时我绝对忌惮提起"退休"两字，包括"致仕"；而当震坤不必天天与作协大院里的普绪赫女神照面时，我则开开心心地去恭贺他终于可以不为"八小时"所窘——他有更多的时间创作了。我唯一担心的是，因为瘦，他是否还拿得动源源而来的奖牌？

震坤心态年轻，善于吸收。这样的艺术家，一定会有我们想象不到的大成就。

震坤兄啊，当阁下成为画坛的"胡适之"时，请允许我说"我的朋友王震坤"。

# 面壁十年图破壁

当丁和进入新疆拜城县克孜尔石窟（俗称千佛洞）第 38 号洞时，他被扑面而来的景象镇住了：这是一幅，不，是画满整个洞窟的壁画，人在其中，俨然置身于一个"球幕影院"：纵券式的顶部中脊，是一幅"天相图"，双头的金翅鸟，口叼白蛇，寓意着清除恶障，也象征着佛法无边；"天相图"两侧还有以菱形格构图的佛本生和因缘故事，人物的敷色极有立体感，其皮肤仿佛一按就瘪一放就弹；各种飞禽走兽，栩栩如生，那些孔雀好像一受惊吓就要飞走的模样；尤其是，左右两边的壁画描绘的是龟兹乐队正在演奏的场景，20 个乐师，每人拥着一件乐器，据说，此时此刻，他们凝滞的手势和音位，竟然一式地停格在某个节拍上……

作为有成就的摄影家，丁和对于光影和造型艺术，天然敏感，然而，他对于千佛洞壁画蕴藏着怎样的文化内涵和艺术价值却无从判断。他太缺少了解这个时期的文化了。

这是发生在十年前的一幕，这也是改变丁和人生轨迹的历史性一刻。

2005 年，身份被标识为成功企业家的丁和，立志要拍出一部"壮美中国"的摄影集。他丢下企业，背上沉重的摄影器材，开始环游中国。就在那一天，行摄到了明屋塔格山悬崖上的千佛洞，规划好了的旅程突然发生了很大变化。他没能按原先计划继续走下去。

除了被这里精美的壁画所吸引，他还需要思考这样的问题："壮美中国"和千佛洞壁画，在自己的艺术创作中哪个权重应该更大？由于地质和气候等原因，千佛洞壁画的保护不可避免地走向困窘的现实和让世人知晓这里还有一个世界顶级的艺术宝库（比敦煌壁画的历史早了两百多年），以及老师贺友直先生在看了他拍的壁画照片后慨叹"壁画里的那种线条，我画不出来"的评价，促使丁和作出选择；而著名学者冯其庸则给"小老弟"丁和指了一条路："既然喜欢千佛洞壁画艺术，你何不就把自己喜爱摄影艺术和研究此间的历史文化结合起来呢。"更如醍醐灌顶。从此，丁和的人生就跟千佛洞"捆绑"了起来。

开弓没有回头箭。为了专心致志做好这件事，丁和盘掉了生意，身背十几公斤的器材，像个在荒漠野地里踽踽独行的游侠，上路了。十年，他到新疆 40 次！没错，是 40 次。新疆，那可是个离上海有近 4 000 多公里的地方！

马上，丁和感觉到了捉襟见肘：一是"咔嚓"（拍照）相对容易，但被摄取的对象在"说"些什么？没有穿透内涵的理解，对于艺术创作来说都是"耍流氓"；一是由于千佛洞壁画曾在 20 世纪初被"外国探险家"几次大规模的割取（面积达 500 平方米），现存的壁画已经很不完整，甚至可以说最好的东西已与母体"首身分离"，其情形就好比没有主人的厅堂总是寂寥的。"那年春节，由于摸不到拍摄的头绪，我在克孜尔石窟窄小的洞窟中央默然而立，心和窟外的冰雪一样凉……"当初的糟糕心情，丁和在多年之后，记忆犹新。

很快，相隔不长时间的两件事——重走唐僧玄奘西域取经之路和飞赴德国之收藏重镇拍摄"德藏新疆壁画"，让丁和从"山重水复"的迷茫，进入"柳暗花明"的开朗。

人们需要知道的是，克孜尔所在的地区，即中西文化史上赫赫有名的龟兹。龟兹不光扼守丝绸之路的南北两道，还是玄奘西行的必经之路。大名鼎鼎的鸠摩罗什，就出生在这里。学术界极其重视龟兹在中西交通史上的地位，认为它是世界四大文化体系（中国、印度、闪族伊斯兰、希腊罗马西方）的交汇之地。丁和重走玄奘取经之路，亲身体验和了解了佛教东渐的传播渠道，这对于一个以弘扬古代文明为指归的严肃艺术家来说，是起码的修为；而去柏林亚洲艺术博物馆把被掠走壁画拍摄回来，意在完成对一幅已经破碎了的文化版图的拼接，其实是超过了一件艺术品本身沉淀的意义，尽管丁和付出的代价很大——所有费用完全自担。

摄影，一直被认为是"镜像图像"，具有毋庸置疑的客观性，尤其对于古代壁画那样不可改变的对象而言，可以给摄影者发挥的余地近乎零。于是，人们对于这类摄影者所从事的"艺术创作"的"正当性"难免产生困惑。难道"镜像图像"的风格的多样性和个性的可能性没有存在空间了吗？在摄影界的江湖上，这种"质疑"是可笑的，因为几乎所有摄影者在作品中都感觉到了自己的感情宣泄、意象传导。而强调实证精神的学术界会认可这样的"创作"吗？我注意到研究新疆壁画的学术权威霍旭初的一段话："在他（丁和）的摄影作品中，景物的画面、角度、光线和壁画的构图、复原和特写，都在力图诠释古代艺术的意涵，追求古代文明的精神境界，这是非常难能可贵的。"显然，专业的技术水准，扎实的学术底蕴，精良的摄影器材，丰润的艺术感觉，以及清醒的文化自觉和勇敢的责任担当，孕育的绝不是一般资料性的复制物能够比拟，其情景和当年张大千不避艰苦，临摹大量的敦煌壁画的壮举一样，谁也不会认为是多余的。弘扬和保护龟兹壁画本身是个系统工程，丁和所做的工作就是这个系统中的一环，因此，其价值不可低估。

丁和的"丝路精魂——古代龟兹石窟壁画艺术纪实"大型展览2016 年 5 月 28 日在中华艺术宫隆重开幕。

这是令人兴奋的。可以说，这也是今年上海摄影界乃至文化界的美好收获。由此我想起了舒伯特。许多人以为他的《未完成交响乐》是他的绝唱，事实上在它后面还有一部"第九"——《伟大》。但是《未完成交响乐》确实要比《伟大》伟大。这似乎在告诉我们，只要是美好的东西，即使不完整甚至残缺，也无损于它的伟大。证诸龟兹壁画，信夫！

# 旧雨新知

我和宣家鑫先生订交，弹指一挥，迄今将近20年了。

这期间，我和家鑫先生极少互通音问。但几乎每到岁末，家鑫先生都要请一次客，来的都是圈子里的人。我和他从事的工作少有瓜葛，不算"圈内"，但叨陪末座，吃白食，不干事。他也从来不布置"作业"。这到底让我有点无功受禄的不安。

多少年来，我们就是这样的关系，好比天上的风筝，太高了，别人无法看清，只有当事者一线在手，心里明白。这条线，大概可以说是那种淡淡的交情吧。

原先知道他是静安书画院的"山长"，也是老资格的书法家（20世纪80年代即是中国书协会员），后来听说他还从事典当和拍卖业务。我对此完全外行，从没有把它和文化产业联系起来。于是，他在我的心目中，"艺术家"的概念淡漠了，倒是"老板"的印象深刻起来。

那年，他说自己有一本书法集要出版，正在亲自做版式上的调整。我信口开河:"我干过出版,对版式之类有点想法,或许可以出点思想。"在我,是想彰显我的存在对于他的价值。这是不是很功利? 我为自己的"俗气"而惭愧。他马上挟着大样来看我。我知道,他是个很愿意倾听别人意见的人。一般而言,老板总是刚愎自用而艺术家往往正相反,难怪他一直强调自己作为书法家的身份没有改变。

我捧着那本大样,脑子里那个生意人的形象马上被一个艺术家的身影覆盖了。原来这些年,他并没有荒废艺事,依旧在他的"书法禅房"里打坐,念经,只是不敲钟,不做道场。因此,我对他在书艺上的探索颇为隔膜,还以为他退出书法的江湖了呢。

至少七八年以前,承他错爱,我得到了他的一轴法书,隶书,字字端正,笔笔有绪。偏偏那个时候我正醉心于富有现代感的艺术作品,凡是中规中矩的,就有些不以为然。现在看来,自己实在有点孟浪。

家鑫先生是搞字模出身的,对于汉字的间架结构自然有着极其深切的理解。然而,从事这类工作的人却有一个很难跳出的窠臼,那就是匠气,因为被"规矩"牢笼过久,好比《肖申克的救赎》里的老囚徒老莫,一旦给予一个自由发展的空间,反而无所适从,只好回归过去。但家鑫先生却实现了突破。

他真隶兼擅,尤以隶书最见功力。初见者或许有点不习惯。是的,他的隶书,有点以"工"带"写"(写意)的味道,但总之是"隶"的身板。我的评价是: 敦厚中不失俏皮,老练里蕴涵稚拙。不知对不对?

一般书家到了"老练"的程度,难免深陷习气之淖而不拔,以老妇巨猾的面目示人。而书法作品，除了给人以线条的美感之外，还要能以传递内心中的单纯情感为至高境界，比如天趣和稚拙。弘一的法书，就是极好的例子。我始终认为，一个被时间雕刻成"圆熟"的人，是不大可能重返"天趣"的，只有道行极深的人才有可能达到或接近那种境界。家鑫先生的作品是否达到了，我说了不算，但毫无疑问，其作品确有自己的面目，据说曾被人定义为"宣体"。无论人们怎么评价，其在本质上是富于创新的。

复制传统并不是艺术家的任务。事实上，创新意识对于艺术创作的意义不容置疑，若无，则隶书的格局永远只限于《张迁碑》《曹全碑》，就没有伊秉绶和金冬心。苏轼不理"书贵瘦硬方通神"的古训，才创造了又肥又扁的"苏体"；舒同如果专承一脉法乳，哪来不颜不柳的"舒体"？事情就这么简单和残酷。前不久和书法家管继平先生有苏昆之行，见路边广告牌上写着一句广告词，管兄不禁脱口而出："那不就是'宣体'嘛！"可见家鑫先生的字已自成一格。我不知道还有什么比这个对于书法家更重要的了。

家鑫先生曾为四川受灾群众慷慨解囊达几十万元，还被文化部艺术品评估委员会聘为书画鉴定委员……这是我读邓伟志等先生的文章后才知道的。我一直自认是家鑫先生的"旧雨"而不敢说"新知"，是因为缺少对他新的认知。没错，现在我大概可以做他的"新知"了。他的书法展在上海图书馆举行，我写下这些文字，以示祝贺并表那根"风筝线"没断的意思吧。

# 充满生命体征的雕刻

摄影家丁和给我看他收藏的两枚和田白玉的挂件，中国古代仕女，而且是裸体，最高不过230毫米，最低只有80毫米。用玲珑剔透来描述，稍嫌粗糙了，我的感觉是，温润灵动，气息贯通，充满了生命体征。

我见识过不少和田白玉雕刻作品，用精致、精巧、精细、精到之类修饰词来定义，都不过分，而对于眼前的两枚玉雕，恕我腹笥甚俭，竟然无词可拈。我不知道用一个"活"字是否能把它们身上溢出的"精气神"摄取出来？

中国古代人物画，所涉衣带，笔法上有"曹衣出水"和"吴带当风"之别，从衣服褶纹的走势，大抵可以看出画家的理念和技术。然而，我注意到这两枚作品，由于失去了介质，可以借势的余地很小，只能靠人体本身了。作者，被"逼"到了墙角里。

和西方艺术家相比，中国艺术家在表现人体上有一定的心理障碍。那么，倘若突破了"心理警戒线"，究竟是瓣香安格尔的丰腴，还是取法现代派的粗野，无疑是非常纠结的选择。因为东方民族的审美取向，决定了不管是创作者还是接受者心中多少都有"一杆秤"。"秤"，我总结了一下就是两个字——和谐；也就是孔子说的"乐而不淫，哀而不伤"。非常高的标准，非常高的境界！我以为，那位和田白玉的雕刻家做到了。

我不想知道那两枚和田白玉雕刻作品现在到了什么价位，因为它不是我这个"界外"的人可以想象的。事实上，丁和拿到的也不是"原始股"，他也许并不清楚流转当中溢价加了多少重。他只报给了我一个名字：吴德昇。

突然想起收藏家邬久康"自曝"过的一件"糗事"：十几年前，他在华宝楼看上了一枚高仅二三十毫米的和田白玉雕刻作品，卖家开口"非十五万不卖"，他犹豫再三，在与卖家斡旋未果、鼓足勇气准备"拿下"之际，被太太和朋友死命拽出了店堂。理由非常实在：花那么大的价格买那么小的一块石头，值吗！如今，这枚作品的标价是1 000万！"想起来就要吐血！"尽管他后来结识了它的作者吴德昇，可是再也没有"勇气"从吴手里拿到一件作品！没错，吴德昇雕刻的任何一件和田白玉作品，起板就是七位数。

作为一个和田白玉雕刻作品的欣赏者，我有幸在吴德昇纳徒活动中与他作过深入交谈。蓄着长须，穿着唐装，一派道骨仙风，吴德昇像个老道，而言谈举止则颇为低调。他拿到了宝玉石雕刻界几乎所有的荣誉：中国工艺美术大师、中国宝玉石协会副会长以及各类含金量很足的首席技师、终身大师、领军人物、特聘教授、形象大使、顾问等；获奖无数，奖牌拿到手酸；被业界称为"赋予玉雕人物新生命的第一人"。以我小人之心度之，也许，功成名就时，人就变得淡泊了？吴大师说，"眼下我最想做好的只有两件事，一是带出一批有水平的徒弟；二是创作出一批富有海派特色的作品"。他的徒弟有五六十个，其中不乏国家级的"大师"。至于何谓"海派雕刻"？他没作明确诠释，但其作品已替他作了回答。他雕刻的裸女，形态都是丰乳肥臀。这既是模拟了中国古代美女的标准制式，也暗合了西方古典女体雕塑的审美趣味。问题是，和田白玉鹅卵形架构，既不可能再现中国绣像里的杨贵妃，也不可能复制卢浮宫里的维纳斯。怎么办？变形！吴德昇刀下的女体造型都呈S形，而且，纤细的手臂和肥壮的大腿，丰满的胸脯和清减的腰身，形成强烈反差。我们常说，比例产生美。或曰：如此不合比例，怎么能美？吴德昇的破解之法是"用好线"：一、增强刻线的虚实变化；二、光线必须贯通。他强调，雕刻时如果不讲究虚实变化，每根线条都交代清楚，形象一定不生动；而美玉贵在光泽，雕件切面上的光线，必须自始至终流畅、可感，不能断掉，否则美感顿失。他的话外行可能一下子听不懂，没关系，倘若他的作品能令人赏心悦目，自可明白其中蕴含的美学追求。

吴大师是否认同我对于海派雕刻的理解："打通中外艺术创作的理念，杂糅中外雕刻技术的特质？"

和书画家不同，宝玉石雕刻家绝大多数从事的是"来料加工"，因此，他们的作品总是"被收藏"，自己留存不多。所以对于作品的市场表现，吴德昇淡然处之。但市场却不那么客气，因为收藏者深知，一枚小小的和田白玉，光打磨就得花三个月时间；上手雕刻，起码就是一两年（想象一下，一个有成就的书画家在这样的时间段里可以产生多少价值）；再加上和田白玉本身金贵；尤其是出自名家手笔……

诚然，把艺术家、艺术作品和价格捆绑起来似乎是件很庸俗的事，不过，价格至少是个参照物，一定意义上说，它直观地折射出艺术家或艺术品的地位和成就。

从前，清华大学校长梅贻琦说过一句名言："所谓大学者，非谓有大楼之谓也，有大师之谓也。"如今，"大师"称号满天飞，我倒是希望看到真正的"大楼"——大作品——出现，以为这才是最重要的。想必吴大师会很以为然的。

# 顾太清

　　"空山徙倚倦游身，梦见城西阆苑春。一骑传笺朱邸晚，临风递与缟衣人。"这是中国近代著名诗人龚自珍《己亥杂诗》中的一首，只因内容牵涉了一桩缟衣人是谁的公案，颇引起人们的注意。那些有考据索隐癖的人似乎更愿意接受这样一种思路：能够让恃才傲物、风流放诞的龚自珍神不守舍的人，自然可称是一个了不起人物了。她究竟是谁？最普遍的一种说法："缟衣人"即是顾春。

一

　　顾春（1799—1876后），字梅仙，一字子春，号太清，自署太清春、西林春。清高宗曾孙贝勒奕绘侧室。工诗词书画，有一代才女之称。像她这样一位名人，我们对于她生平并不太清楚，只能从她作品中窥知一二。顾太清的籍贯，众说纷纭，一说是道光间苏州人；一说在吉黑濒海产鹿之区，可以太清《食鹿尾》诗证之："海上仙山鹿食苹，也随方贡入神京。晚餐共饱一条尾，即有乡心逐物生。"又，太清在《定风波·谢人赠蜜渍荔枝》词中说："二十七年风景变，曾见连林闽海野人家。"可见在十岁左右住过闽海。不过她在《次夫子清明双桥新寓原韵》诗中一条注云："余二十五年前侍先大人曾游此寺（北京双桥寺）。"算来那时太清也只十岁左右。是苏州以及闽海还是北京人，都很难说。太清确曾到过好多地方，骏马秋风的冀北，杏花春雨的江南，在她的诗词的形成中，镌下了深深的印记。较之籍地，她的早年身世更是一个谜。孟森认为是久居京师仕宦者之女（《心史丛刊》）。文廷式《琴风馀谭》中说，是礼部尚书顾八代之曾孙女，初适副贡生某，夫死后复为贝勒奕绘侧室。杨锺羲《雪桥诗话》认为，太清原为西林鄂尔泰之曾孙女，幼经变故，养于顾氏。顾为荣邸侍卫，因而被选为贝勒奕绘之侧福晋。又有一种说法：太清的祖父鄂昌是大学士鄂尔泰的侄子，曾官甘肃巡抚，在乾隆二十年（1755）的胡中藻诗狱中获罪，赐自尽。鄂家受牵连，成为罪人之后，便改姓顾。太清为奕绘的侧室，呈报宗人府时，姓名为顾太清。另外还有一说，以为太清是涿鹿人冯铨之后，冯铨在明末是阉党，趋媚魏忠贤，明亡投降清朝，居然仍被任为大学士。清人入关之初，制度不很完备，有些投降的汉臣也有编入旗籍的，但和后来如方苞因有罪隶旗并不相同。据说冯铨也编入旗籍，这在《清史稿·冯铨传》中也有迹象可寻，但何以冯铨的后人姓顾，却不能道其原因了。至于文廷式之说，那个顾八代，是清初的名臣，却并不是姓顾的汉人，他是一个十足的镶黄旗满人，姓伊尔根觉罗氏，不过他的父、子、孙的名字都用"顾"字开头，好像和汉人一般，我们不想在这里搞繁琐的考据，私衷却希望在中华民族大家庭中的才女，不要都被汉族一手包揽，满族才子中有了纳兰成德和曹霑，才女有了顾太清，岂不更为生色！再说清人入关之初，即禁满汉通婚，此一禁令在清末方废除，奕绘生当嘉、道年间，此禁方严，奕绘又尝在宗人府任职，他何敢纳汉女为侧室，且以之呈报宗人府，这是作为宗室懿亲的奕绘所万万不敢的。因之太清为满族，大致可成定论了。

照例，在那个时代里，高贵的出身，无异于衡量身价的砝码，是可以炫耀一番的。连最超凡脱俗的龚自珍也不例外："祖父头衔旧颍光，祠曹我亦试为郎。君恩毂向渔樵说，篆墓何须百字长。"骄矜之气，溢于言表。但太清对自己的身世却讳莫如深，这是很可奇怪的。不过透过作品，还是能了解其中的一点隐衷。她在《四十初度》一诗中感叹"那堪更忆儿时候"，说明幼年确实有过不太愉快的经历。在《定风波·恶梦》一词中写道：

事事思量竟有因，生平尝尽苦酸辛。望断雁行无定处，日暮，鹡鸰原上泪沾巾。　　欲写愁怀心已醉，憔悴，昏昏不似少年身。恶梦醒来情更怯，愁绝，鸟飞叶落总惊人。

梦自然是荒诞的，但是，内心的隐秘常常通过梦的形式曲折地流露出来，也是不足为奇的。能诉诸文字的，就使现实和非现实的梦境更加接近了。奕绘《浣溪沙》词中说："此日天游阁里人，当年尝遍苦辛酸。"又有"旷劫姻缘成眷属"之句，即事指太清，可作旁证。我们似乎可以作这样的推断：幼时的辛苦磨难，铸造了她的人格；良好的教育，赋予了她的才情。而入嫁贝勒府，则是顾太清人生道路上的重大转折。

# 二

奕绘（1799—1838），字子章，号太素道人，又号幻园居士，爱新觉罗氏。乾隆第五子荣纯亲王永祺的孙子，荣恪郡王绵亿的儿子。嘉庆年间袭爵贝勒，做过散秩大臣，管理宗人府、御书处、武英殿修书处，授正白旗汉军都统；著有《子章子》《妙莲集》《集陶集》和《明善堂集》，曾和著名学者王引之合编《康熙字典考证》；善书法，喜收藏，还学过拉丁文，才学是清宗室中少见的。顾太清和奕绘的婚姻，似乎没有勉强撮合的迹象。在奕绘一边，有妻室，有嗣子，门庭显赫，他被太清的丰才美貌所倾倒；在顾太清一边，除了憧憬能在文学上把奕绘引为同调外，急于摆脱困窘的生活现状和实现自身价值的渴望，使她在这桩婚姻上绝不会是一个单纯的被动者。她在《苍梧谣·正月三日自题墨牡丹扇》词中说："侬，淡扫花枝待好风。瑶台种，不作可怜红。"题画耶？自况耶？难下断语，不过，她确实高攀了，她为此而心满意足。

太清善诗，而天生丽质，更为她增添了一重魅力，有人曾描述道：

66

太清好著白衣，尝与贝勒并辔游西山，作内家妆，披红斗篷，于马上拨铁琵琶，手白如玉，琵琶黑如墨，见者咸谓是一幅王嫱出塞图也。（《天游阁集》钝宦按语）

　　她之所以被奕绘所激赏，清貌绝美是一个很重要的条件，但由此而来的麻烦也不会少。太清与龚自珍之间的瓜李之嫌，肇成一桩欲理还乱的"风流悬案"。

　　作为侧室，在非常正统的家族里的地位是可以想象的，太清却受到了礼待，贝勒府邸上上下下对她很尊重。太清是个极有涵养的人，清楚自己的身份和能力，不会轻易地被"宠"昏头脑，用现在的话来说是"会做人"：上奉姑嫜，下体奴婢，与奕绘正室妙华夫人相处得也不错，陪家中女眷游览西山、潭柘寺等京华佳胜，是经常的节目，但决无矫情做作。有个女婢叫石榴的，非常崇拜太清，不因她是侧室而有所怠惰，口口声声称为"夫人"。她最爱吟诵太清《游仙》《登山》诸作。太清引为知音。"十三初识面，问答两投缘。"写的就是主仆间的亲密关系。石榴侍候太清七年，不幸夭死，临终前一定要索取太清平时穿的衣履随葬。太清至为悲伤，含泪作哀诗悼词以示哀悼。"赐衣同挂剑，送汝镇长眠。"这是《哭石榴婢》诗的最末两句。"挂剑"一词，典出《史记·吴太伯世家》，引申为心许亡友、生死不渝的意思。把奴婢视作挚友，可见太清的为人了。太清与奕绘齐年，妙华夫人则长他们一岁，她也是一个有文化的人，33岁时不幸去世。太清在其周年祭时遣自己亲生儿载钊往祭，并痛成一绝句："悠悠生死一年别，忽忽人情几度催。金顶山头风雨夜，殡宫哭奠一儿来。"侧室做到这份上，也真难为她了。这正显示出太清具有大家闺秀的气度。在与妻妾的感情交流上，奕绘是向太清倾斜的，这是太清的幸福。妙华夫人亡后，奕绘不再娶，太清从此"几年占尽专房宠"。

三

在宗室豪门中，仰取俯拾，衣食有余，是毫无缺憾可言的，缺少的便是爱情和人情。奕绘贝勒府好像是一个例外。共同的爱好，使灵犀互通；普通、平淡的夫妻生活，由于艺术的介入，变得温馨充实、有滋有味。奕绘酷爱收藏，而且藏品很精，每挟回古画古器物，夫妇俩摩玩舒卷，寝觉有味，便吟诗相庆，夜尽一烛。"夫子以十金易得古玉笛一枝，且约同咏，先成《翠羽吟》一阕，骊珠已得，不敢复作慢词，仅赋十六字令，聊博一笑"这类文字，在她的集子中并不少见，颇见琴瑟之趣。奕绘很钦佩她的诗才，朋友间有唱和之作，太清常常充当捉刀人。至于剪烛西窗，促膝论文，乐在声色犬马之上。有一年冬夜，夫妇灯下谈天，奕绘滔滔不绝地大谈人生玄理，太清聚精会神，洗耳恭听。不知不觉已过半夜，趁着余兴，太清赶紧赋《鹧鸪天·冬夜听夫子论道有悟》词一首，记下了这次有意思的谈话。他们凭藉唱和联句的方式增强爱心，这一切又仿佛是在有意和无意之间进行着。奕绘字子章，顾春字子春；奕绘号太素，又号幻园居士，顾春号太清，又号云槎外史；奕绘诗集取名《明善堂集》，词集为《南谷樵唱》，顾春诗集

68

取名《天游阁集》，词集为《东海渔歌》，如此对偶工整，恰是象征着伉俪笃情。无怪乎时人以元代赵孟頫、管仲姬目之。当奕绘四十寿辰时，太清奉上的贺礼竟是一首诗："八十年兮赋好春，花灯寿畢又更新。"她，完全陶醉在佳人才士、齐辉并美的情景中了。

架上万轴牙签，使她得以优游于诗山词海之中；遍览京都风物，给她提供了极好的诗料，而交游，则让她大开眼界。奕绘好风雅、擅文采，由于管理御书处、武英殿修书处的缘故，结交的都是名流。府邸便是他们围炉品茗、谈诗论文的佳处，一代学人如潘芝轩、阮元（芸台）等都是座上客；还有一位了不起的人物，那便是龚自珍。太清有幸亲聆他们纵横国是、慷慨说论，获益不浅。阮芸台有个怪脾气：凡是遇到不喜欢的俗客，便装出一副耳聋的样子，客客气气地请他回府，对太清却垂以青眼，甚至把自己的诗请她品评，这种大面子，是只有龚自珍这类人才能得到的。太清也极其敬仰这位长者，称他是"为楫为霖真宰相，乃文乃武大宗师"（《读芸台相国〈揅经室诗录〉》）。

物以类聚，人以群分。太清究竟是女流之辈，更适合于名媛才女的圈子。在她作品中经常提到的有阮芸台的儿媳许云姜、许滇生之妻项山屏和子妇石珊枝、钱衎石之妻陈氏和儿媳李纫兰。恽珠的《国朝闺秀正始集》均有传。其中最值得一提的是沈善宝。善宝字湘佩，钱塘人，著有《鸿雪楼集》《名媛诗话》，工诗善画。其髫龄时父亲去世，家贫如洗，于是致意翰墨，声名远播，求画者络绎不绝，所得润笔，奉母课弟，是当时可数的名才女之一。也许是经历相近，太清对她非常有好感，多次相互唱酬。沈对太清也推崇备至，她后来回忆说："太清才气横溢，援笔立成，待人诚信，无骄矜习气。余入都晤于云林处，蒙其刮目倾心，遂订交焉。此后倡和，皆即席挥毫，不待铜钵声终，俱已脱稿。"（《名媛诗话》）从一个侧面反映了太清确实才思敏捷，无愧才女之称。太清有一首诗，专门描绘才女们赏菊斗诗的场面：

> 神仙洞府远尘寰，小坐瑶池姊妹环。既可留花藏煖室，何须结屋必深山。寒香有意催佳句，银烛无缘照醉颜。自愧题诗输沈约，吟成七步竟消闲。（《冬日季瑛招饮……即次湘佩韵》）

实际情形，大概是不错的。

"谈笑有鸿儒，往来无白丁"，可以概括太清的交游范围，但也不能说她与"白丁"没有感情上的沟通。当京都久旱之后喜逢甘霖，她欢忻异常：

> 小窗一夜听冬雨，大地来年报麦秋。从此不须愁米贵，生民饱食复何忧。（《喜雨》）

她还能明白，在巨宅高墙之外，还有偌大的一个世界，比起那些不知盘中辛苦的贵妇来，确有很大差别。

从嫁给奕绘到40岁前，是太清身心最为愉快的时期。她为奕绘生了三男三女：男载钊、载初、载同；女孟文、叔文、以文。该得到的，她都得到了；该享受到的，她都享受到了。然而，当四十初度时，

70

却只有抚今追昔的感慨：

> 百感中来不自由，思亲此日泪空流。雁行隔岁无消息，诗卷经年富唱酬。过眼韶华成逝水，惊心人事等浮沤。那堪更忆儿时候，陈迹东风有梦否？（《四十初度》）

这里没有那种抑制不住的喜悦，也没有流水落花春去的惆怅，一切都显得那样平和。也许愈是想得到的东西，就愈难得到，一旦得到了难以得到的东西，就愈担心失去，她隐隐地感到了不祥之兆。

## 四

道光十八年（1838）七夕，奕绘逝世。那年，太清也是 40 岁，她痛不欲生。不久，嫡子载钧（妙华夫人所生）承袭固山贝子，家庭关系急遽恶化。十月二十八日，奉荣恪郡王福晋、奕绘之母命，太清携钊、初两儿，叔文、以文两女（载同早夭，孟文早嫁）被迫移居邸外，无所栖止，只得变卖钗珥，购得住宅一所，暂作安顿。当时的狼狈困苦状况，可想而知。这次突如其来的变故，原因比较复杂：按照太清的说法，是载钧兄弟不睦，挟太夫人发难。她在一首《自先夫子薨逝后意不为诗冬窗检点遗稿卷中诗多唱和触目感怀结习难忘遂赋数字非敢有所怨聊记予生之不幸也兼示钊初两儿》诗中说："斗粟与尺布，有所不能行。"按"尺布斗粟"典出于《史记》，汉文帝弟淮南厉王刘长因谋

71

反事败，被徙蜀都，中途不食而死，民间作歌曰："一尺布，尚可缝；一斗粟，尚可舂。兄弟二人不能相容。"太清用这个典故，是否是一种暗示？有人则以为，根据清宗室规制，王公贵族死后，其侧室和所生子女均须迁出邸外居住。还有一种说法是，太清与龚自珍有私，所以被逐。孰是孰非，恐怕难下定论，也不便在此饶舌。有一点可以肯定，太清从此以泪洗面，过着"餐书或可疗清贫"（《庚子生日哭夫子》）的生活。作为诗人，以前那种明快、清新的风格，渐渐被沉郁凄凉所替代。"春与人宜"的愉悦心境，一变为"寒蝉老树"的嗟叹了。作为遗孀，她对亡夫魂牵梦萦，光是"哭先夫子"之类的作品，就可刊成一编。尤其当载钧无视奕绘经营的手泽，将奕绘喜爱的雷泉无情地填平、把当年奕绘为百年计所购祖茔廉价赁出时，太清开始愤怒了，痛诋不孝之子。然而，当1842年英军犯浙东时，本来生活已自顾不暇的顾太清，恨蛾眉不能勒石燕然，扼腕请缨，转祈天上雷公："盍效昆阳助战争，一为吾皇击群丑！"其济世之苦心，可使不知亡国恨的士大夫汗颜。

　　太清毕竟是一个意志坚强、善于克制的人，虽然生活不富裕，依然辛勤养育儿女，亲自授课。幸喜儿辈都能克绍箕裘，在仕途上各有成就，太清的晚景不致潦倒。77岁时，她双目失明了，仍然不废吟咏，是一位罕见的勤奋的女诗人。一生沉浮，侵蚀了她的容颜，改变了她的生活，但她的诗情，她的爱心和童心，却没有丝毫减弱。"老妪从容含笑道，苔阶路滑向须扶。爱人若辈应如此，毕竟今吾非故吾。"（《戏答苏姬》）倘若人同此心，太清也算得了点慰藉了。

据说，在同治、光绪之际，有人还亲眼见到过顾太清，不过那时，她已垂垂老矣。身后葬在西山南谷，在奕绘的园寝旁。

她无声无息地来，又无声无息地去，留下的是一部《天游阁集》（诗集）、一部《东海渔歌》（词集）。

# 五

唐诗是讲意境的，宋诗是讲才学的。面对这两座高峰，清代诗人有点不知所措了，清诗也就处在两难的境地。除了少数几个诗人尚能发声清越、寄兴深微外，多半也只能在"如来掌心"（鲁迅语）中折腾。顾太清的诗能在人头攒动之中争一席之地吗？大概很难。幸好她是凭才气做诗的，不摆"轨唐模宋"的架子，倒也显得潇洒自如。

> 雨中山势看模糊，乱点斜皴树有无，瓦甑酒香供野客，竹炉茶熟唤美奴。（《题画四首·雨烟茅屋》）

这首诗没有一则典故，也没有故作惊人之笔，它犹如一幅水墨画，于大处如山势、树丛、泼墨淋漓，只求神似；于小处如竹炉、瓦甑，工笔勾勒，精雕细镂。虚幻与实在、宏观与微观、远与近，调节得当，富有律动感。视觉、嗅觉、听觉甚至幻觉杂糅在一起，又造成一种氤氲空濛、挹掬可就的艺术效果。

太清的诗，仿佛一开始就走的是唐人的路子，只说不清宗哪一家、哪一派，唐人丰腴绵密、含蓄隽永的风韵在她的诗里得到了贯通，像"晚晴碧间添新水，归路回见暮霭平""多情最是溪边柳，送客依依过短岗""青青不尽茬蘼草，翠羽明珠总是虚"之类句子，随手可得。不过，正如沈善宝所说："《天游阁集》中诸作，全以神行，绝不拘拘绳墨。"（《名媛诗话》）太清的诗还是非常明显地保持着清浅可诵的特色。

太清和李清照不同，一个是贵妇，一个是庶民，接触社会的层次有差异。难得的是，太清也能将笔触深入到下层人民的生活。在《采菱》一诗中，谆谆嘱咐："珍重采菱人，凉风动湖口。"虽说这种同情还带点居高临下的色彩，但毕竟是她的肺腑之言。而《蚕妇吟》一诗，则表现出较强的现实感：

　　星星初破卵，蠢蠢渐眠床。濯濯寒闺秀，采采陌上桑。采多桑叶稀，迟归恐蚕僵。楼上谁家妇，看花笑我忙。

前四句句首采用双声叠韵，铿锵有力，情绪颇为沉重。后四句描写采桑女焦虑的心情，恰和楼上看花妇悠然自得形成比照，作者的愤懑与不平，和盘托出。从形式上说，它酷似汉乐府，从内容上说，又能体现乐府民歌"感于哀乐，缘事而发"的特征。内容和形式的完美统一，在此诗中表现得很充分。

太清能写一手"哀怨凄绝"的艳体诗，却并不以为然，偶有涉笔，务必标明"戏拟"，表示诗风纯正。总体来说，太清诗呈现出优雅的风格，而她的遒劲豪迈的一面也不能忽视。

　　闪闪旌旗接阵云，茫茫沙漠马成群。慨然不洒出门泪，叱咤风生一旅军。

　　何用琵琶寄恨余，和亲故事自应除。美人俊骨英雄志，誓斩单于报捷书。

　　以上是《孝烈将军记》中的两首。如此豪情勃郁，原是只有慷慨悲怀的烈士和征战沙场的老将所具有，太清一妇人耳，不屑于琵琶寄恨的懦弱，鄙夷和亲结盟的苟且，赞扬挥戈匹马的壮烈，其襟抱之不凡，可见一斑。她在《读〈光武本纪〉》诗中曾激情洋溢地写道："十三轻骑霸乾坤，城上披图更几人。一笑中原挥顾定，井蛙安识帝王真。"读了这首诗，我们清楚地看到，在太清身上，自有一种胆气、侠气、锐气、书卷气，而没有那种令人可厌的头巾气。

　　词在过去被认为是"艳科"，这固然是偏见，由于它比较适合于表现细腻的感情，多少年来一直是长于抒情的作家尤其是女作家所喜欢。

　　对于太清的词，人们的评价是很高的。近代词人况周颐说："曩阅某词话，谓铁岭词人顾太清与纳兰容若齐名，窃疑称美之或过。今以两家词互校，欲求妍秀韵令，自是容若擅长；若以格调论，似乎容若不逮太清。"（《东海渔歌·序》）太清词的格调是什么，就是深稳沉著，不琢不率。也就是说，它能摆脱元、明以来词坛上纤仄雕琢绮靡的流

75

弊，张扬宋词那种清隽灵动、生气灌注的词风：她偏爱宋词，一代名家如黄庭坚、柳永、张孝祥、张元幹、周邦彦、李清照、姜夔、吴文英等的词集，几乎和遍了。她的词作，尤其得力于周邦彦，也瓣香姜夔，从而形成了洗练、清隽的风格。"烟笼寒水月笼沙，泛灵槎，访仙家。一路清溪、石桨破烟划。才过小桥风景变，明月下，见梅花。　梅花万树影交加，山之涯，水之涯，淡宕湖天、韶秀总堪夸。我欲遍游香雪海，惊梦醒，怨啼鸦。"这首题为《江城子·记梦》的词，基本上能够反映太清词的风格。

太清词的内容大致也和诗一样，诗的某些特点，在词中仍能得到表现。当然，她的词作也自有独到之处。太清作词，非常讲究造境，特别善于渲染清冷的氛围，布置一个素雅静谧的背景，给读者带来一种心肺澄彻的感觉。

太清词集中所多的是写景、咏花、送别、忆友、读画之作，她用"归骑踏香泥，山影沈西，鸳鸯冲破碧烟飞"来欢唱大自然的一片生机；她用"叶补翠云裳，花缀胭脂。华清浴罢疑无力"来描摹海棠的娇艳；她用"故人千里寄书来，快些开，慢些开，不知书中安否费疑猜"状写真挚的友情；她又用"梦去嬾寻，曲成自顾。唾壶击缺愁难赋"来倾诉愁怀。——这一切，正是她追求美、崇拜美的心态的传神写照。

在太清所有的词作中，有两种类型的作品，很值得重视，一为哲理，一为写人。

太清是个很有识见的词人，喜欢写一些充满机锋、意味深长的哲理词，如《惜分钗·看童子抖空中》：

76

春将至。晴天气。闲坐看儿童。戏借天风。鼓其中。结彩为绳，截竹为筒。空。空。　　人间世。观愚智。大都制器存深意。理无穷。事无终。实则能鸣，虚则能容。冲。冲。

　　作者从儿童玩"扯铃"中得到启发，拈出"实则能鸣，虚则能容"的道理，可说是慧眼独具。在《鹧鸪天·傀儡》一词中，作者对傀儡（木偶）作了深刻的剖析，以为它"衣冠楚楚假威仪。下场高挂成何用，刻木牵丝此一时"，告诫人们不要被"衣冠楚楚"所迷惑，应该从本质上认识它。知识一旦上升为智慧，也就参透了人情；深奥的道理一旦用最简单的形式来表述，也就充满了理趣。太清的哲理词正是这样，所以令人回味无穷。

　　用词这种形式来刻画人物是少见的，太清在这方面取得很好的成绩。如《金缕曲·红线》：

　　技也原非幻。入危邦，床头盗合，身轻如燕。甲帐风生申夜警，悄过兰堂深院。好趁取、灯昏香断。太乙神名书粉额，挂胸前、匕首龙纹灿。奇女子，字红线。　　功成岂为求人见。慰君忧感知酬德，负他争战。遁迹云山游世外，酒海花场谁恋。劳主帅、中庭夜饯。野鹤翩然随所适，冷朝阳、特赋菱歌怨。乘雾去，碧天远。

　　这本是唐传奇中的一个故事，叙述侠女红线为主人行侠解忧事。主要情节已被此词高度概括。作者用挥洒自如的笔调刻画一个潇洒的人物。这位"奇女子"之奇，还表现在她"遁迹云山游世外，酒海花场谁恋"的旷达心胸。太清钦佩红线的侠义，更羡慕她的超然物外。在红线身上，太清倾注了自己的热情和人生理想。这首词风格雄浑，更近于豪放一派，即在顾集中也属少见。

词学家龙榆生曾说过这样一句话："蕙风（况周颐）论词，以重、拙、大为主，而于太清之作，备极推崇，可想其格调之高矣。"（《词学季刊》）以太清词作验证，确为至评。

顾春所著《天游阁集》五卷，有宣统二年（1910）神州国光社排印本，刊入《风雨楼丛书》；《东海渔歌》四卷，有1914年西泠印社活字本，但缺第二卷。20世纪30年代，龙榆生曾辑顾春佚词若干充为第二卷，刊于《词学季刊》。日本铃木虎雄所见钞本比国内刻本多词一百四十七阕，可见顾太清词在国内亦不全。即使这样，在中国文学史上出现这样一个才女，才是真正难得的。

书蠹

# 当记忆成为一种奢侈

当记忆成为一种奢侈，情景会怎样？

为了核对一个重要史实，有人日夜兼程，试图从濒死的当事人口里抢救出一个字——"是"或"否"；为了获得知情者对于当年一个基本情况的描述，有人不远万里，远渡重洋；为了纠正回忆者的误记，有人焚膏继晷，用整整一本书的篇幅来加以澄清；为了在第一时间拿到一本重要的回忆录，尽管八字还没一撇，有人不惜一掷千金。有人为某某政要没有留下回忆录而遗憾不已；有人为某某巨公丢失的回忆录而翻江倒海地寻觅；有人为尚未到期公开的回忆录而苦苦等待。有人为失忆而痛心疾首；有人为无法摆脱的难堪记忆而烦躁不安……我们正在为这记忆之门的开闭，付出代价。

回忆是人皆可为而不为的事，正因如此，它容易被忽视，容易被遗弃，容易被边缘化，好比一张清代或"文革"中的邮票，在当初正常的消耗中，任由它自生自灭，谁也不去关注它的归宿，当然，除了那些有心人。而事实上，只有那些有心人，才是真正的收获者，才是真正的赢家。

一件东西，当它被我们意识到重要而却又不被拥有的时候，它就是一个奢侈品，比如回忆。

然而，让我们坐立不安的，不是那些记忆正在变得奢侈起来，而是民族的集体失忆。不可能？哦，也许吧。不过，一个简单的事实是，中国近现代100多年的苦难史，如今正在被无可抑制的乐观情绪和狂欢气氛所消蚀。许多人对于昨天发生的事情已然淡忘，毫无兴趣，更不用说那些没有经历过"昨天"的新生代。还有谁会相信这是非常危险的信号？谁还会认为那些似乎近于"自恋"、唠唠叨叨地说着"从前"的人，是体面的、明智的、受人尊敬和欢迎的？

"忘记过去则意味着背叛。"其实，在现在，更清晰的表述应该是——忘记过去则意味着失去将来。在世界发达国家当中，还没有哪个对自己的历史表现出漫不经心、不以为然，耐人寻味的是，健忘和漠视，倒是那些落后、软弱、贫穷的国家的特征。

我们有很多这样的例子能够证明，有些值得引以为戒的事实，比如"文革"之怪状，如果当事人不加披露，就不会成为民族反省的动力——

1969年，"珍宝岛事件"爆发，此时，苏方领导人也感觉到了情况的紧急，首脑柯西金启用中苏热线电话，准备亲自与中共中央主席毛泽东通话，试图了解对方意图，然而，令人意想不到的是，中方一位话务员得知对方身份后，不但拒绝为他转接，还严

82

辞痛斥道：你这个"苏修"头子，不配和我们伟大领袖通话！对方又说：那能否请周恩来总理接电话？话务员愤怒地说：我们的总理那么忙，哪有时间跟你说话！然后就挂断了电话……几天以后，柯西金又打来电话，要求与周总理通话。外交部苏欧司答复说：你们苏联党已变成修正主义了，中苏两党已断绝关系了，但是你要和周总理谈，我将报告总理和我国政府。无奈之下，苏方改由外交渠道与中方接触。

——李连庆《老外交官回忆周恩来》

这种生动、形象、清晰的历史影像，难道会出现在那些正襟危坐的历史教科书中吗？正是记忆，显示了它独特的印记和对历史还原的扎实。

这种令人哭笑不得的事情不公开，后来者如何知道"文革"之"大"、遗祸之深，到了无以复加的程度？如果我们不了解这段历史，不去正视这段历史，不从这段历史当中反省整个民族扭曲的文化心理，那么，中国现代化的进程就不会那么快速、那么流畅，我们就不能很好地融入世界，被世界认同。

有两件事我想应该提一下。

一件是大概几年前，我曾请教一位在福州路上工作了几十年的老先生，福州路上某剧场在"文革"及之后一段时间里的更名情况。不料，他绞尽脑汁，竟不能作答，而说起"文革"乃至新中国成立之前的情况，则如数家珍，随手拈来。

还有一件事是，为了寻觅一张新华电影院拆除前的照片，我求助于各路朋友和寻觅有关资料，结果都是"阙如"，相反，要获得一张旧上海时期新华（原名夏令配克）的照片，倒是易如反掌。

莫非人的记忆真是记远不记近的吗？莫非我们对于貌似唾手可得的东西天生缺少关注的热情吗？现在大概可以明确地说，不错。这不是历史要我们应当这样那样地去梳理历史事件，而是我们的历史观出现了偏差——厚古薄今，是无数史学工作者的心理定势。

可以说，这两件事，小小地刺激了我，促使我把在"文革"中后期及之后的十多年的所见所闻记录下来。因为我相信，在所有关于上海的记忆当中，这段历史最没"亮点"，最不出彩，最少引人注意，然而却是最堪玩味、最耐咀嚼、最有强烈现场感的历史档案，尽管它更多的是以野史的面目示人。

至于我这本小书所起的作用，我想最多只是立此存照，或者说只是为了忘却的记忆——对那段很多人熟悉但又不屑爬梳、正在淡出人们记忆的历史的摹写。我知道自己并不是一个最有资格最合适的摹写者，我希望有更多的亲历者来补缀我的疏漏，共同参与完成这张历史拼图。

怀旧，是一个人逃脱不了的人生过程，这和观念、品质、学识等等没有关系。如果说人家的怀旧还带着一点欣慰和快乐的话，我的"怀旧"，则更多的是对过去的否定——对那些失去理性岁月的否定。但愿读者能够看得出来。

为了不使记忆变得奢侈起来，有些事，我们要赶快做，哪怕只是贡献一鳞、一爪、一斑、一屑。在行将交卷的时刻，我的这种心情反而变得沉重起来。

　　我原本试图写成 100 个片断，如果能够实现的话，恐怕涵盖面可以更广一些，遗憾的是，手上不断增加的杂七杂八的事在干扰着正常的写作。或许以后还有机会补救，我知道这是一个奢侈的想法。但愿这不是空想。真正使我担心的，不是别的，却是自己的记忆力是否能经得住时间的磨砺。

——《上海往事》序

# 收藏历史

　　人的大脑可以储存很多信息，有时数量之多，令人难以置信。但是，正如我们所知道的那样，人的大脑可储存的东西又非常之少，而且还不准确，甚至谬误丛生。一个明显的例子是，我们有时竟然叫不出一个老朋友的名字；有时竟然不清楚几分钟前自己说了些什么；有时竟然记不得牌桌上对方出过的牌，哪怕只是刚刚过了一个轮回。有人虽说能背出圆周率多少多少位，却想不起来一句脍炙人口的唐诗；有人能把一部《红楼梦》背出来，却想不起来一个简单的数理公式……可见，人的记忆，不光没想象的那么灵通，而且局限性还不小。

　　人类正在为记忆力的衰退和丧失付出代价。过去是，现在更是。

　　不错，我们或许可以借助电脑，来帮助储存一些被我们认为值得储存的东西。遗憾的是，电脑不会主动储存那些我们认为值得储存的东西，更不会判断有用和无用而进行汰选。内存、硬盘、记忆棒等等的出现，并没有使我们的大脑空间释放出来；相反，由于过分依赖这些玩意儿，谁都在抱怨自己的记忆力越来越差，越来越靠不住。因此，各种各样的记事本、日志、备忘录被我们随身携带，甚至被装进了手机。档案的概念，就这样不知不觉地渗透到了人们的日常生活。

作为一个现代人，我以为，最让人觉得不光彩的，不是没有现代意识，而是没有历史感。有没有历史感，正在成为考量一个人是否有素质和富有前瞻性的重要指标之一。

所谓历史，即人类社会发展的过程。要描述这个过程，没有文献可征，只能说是推想、臆测。可以说，谁掌握了关键材料，谁就最有发言权，谁就离历史真实最近。因此，几乎所有的档案都是历史文献，几乎所有的历史文献都是档案。当年鲁迅把别人视为废物、欲付诸秦火的几百麻袋清宫各种文档抢救下来，后来不是成为清史学者倚重的论据吗？据说"二战"之后，德国一些城市一片狼藉，但人家硬是复原了原先的模样，一幢楼房，一座歌剧院，一条街坊，靠的就是那些收藏了上百年的设计蓝图！由此可知，我们没有任何理由可以对历史遗留下来的档案资料表现出漫不经心和不以为然，甚至毁坏、放弃、拒绝。

《上海珍档》它的出版，大致传递出了一些我们希望了解和传播半个世纪以前上海的历史文化风貌的信息，尽管是一鳞半爪，但显示出了多角度、多层次的观照意图。有人说，五千年看山西，三千年看陕西，五百年看北京，一百年看上海。上海的历史文化资源当然不及山西、陕西、北京那么悠久，但它毕竟是中国近代社会变化发展的缩影，无论从哪个意义上说，都是值得好好收藏、整理、研究的。因此，《上海珍档》的出版，自有其价值。

———《上海珍档》序

# 明清娱情小品撷珍

　　中国明代，略当于欧洲文艺复兴时期。文艺复兴的起因，是对中世纪基督教文化的反动。重估人的价值，肯定人有追求财富和个人幸福的权利，要求个性解放，是它的基调。明代文化与文艺复兴时期的文化虽然很难相提并论，但其精神颇有相通之处。

　　明代，资本主义萌芽开始出现，城市化进程加快。适应社会的这种变化，其文化亦在进行变异、整理和寻求突破。旧体文学，如古文、诗、词，逐渐衰弱，一向被视为不登大雅之堂的小说、戏曲以及各种通俗文学异军突起。其中，晚明娱情小品的崛起，成为最可注意的重要一翼。小品这一文学样式，虽说并非昉自晚明，但所谓的"娱情小品"，却是在明人手里成熟起来。与"抒情小品"稍有不同的是，"娱情小品"带有相当多的自娱自乐性质，大概比较接近于"闲情""遣兴"的意思吧。张岱、张大复、屠隆、陈继儒、袁宏道等，在这方面都是各擅胜场的。"娱情小品"的写作之所以盛行，除了因为市民文化发展的必然趋势使然外，还得力于有明一代的思想家如王阳明等对长期以来束缚人们思想的程朱理学的挑战和冲击。他们高张"致良知"的旗帜，提倡大胆思想和追求个性解放，促使人们的头脑，多少摆脱了一些教条统治和传统束缚。虽说那时，传统的伦理思想依旧沉重地桎梏着人们的心智，但生活在世俗中的人们却通过各种途径、方式和方法，重新发现和审视人生，力求使自己的生活与现实生活相兼容、更接近于自然而不甘苟且于被扭曲的生活状态。他们向往世俗生活的自由自在，追求一种带感情和富有艺术趣味的生活。情动于衷，随手写来，不计长短，清浅可诵，一时蔚然成风。清王朝文网森严，精英文化备受摧残，但市民文化（包括娱情小品的创作）却能继明代余绪，香火不断，且有长足的进步，此亦是流风所及、生命力顽强的明证。

明清两代一些有才华的作家，不再迷恋空疏乏味的高头讲章，而把目光投向平实的市民生活。他们既不必肩负为圣人立言的重担，又无须为朝廷张目捉刀，故有着较好的写作心态。他们笔下的"娱情小品"，或长或短，或骈或散，或佛或道，或仙或鬼；或谈情说爱，或谈天说地，或论学论艺，或品文品曲；或记人记事，或记物记言，或饮馔或声容，或器玩或颐养，无不挥洒自如。而都市风光，人情世故，民俗风尚，山川名胜，隽语清言，又无不诉诸笔楮。至于对那些碧落黄泉的美人，骨冷青山的名士，以及灯火辉煌、笙歌彻夜、画舫载酒、曲院迷香之类，津津乐道，则表现出作者浓厚的士大夫情调。从艺术的角度来看，这些作品大多能做到"幅短而神遥，墨稀而旨永"，加上作家以寻常心、一家言的态度行文，显得自然亲切，颇能引起读者的共鸣。如李渔的《闲情偶记》、史震林的《西青散记》、余怀的《板桥杂记》、沈复的《浮生六记》等，是这类娱情小品的代表作，可圈可点之处也不少。

明清娱情小品，反映的往往是世俗生活，虽然其中不乏伤时讽谕之作，但抒发浓重的个人情绪和描写身边琐碎小事占了很大的比重，所以，它们受正统批评家的漠视或鄙视也在情理之中。有些极富才情的作家就因为这个缘故被史家冷落而声名不彰。不可否认，和明清的精英文化相比，这些娱情小品确实显得浅薄了些，但我们却不能因此而否定其所含有的较大的社会内涵、文化意蕴和较高的审美价值。让它们存一席之地，可以使人们了解一下明清文学的另一面，至少也可以引起人们对当今人生理想和生活态度的一种有趣味的比照和咀嚼的兴趣吧。

——《明清娱情小品撷珍》序

# 回到纯真年代

读苏童，就是读自己；认识苏童，就是认识自己。作为苏童的同龄人，尤其在读了苏童的散文后，我想，我有资格说这句话并且以为这里没有夸张的成分。

苏童的小说是我们熟悉的，但他小说中的人和事令我们感到陌生；苏童的散文是我们陌生的，然而他散文中的情和景则是我们所熟悉的。当我们咀嚼苏童的散文并由此发出会心的微笑时，我们似乎把苏童看清楚了：这是一个文静、敏感、温情脉脉的小男孩。我之所以愿意和这样的"小男孩"神交，并不因为激赏他或者以为这样的"小男孩"应该受到社会公众的宠爱乃至可以作为一种做人的标准，而是因为现在往胸口贴毛的所谓"大男人"太多，他们粗俗、啰嗦、没有涵养、没有羞耻感、怨天尤人、自我感觉太好。虽然苏童也承认自己在创作时"贴过毛"，不过他的散文所表现出的近乎苛刻的"省身"精神和灵魂拷问，可以令一切失去真实的"大男人"们显得浅薄，无足轻重。

通常，苏童的创作被认为是"新写实主义"，风格近"阴柔"一派。"新"不"新"、"写实"不"写实"，我不知道，至于说"阴柔"，大概可以看作是苏童创作的重要特征，他的散文创作也不例外。在"阳刚"之气受到大力推崇的年代，"阴柔"之受人诟病似在意料之中。然而真正杰出的作家从来不拒绝"阴柔"，无论是屈原、李白、杜甫、苏轼、陆游、龚自珍还是鲁迅。而且因为特别讲究修辞，中国文学在本质上就是颇主"阴柔"的。"阴柔"并不意味着"亡国哀音"或"颓废"。在世道纷杂之时，苏童的那些充满温情的散文，能够勾起我们对从前纯真年代的一点回味，给我们带来一种对美好的人生、人情的向往和想象，对于我们日见迟钝、干涸的情感世界是一种触动和滋润。苏童写道："我特别喜欢的是深夜离开写字台走进卧室，看见床头灯在等着我，而妻子和女儿已经相拥入睡，我看见女儿的小手搭在妻子的脖颈上，五个小手指一齐闪烁着令我心醉的光芒。"（《三口之家》）这种文字也真令我们心醉。在苏童的散文中，我们看不到他强迫读者接受真善美能解决一切问题的观点的企图，不过他提醒我们：人类美好的感情和愿望是人类心灵史上永不磨灭的印记，它会影响人的一生。这在《初入学堂》《二十年前的女性》《九岁的病榻》《雨夜的思想》诸篇中可以得到证明。因此，苏童散文中的"阴柔"并不表明软弱，相反，它是有力的。

你应该读一读苏童的散文，我说。

假如你不能从苏童的散文中读出苏童是个文静、敏感和温情脉脉的"小男孩"的印象的话，那不重要，反正你总能从中读出你心目中的苏童。

——《捕捉阳光》编后记

# 漫画化的《三国》

　　如果询问一下目前四五十岁的人，他最初的"三国"知识从何而来，相信有至少四分之三的人会联想到自己阅读《三国演义》连环画的经历。倘若还要更进一步求证于六七十岁的人群，恐怕离"文本"更远，以戏曲表演和口述（如评话、讲故事等）形式进行传播，成为这一代人接受这段历史的主要途径。一个令人沮丧的事实是，信史，不可能通过一种让人赏心悦目的娱乐工具而毫无损伤地传达，反过来说，如果缺少这种媒介，信史只可能与极少数专业人士有关。这种尴尬的状况，看上去好像与真相渐行渐远，实际上却是达到了欲擒故纵的效果。很多人正是通过各色娱乐工具开始对历史发生兴趣，进而质疑，以至于深入研究的。

　　我们对于历史的研究，目的在于了解真相，如果我们仅仅满足于这一点，那就太糟了。给予历史现象以合理的解释，应当是更高的境界。我们与历史发生的联系，不是靠真相，而是靠诠释真相的过程。因为只有这样，历史才是有生命的，有用的。所以，克罗齐才会说，所有的历史就是现代史。

然而诠释的过程又是十分复杂，过分的贴近和过分的隔离，都不能使我们看清真相。治史之难，难就难在这里。所以人们大都愿意接受历史研究的成果，或者干脆直接获得结论，而放弃把自己抛入到枯燥乏味的取证和繁琐伤脑的考证上。可是，人们需要了解历史，就像需要了解自己的身世一样。因此，史料——演绎——改编，成了通行的路数。应当说这与普及历史知识无甚关系，但客观上它是起到了普及历史知识的作用，尽管这种"普及"和历史真相产生了一些距离。

有人因为接触了经过演绎的历史从而接受或相信历史的本真就是如此的吗？大概很少，即使有，那些人群也不会对历史产生颠覆性的破坏，理由是那些人的文化素养决定了他们不可能有足够的能量去改变业已成立的历史事实。

在现在这个以市场化为主导的商品经济时代，文化在商业利润法则的驱使与控制下，形成了所谓文化消费时代。传统的经典作品被重新发现其内含着巨大的商业价值，为了实现由经典产生的利益最大化，它无法逃脱被快餐化的命运。对历史上的文化经典进行重塑、整合、戏拟、拼贴、改写等，成了大众消费文化的语境中的时尚。其中以周星驰的《大话西游》为代表。

有人反感"大话""戏说"等，是因为这些东西对传统或现存的经典话语秩序以及这种话语秩序背后支撑的美学秩序、道德秩序、文化秩序等进行了戏弄和颠覆。我以为这只是问题的一方面，而另一方面，那些经典的话语秩序以及这种话语秩序背后支撑的美学秩序、道德秩序、文化秩序等，在现代社会意识和价值观念的观照下，已经显现出它的历史局限性，"大话""戏说"等只是对它们进行一种反拨。当然其中必有高雅和低俗之分，机智与笨拙之别。

值得一提的是，那种"无厘头"的作品之所以选择传统经典作品作为突破口，不排除"借鸡生蛋""借船出航"的商业目的。毕竟，传统经典的号召力仍然是强大的，只不过它的话语等系统和现代人能够接受容纳的系统产生了排斥。但这不是不能修复。我甚至认为，一个经典作品，可能需要建立一个系统来维持它的生命，比如各种评论、校本、注释本、增补本、演绎本、改编本以及大话、戏说等，都可以从不同方面和角度对扩大它的影响力起到推波助澜的作用。在中国，从"五四"至现在，对古典作品的改编和重写，一直没有停止过；在外国，同样也是如此，像堂吉诃德、浮士德等那样的文学形象，不知有多少版本，似乎不值得反应过度。

这部韩国版三国志连环画本，看上去像是"大话""戏说"类的文化快餐书，但实际上不是。它对于历史人物和事件的叙事和描写，非常严格地遵循了原著（《三国演义》）人物、事件的演进逻辑，并没有人们想象的"无厘头"作品所呈现的那种时空颠倒、性格错位、事件混乱、线索芜杂、是非不清的特征或毛病。就表达历史事件的清晰度上，基本等同于《三国志》。令人意想不到的是，由于形式（连环画本）的限定以及漫画风格，它在人物描写上，居然过滤掉了原著在人物刻画上的失误。比如鲁迅指出的"至于写人，亦颇有失，以致欲显刘备之长厚而似伪，状诸葛之多智而近妖；惟于关羽，特多好语，义勇之概，时时如见矣"之败笔，所写人物，都是食人间烟火的常人，绝少"英气"。这当然不是因为作者史识高明的结果，它的"反英雄"色彩，主要还是服务于它的漫画化和搞笑的风格特征。

说起这部书的漫画化和搞笑的风格特征，我要说的是，它确实有，并且无处不在。对此我们应该怎么看？我以为，只要不对历史事件和人物性格的发展逻辑构成威胁甚至伤害，这种东西的存在是无伤大雅的，毕竟，这部书不是历史教科书，也不是历史普及本，它只是商业运作的产物。它原本就和《三国演义》不在一个话语系统里面（其实《三国演义》和《三国志》也不在同一个话语系统）。用今天的思维模式套在两千年前的历史人物身上，虽然有些荒唐（这种荒唐所引起的喜剧效果，正是创作者所企盼的），但与人的生活逻辑却是相吻合的。举例说，在这本书中，碰上火警，会来一句——打119啊；送粮草，会来一句——（含）方便面；骑快马，会来一句——注意红绿灯，不要超线；信息不通，会来一句——欠费停机；谍报人员，会来一句——詹姆斯·邦德；拒绝粮食供给，会来一句——还不如给非洲难民……诸如此类，看上去好像不和谐，但放在一个以出喜剧效果为目的具体场景中考量，应当说无可指责而且能让人会心一笑的。

玩笑只当它是玩笑吧。这种玩笑已经在时时提醒着读者：这不完全是真的。既然如此，我们还担心什么？

——《韩国版三国志连环画》序

# 吃嘛嘛香

吃嘛嘛香，是句很有些世俗气的北方话，翻译成全国人民都懂的意思，就是，吃什么都觉得好吃。

在这个世界上，还有什么能比"吃嘛嘛香"的人更让人羡慕的呢？

很难想象，你度过的每一天都那么美好快乐，你遇过的每个人（女的或男的）都赏心悦目，你做过的每一件事都那么如意圆满，你走过的每一条道路都那么平坦顺畅，你听到的每一句话语都那么甜蜜，你看到的每一幅景象都那么漂亮，你闻到的每一种味道都那么芬芳，你摸到的每一样东西都那么完好……那么相比之下，难道你不以为"吃什么都觉得好吃"，是一种非常美妙的境界吗？

有些人常常抱怨吃不到好东西，或者什么都难吃。我以为这是很有问题的：如果你不愿意再多走一步，自然不能吃到就存在于一步之外的美食；如果"什么都难吃"，那就是身体出了状况。

所以，"吃嘛嘛香"，实际上考量人的健康程度。

97

只有健康的人，才有本钱多走一步，才能吃嘛嘛香。

事实上，吃嘛嘛香，还凸现着一个人的心态。

乐观的人，能够在大家不以为佳的东西里吃出独到的味道；悲观的人，能在大家都认为好得不得了的东西里吃出失望。而乐观的人总是比悲观的人更多地获得生活的乐趣，更多地享受人生。

人对食物的宽容度，是吃嘛嘛香必要的前提。它直接影响人对食物接受的广度。众所周知，食品总是被人为地分成上得了台面上不了台面，有品位没品位，或者贵族平民什么的。管他呢！我们只要知道什么是好吃的就行了。所谓口福，通常不是指吃到珍稀的东西，而是指吃到所有好吃的东西。

当然，吃嘛嘛香是一种主观感受。但是，倘若只有自己觉得"香"而别人未必"香"，恐怕行之不远呢。因此，"嘛"（什么东西）本身也有个基本的客观标准。我以为，能够成为一群人甚至相当多的人共同喜爱的东西，才能称得上美食。

人为什么会被一个异性吸引和打动？之后，也会被另一个异性吸引和打动？接着，还会被第三、第四个异性吸引和打动？因为人在本质上是见异思迁的，人的性情丰富且各有特点。在这方面，美食和人很相似。人不可能因为喜欢某个异性而不加限制地把她（他）和自己的生活捆绑在一起，而享受美食却能做到。显然，享受美食的过程可能更加宽松自由一些。我一直以为，人们对于美食的欣赏，和与一个心仪的异性恋爱（不是结婚）是差不多的。既然如此，我们何不在这上面多花些功夫？

一个人，如果"吃嘛嘛香"了，那绝对是个幸福的人。

　　敏锐的味蕾，足够的胃纳，和宽广的胸怀以及孩子般的好奇心，都是做一个幸福的人所必需的。

　　在我们这个繁华的都市里，食品的丰富多样是毋庸置疑的。可惜的是，因为我们的傲慢、固执和偏见，许多好吃的食品被我们忽略，鄙视，乃至边缘化了。

　　对于那些希望吃嘛嘛香的人来说，更重要的是也许要有发现的眼光。

　　没有发现的眼光，即便再好的食品就在身边，也不可能得到它，也就"香"不起来。

　　这本小册子里收罗的，都是些上不了台面的、很民间的、被认为没有什么品位的"美食"。美食云者，不过是我的个人意见罢了。我自认为用"吃嘛嘛香"这个看起来很草根的词来做书名是合适的，尽管它同时传达出了我对于所谓"美食"的认识也许是浅薄而平庸的。这是要请读者特别原谅的。

　　感谢本书的编辑先生能够容忍我的浅薄和平庸，并且刻意把这种浅薄和平庸打造成外表看起来很是高贵的样子。


　　　　　　　　　　　　　　　　　　　——《吃嘛嘛香》序

# 吃着碗里

　　如果有这样一种修辞方式，或者说这样结构的词组也能称之为某种修辞手法的话，那么它应该叫什么呢？歇后语？好像不能；省略？好像不妥。比如，在一定的语境当中，本来前后两个词是固定搭配，前词和后词，有一种内在的联系，可能是因果，也可能是递进，等等，缺一不可，否则意思或意义就不完整。但在实际运用上，人们常常只说前一词，后一词便被隐去。因为说的人或写的人相信，只需说出前一词就够了，后一词，听者或读者自然会根据自己的经验"续"上去的，可以不必费口舌、手筋之劳。举例说，只说"三个臭皮匠——"（隐去"合成一个诸葛亮"），人们仍然能够懂得；只说"其司马昭之心——"（隐去"路人皆知"），人们会自动帮他补上他没能说完整的后一个词；只说"盛名之下——"（隐去"其实难副"），人们自然知道这是一句谦词而不是狂言……那么，如果我说"吃着碗里的"，读者是否知道我没能说出的后一词一定会是"看着锅里的"呢？肯定，几乎是百分之百。

这种现象，与其说是固定搭配所形成的条件反射的缘故，不如说是人的生活经验在暗示、人的生活逻辑在支撑的结果。

是的，我的这本小书的名字，完整的表述应当是——吃着碗里的，看着锅里的。可是句式太长了，啰嗦，不好看。我希望只用其中的一半——"吃着碗里"，却能表达出"吃着碗里的，看着锅里的"的完整意思，而且不被人们所误会。

我想，这是可能的。

除了嫌其做书名太长，啰嗦，不好看，更重要的原因还在于"吃着碗里的，看着锅里的"这个成语，给人的直观感受，是贪婪，是不满足，是得寸进尺，是犯了七宗罪……因此，用"吃着碗里"来表达我的现时状态，也包含着"避重就轻"的意思，好像我只是"吃着碗里"，别无他图。至于读者是否由此联想到了"看着锅里"，我是管不了的。

难道已经"吃着碗里"，还要"看着锅里"，就那么没趣味、没品位吗？

我以为，一部人类文明史能够告诉我们，如果人类没有那种"吃着碗里，看着锅里"的理念和冲动，社会就缺少了一部马力强劲的引擎，就不会快速进步。难道不是这样吗？只顾"碗里"而不顾"锅里"，没有崇高的理想、没有长远的目标，不行；只顾"锅里"而不顾"碗里"，缺少扎实的基础，缺少足够的能量，也不行。所以，"碗里"要吃，"锅里"要看，这才是完整的人生，这才是社会发展的必然过程。

就饮食文化而言，"吃着碗里的，看着锅里的"，是爱好美食的人的必由之路。什么时候没有了那种"贪婪"，不仅"锅里"的东西和你无关，就是"碗里"的东西你也吃不到，吃不了，吃不好。

事情就是这样简单。

因此，如果因为我的这本"吃着碗里"的出版从而诱发读者去"看着锅里"的话，这倒真是我的一个贪婪的愿望，虽然它很有可能让圣多玛斯·阿奎纳神父感到不快（13世纪时道明会神父圣多玛斯·阿奎纳列举出了人类各种恶行的表现，分别是傲慢、妒忌、暴怒、懒惰、贪婪、贪食及色欲，称为七宗罪，又叫七罪宗）。

感谢本书的编辑先生，是他们给了我一只碗（结集成书的机会），使我有可能往那只"碗"里装点自认为好吃或者有营养的东西，来影响读者——或者增强他们的食欲，或者大倒他们的胃口。不管怎样，正如清代顾仲所言："以洁为务，以卫生为本，庶不失编是书者之意乎。且口腹之外，尚有事在，何至沉湎于饮食中也。"于我心有戚戚焉。

——《吃着碗里》序

# 南北通吃

"南北通吃"这个名称，好像是"力拔山兮气盖世"的楚霸王的口吻，当然，它更像是长坂桥上的张翼德。

《三国演义》中称赞张飞，"长坂桥头杀气生，横枪立马眼圆睁。一声好似轰雷震，独退曹家百万兵"。事实上，张飞只是让人把树枝系在马尾上，马一奔跑，造成"尘头大起，疑有伏兵"的假象吓退曹军而已，并非真有万夫不当之勇。因此，这里的"南北通吃"，颇有虚张声势的嫌疑。

孔子曰："名不正，则言不顺；言不顺，则事不成。"借此机会，容我将"南北通吃"稍微解释一下。

中国幅员辽阔，东西南北中，无所不包。即使这样，以"两方"——南北——来概括"五方"，足矣。中国人习惯于用"南方""北方"、"南人""北人"、"南京""北京"、"南腔""北调"等来作全国地理、风俗以及文化上的区别。尽管中国的行政区划喜欢用东北、西北、华南、华东、华北、西南等，但在一般人的心目中，似乎只认

"南""北"。至于究竟"南""北"在地理学上意味着什么，也许他们并不十分清楚。可以肯定地说，大多数人对于"南""北"的理解，只限于把长江作为分界线。

无论受到了怎样的教育或宣传，人们对于"南""北"的理解，总得来说是不错的。是的，它们结合在一起，就是指代中国。蒋介石在《对卢沟桥事件之严正声明》中说，"地无分南北，年无分老幼，无论何人，皆有守土抗战之责任，皆应抱定牺牲一切之决心。"于此可见一斑。

通吃，给人的直观印象是无所不包，无所遗漏，诸如"大小通吃""老小通吃""上下通吃"之类。这样看来，"南北通吃"的意思是不是有点谮妄？我可以告诉读者的是，通，除了有你猜测到的意思比如"十分""全部"之外，还有通达无障碍、使知道、传达于对方、了解、懂得、精通、普遍适用、贯通、从头至尾、一阵、一遍等意思。如果一定要我明确究竟初衷为何的话，我更倾向于"通达无障碍"。

我这个人，对于饮食向来"粗放"，什么南酸北咸，东甜西辣，既来之，则吃之，从不忌口，统通接纳。"南北通吃"这个名称，对我来说，是合适的，并不过分。然而，说到要把这样一本小册子呈献给读者，我又希望它最好能传达出"使知道""传达于对方"的意见，或许可以啰嗦成"一份让读者知道在中国可以吃到些什么的不完全食单"。

——《南北通吃》序

# 何必舔破窗纸

　　我和继平兄相识不久，相知却很深。相知的原因是有相近的性情。说得白一点，我们都是散淡的人。有人喜欢用澹泊这个词来定义一个人。澹泊的潜台词是明志，这是很高的境界，我是敬谢不敏的；按我的推断，继平兄也未必肯领受。散淡，就是散漫，就是低调，就是中庸，就是不为难自己，就是不力求"上进"（换种说法就是钻营）。这种散淡，也影响到了我们的阅读趣味、欣赏品位和写作取向。总之，我们的文字都带着一点旧气，虽然大概还不至于陈腐吧。不知道继平兄是否同意我的说法？

　　继平兄是财经出身，他对于自己原来的本行有如郁达夫那样的厌烦，而对中国传统的文化，尤其是诗词歌赋、书画篆棋、制艺碑版等却很着迷，这一点又和郁达夫很相像。热爱就是最好的动力。我想，这是他之所以比一般自恃新闻文史出身的同行来得高明的原因。不过话要说回来，财经方面的历练，于他倒也不是毫无助力。他的文章写得就很谨严，没有那种松松垮垮、臃肿拖沓的结构，更不大会出现那种辞不达意、轻浮自恋的言语，是不是和这种训练有关？我想应该是吧。

在所有人的眼里，继平兄是个冲淡、随和和谦逊的人，我想也是。然而，我见识过他对那些学无根基又喜欢自我放大的人的嘲笑和鄙视，尽管他决不会当面让人难堪，更多的时候是在他认为可以信任的人面前显示自己敏锐的判断。在我看来，这是他为保持独立精神的一种必要警觉。他需要用这种人们可以接受的方式，因为他不想人家因他而改变什么，否则他就不是管继平了。我跟他订交，深感他的生存智慧，给我峻急的脾气的改变以很大的益处。

嘉禄兄希望读者在读继平兄这本书时，能舔破他家的糊窗纸，看看这位仁兄在灯下读些什么……我觉得没有这个必要，因为读者读完继平兄的书，自然就能读懂继平兄这个人了。文如其人，在很多时候是不太可靠的，但在继平兄那里，八九不离十，我可以负责地说。

——《一窗明月半床书》序

# 我只看想看的文章

钱勤发这个名字，曾经是新民晚报的标志之一。

话，说得是不是有些大？随你怎么想，但这是一个明摆着的事实。

这里的所谓"标志"，有两层意思：

一是，若干年前，正是新民晚报报业的快速发展期，无论从社会影响还是经济效益上来说，这个时期都是报史上不可能忽略的一个里程碑。由于社会大环境和报业发展正相契，有利于新民晚报在经营上长袖善舞，纵横捭阖，故报社员工，多受泽惠。其时"三浪"之说（即一月之中多次发薪），已在业界播腾众口；而在报社内部，则以"钱勤发"之名影射"钱，勤（频繁）发（发放）"之事功。"钱，勤发"，即代表着新民晚报的福利优渥。我不知道这么说有什么不对？

二是，钱勤发等一批中年业务骨干，凭借新民晚报这一平台，既能拔城于樽俎之间，又能折冲于千里之外，采写出大量令读者喜闻乐见的新闻作品，在提升新民晚报阅读率的同时，也"做大"（不是"坐大")了自身的名声，最大限度地实现自我价值。因此，把某某记者和新民晚报画等号，正是当时普通读者惯常的心理定势。钱勤发这个名字成了新民晚报的"标志"之一，就很好理解了。我不知道这样说有什么不妥？

时光流转，当年的"钱，勤发"，早已流为掌故；所幸的是，作为新闻工作者的"钱勤发"，并没有因为"钱"已不怎么"勤发"而使文章也不"勤发"了，他一仍其旧，勤快地发表自己的作品，以射住自己的阵角。如果说新民晚报至今还能发挥其足够的影响力的话，和她的员工执著于那种乐观敬业的精神实有很大的关系。

我可以负责任地说，像钱勤发先生一类（或一群）这个年龄层次，又是所谓半路出家的新闻工作者，还会释放出让人震撼的能量，还会勾画出中国新闻史上视角独特、耐人寻味的风景，尽管属于他们的能够为新民晚报代言的时间已经不是很多。

我认识不少像钱勤发先生那样的新闻工作者，深感他们在为中国新闻史提供丰赡扎实而且价值贵重的史料同时，也正在成为新闻史的研究对象。揆诸钱勤发们的文章行止，不难厘定他们和新生代的新闻从业者的区别：

首先，他们在从事新闻工作之前，或做工，或务农，或从军，或经商，积累了丰富的生活经验和敏锐观察社会的能力，这是以传导社会真实时事信息为职志的新闻工作者身上最可宝贵的修为。那些看似和新闻业务无关的经历，深刻地影响着一个记者、一个编辑把握报道的尺度（深度、广度和精度），即对于采编对象的掌控是否臻于尽善尽美。这是一般从学院出来直接面向社会的新进之士所欠缺的。当然，时间也许会改变和弥补一切，但对于不够努力和悟性迟钝的人来说，却是永远的麻烦。

其次，由于他们是经过特定时代挤压而给出的一代新闻工作者，对于职业的确认，是以之前的择业经历为参照，懂得所从事的职业具有怎样的价值和意义，因此，格外在乎工作当中人的情感灌注，比如忠诚、敬业等，并不像现在新生代的新闻工作者就业路径简捷单一，具有较为浓重的趋利色彩和新教伦理。阅历，使他们更富有社会责任性和同情心，更强调人格的自我完善对于工作意味着什么。所以，大多具有如影随形的历史使命感。

其三，他们对于语言文字的膜拜带有实现自身理想的烙印，文字功夫扎实，其中的大部分人之所以成为新闻工作者，比较深层的原因之一是基于完成一次从文学青年向准作家、作家的转型。根深蒂固的所谓文章之"经国之大业""不朽之盛事"，是这些人格外看重文字的表现力和准确率的原始推动力。作家加记者的身份，很能说明他们的文化结构以及对于社会现象喜欢作人文上的考量。这一点，在他们身后的新生代新闻工作者身上，毫无悬念地表现出疲惫不堪的状态。实事求是地讲，新生代新闻工作者并不先天缺少"文学气质"，只是社会发展过于迅速，使得新生代无暇或无缘呼吸、接受那种曾经轰轰烈烈的文学大潮的浸润或洗礼。

以上所述的几点，可能是钱勤发先生等一代新闻工作者得天独厚的"职业素质高地"，自然他们同样也有无法克服的不足。须知成熟有时是世故的同义词，而世故往往是激情和灵感的敌人。这是人所共知的现象，此处不赘。

我和勤发先生年龄相差一根（上海人谓十年为一根），照例我应当比他更"青春"一些，事实上他好像比我更加意气风发。在他面前，我显得如此"狷介"。我想，这不仅仅是因为我们工作性质的差异，比如"前端"和"后端"（或如音响设备中的前、后级），而是他对于社会的公平和正义的敏感度确实要比我们一般人高，对社会现实生活的接触和体验确实要比我们一般人贴近和深厚。职业特点是重要的一环，那种对于弱势群体怀有无法消泯的怜悯和同情则尤为关键。这里面，阅历，是无法绕开的因素。近年来，他频繁地运用言论这个舆论传达工具，可见他的不安和急切。

勤发先生出现在人们面前永远是那么的神完气足、激情饱满，我猜想他对自己的生活和工作的安排一定很有预期。熟悉他的人常常看见他性格中峻急的一面，却往往忽视了他的另一面——谨严和整饬。举一个我观察到的事实：有一次他在一篇文章中提到，为核实一个引用词，他特地查了20多年前的采访记录，而这种采访本，据说有几十本，迄今全部保存完备。这个小小的细节，给我留下极其深刻的印象。试问：现在的年轻记者都能做到这一点吗？

还有一个似乎无关乎工作的生活细节在他身上也很突出：勤发先生虽然不是那种潘鬓沈腰之类的美男子，但锦衣华服，一丝不苟；无论何时何地，一双皮鞋总是擦得锃亮！我不想把生活习惯和工作态度作莫名其妙地乱扯一气，只是，好像莎士比亚说过，衣裳常常显示人品。证诸勤发先生的手稿以及毫不掩饰对于那些考究的文字的赞赏，相信以貌取人有时也不见得毫无来由。唯美主义者总是让人尊敬，勤发先生也是。

好吧，现在该轮到说说勤发先生坏脾气了。

在有限的接触中，我不止一次地听到他用"男人"两字来作月旦人物的衡器，他似乎对于那些"阳刚不足，阴柔有余"的男士表示出最大的不屑。在他的眼里，某些男士是不配称作"男人"的。这使我感到他的粗暴和简单。他一定觉得自己很"男人"，比方好饮，比方喜欢足球，比方豪爽……在我看来，他的判断标准是危险的，对于人性的复杂性和两面性，甚至异化状态的估量，缺少理性分析。如果他创作虚构作品的话，恐怕只能产出"扁平人物"（单一性）而不是"圆型人物"（多面性）。事实上，我后来更多地是接受到他传递出关于"男人要有担当"的观点——这应该才是他"男人论"的内核。许多人，他的同事、朋友或者还有上司，大概都领教过勤发先生的"粗暴"，是有所共鸣还是有所保留？我不清楚。然而，有很多事情可以证明，和这种直爽的人订交倒是安全的，我们所要做的，仅仅是耐心和细致，不被他表面的"坏脾气"所迷惑，进而怀疑人与人之间是否需要如此真诚坦率地交流，由此影响对于社会公理的正确判断。至于"粗暴"和"简单"，只要在理，有时倒是有一种简洁的美，对于那些不设防的朋友来说是无所谓的。

直言不讳并不是美德，但绝不是恶行。关键还在于我们的器量和承受力是否受到外力的暗示、作用而扭曲。袁子才说，为人贵直，为文贵曲。我们这些从事文字工作的人是不是都有共识并践行了？

但总之，勤发先生的文章要比他的做人要高明。我敢肯定，这种对所谓"高明"的世俗理解在勤发先生眼里也许一文不值。

勤发先生多次说到他的只说想说的话；作为回应，我能说的是：我只想看想看的文章。这本书自然是在"想看"之列。克尔凯郭尔说：无论我写什么或说什么，我的目的不在于增加写作对象或者说话对象的知识，而在于增强他们对于人生的感受。这也是我之所以在此饶舌的初衷。

勤发先生命我为他的新作做一篇"序"，我一口答应，原因很简单，他需要我这样一个藉藉无名者来衬托他的"不拘一格"，而我又能成全他。除了让他愉快之外，还有一个上不了台面的理由：我们曾经比邻而居（真是一墙之隔，建筑面积需两人分摊）。算起房门号，我在前，他在后，通常是我把敲着寒舍的门但却是要找他的人，指点发送到隔壁钱府去。我的这一篇"序"，按规矩要放在他的雄文之前，就仿佛寒舍的门牌号在钱府之前，并非意在掠美，只是想起一点 GPS（卫星导航系统）的作用，叫人走过路过不要错过。需要声明的是，不佞只管指路，不事导游。虽然据说现在站在路边指路也要产生费用，但我是坚决不肯效尤的——谁让我和勤发先生做同事还没做够呢！

——《我只说想说的话》序

# 了不起的米舒

米舒是曹正文兄的笔名，而且是最出名的笔名。

这可是个了不起的人物。

在中国，伟大、杰出等等字眼，是讣闻中常见而现实生活中不常见的，至于用哪一个，有严格的规定，一般来说，级别越高，采用"伟大"的概率越大，尽管逝者其实并不让人真的感觉有何"伟大"之处。大人物，才有伟大的思想、伟大的行为，甚至伟大的人格，这是常人的思维定势。可是，信史并不是这样告诉我们的，位尊权重的人，通常和"伟大"不相干，甚至很渺小。

有趣的是，"了不起"却决不会出现在公文当中。比起"伟大"来，"了不起"好像不那么正式、不那么富有官方色彩，定性游移。一个明显的例子是，狄更斯的 *GREAT EXPECTATIONS*，明明有点"伟大"的意思，翻译出来却是"远大的前程"；菲茨杰拉德的 *THE GREAT GATSBY*，也是如此，最终变成了"了不起的盖茨比"。译者似乎在跟"伟大"一词"躲猫猫"。我觉得中国的翻译家也确实够"伟大"的，深谙国情，懂得"伟大"是个"限制级"的概念，由于具体描述非常困难，所以干脆用大家都不太敏感的"远大""了不起"等敷演过去。如果中国读者，尤其是有官方背景的读者，倘若知道《远大的前程》《了不起的盖茨比》当中的主人公原本只是个不好不坏的"中间人物"，甚至还带有点"灰色"，不要说"伟大"，恐怕连"了不起"也要被质疑是否修辞妥当了。

还好，在坊间，"了不起"这个词，弹性还是很大。你既可以说鲁迅一生写了十几卷雄文"了不起"，也可以对一个写了千把字作文的小学三年级学生说"了不起"；你既可以说袁隆平"了不起"，也可以说那个逗乐全国人民的小沈阳"了不起"；你可以说范冰冰漂亮得"了不起"，也可以说自己的太太"了不起"的漂亮，但前提是不要"比"（如比范冰冰漂亮之类），就不会被"人肉搜索"，就不会被全国人民的唾沫淹死。

在一粒大米上面刻了一首唐诗，难道你不认为了不起吗？把一块面团拉扯成几百根像纱线一样细的面条，难道你不认为了不起吗？用恭楷将一部《红楼梦》抄写一遍，难道你不认为了不起吗？那么，一个字一个字地写，码成了几十部书，难道你不认为也很了不起吗？

我说正文兄"了不起"，是因为他做出了一般人做不出的成绩，而这些成绩的获得，是他付出了一般人难以付出的心血和努力。50年时间写了近60本书（900多万字），并且还编了120多本书（1200万字）。常识告诉我们，60年中至少有三分之一的时间是写不了书或写不出书的。人要吃饭、睡觉，要行走、要读书、要工作，还要休息，在剩下来的有限的时间里要码成上千万个字，想想都让人觉得害怕。换言之，即使不动脑筋地抄写，我恐怕就没有这个耐心和定力。此可见正文兄的聪明和勤奋。

聪明，是知道自己的能力有多大，能干多少事，能用多少可用的资源，而且还知道什么事情不好干，干不了。

勤奋，是知道把有限的时间用足，把所有妨碍实现自己追求的目标的无效时间过滤掉，用来充实自己的知识储备，调整自己的文化结构。

这两点，正文兄做得极其到位。20多年前，正是正文兄名声最著的时候，颇有些文学青年"立雪曹门"。有位正文兄的"高弟"曾经告诉我，那时"曹门弟子"经常聚首于曹家请益，"奇文共赏，疑义相析"之后，有时大家需要放松一下，打牌、下棋、聊天、闹哄哄的，此时，"曹老师总是捧一本书，躲在一隅研读"，好像身处另一个世界……

对此，我是深信不疑的。前不久有个年轻同事向我征询：在米舒写的一篇文章里，提到自己把"二十四史"通读了一遍，可能吗？我说大致不差。理由是，吕思勉把"二十四史"读了七遍，热爱读书的米舒，把"二十四史"读一遍，又有什么不可能？还有一点，在米舒年轻的时候，整个社会的社交活动没有现在那么活跃和丰富，人们所受的各种诱惑又少，正好是读书的最佳时期，让爱读书的米舒赶上了。这也是如今的青年朋友先天缺少的条件，恐怕很难赶得上他呢。

在所谓"作家"的圈子里，比正文兄聪明的数不胜数，却没有正文兄勤奋；比正文兄勤奋的呢，举不胜举，又没有正文兄聪明。况且，正文兄还有"执著"：退稿 39 次后才有第一篇文章的发表，"一发而不可收"的时间长达 40 多年，从不间断……

这几样，别人怎样，我不知道，反正我都不具备，所以要佩服他，觉得他了不起。

毋庸置疑，有人一定会拿数量和质量的"性价比"来说事儿。尽管我不是一个合适的评论者，但我还不至于糊涂到为了博得正文兄的感激而闭着眼说瞎话，事实上，正文兄文章写得多，质量也没问题。

人是不可能提着自己的头发脱离地球的，但有些人常常有意或无意地在提着别人的头发，试图让他脱离地球，然后说他是怎样的不地道不扎实。比如，对于那些弄历史的，总能让人联想起陈寅恪怎么怎么；对于那些搞评论的，总能让人联想起钱锺书怎么怎么；对于那些写小说的，总能让人联想起鲁迅怎么怎么……总之是两者不可同日而语。不可同日而语，哪还用说！既然如此，那就不同日而语罢了，何必要把"不可同日而语"的两个人放在一起"同日而语"呢？我相信把正文兄和那些大师们"同日而语"，不是因为出于"好心"，恰恰因为要他"好看"。

问题是，鲁迅的《中国小说史略》、陈寅恪的《隋唐制度渊源略论稿》、钱锺书的《管锥编》是否就能涵盖所有的学问？鲁迅说，一切好诗，到唐已被做完，此后倘非能翻出如来掌心之齐天大圣，大可不必动手……如果真的按他老人家的指示办事，我们还能欣赏到"于无声处听惊雷"这样放在唐集里也毫不逊色的绝唱吗？拿鲁迅、陈寅恪、钱锺书来吓唬一般的读者，使他们放弃阅读的权利，不是一种厚道的态度。老实说，我们有时还真是需要正文兄这样的作家，去弥补那些大师不可能完成的文化传播任务的空白，尽管那些东西或许浅显粗略、不够高级、没有重大的发明。比如陈寅恪、钱锺书都是海归学者，我就没有看到过他们描绘海外风土人情的文字，如果大家都惧于"僭越"之名而不敢有所作为，那"睁眼看世界"岂不是一句空话？因此，正文兄的文字，无论从什么角度说，都有它存在的意义。

对于正文兄这些年来的写作，不知道别人怎么看，我更倾向于他的"代人读书"的功能被发挥得淋漓尽致。在目前这种经济行为占据主导地位的态势下，他对于整个社会人文精神的重建，是有自己的贡献的。难能可贵。

一个人在一个地方工作了几十年不挪窝，又是在相对复杂的环境里从事文字工作，比如编辑权力上的"生杀予夺"，难免无意中得罪人或弄出些欠妥帖的事情，被里里外外各种各样的人"定义"。我觉得这是再正常不过了，关键是被"定义"人的信念是否一直随人家的意愿的改变而改变。这很重要。但同时，人们对于一些人、一些事的认识也应当有足够的耐心和细致。一百多年前，心理学家威廉·詹姆斯说过一段令人印象深刻的话："当我们环顾四周的时候，其实视野里的很多东西是不完整的，但我们从不觉得有什么不对劲——例如，一根被电线杆挡住的绳子，不会有人觉得这是两截。我们的视觉系统自然而然将这些缺失的信息补充完整，就像从来没有缺失一样。然而，事实上，那绳子真的有可能是两截——问题在于，大脑从不曾想到有这种可能性，它把'寻常'当作'必然'，然后就深信不疑。所以，世界也真的有可能毁灭，只要所感知的东西没有文化，我们就很笃定地相信一切如旧。"我当然很希望我们的视觉系统能够把原本两截的绳子就看作两截而不是一截，也很希望能够把看似两截其实是一根的绳子不看作两截。对于正文兄，我尤其偏向于后一种。我们没有理由把一个完整的人因为受到我们的情绪左右而让他变得不完整，从而以偏概全。但愿我的希望不被误解为无知。

一个人自然有不足，但肯定有比"不足"多得多的"了不起"。很多时候，我们只是被突然卷入这个世界的，我们的判断力因而非常贫弱。这一切，有赖于一双宽容的眼睛才能看清。

正文兄说，这本书，"也许是我搁笔之作"。我是不太相信的。对于他这样热爱读书、热爱写作的人来说，不读书、不写作，还能干什么？无法想象。

我曾经说过，对于那些"一门心思"的读书人，我们要给予最大的同情，而同情的最好方法，是读他的书，使他们觉得自己所做的事情还有意义。我还算是一个说得过去的喜欢读书的人，我在期待，期待正文兄的下一本书。

——《文人雅事》序

# 性情文字

鸣放先生是个性情中人。我和他交往不多，但他留给我的这个印象却很深刻。

什么是性情中人？按照我的理解，就是为了实现自己的理想——这个理想也许是只限于本人的感官刺激和心灵安慰，进行着不被外人认为崇高而自我感觉崇高的事业或活儿的人。虽然我的定义未必让所有人首肯，但恐怕"胡说八道"的词汇是按不到我头上的，因为那些被人认为是性情中人的人，正是这样生活着的。我们甚至可以说，所谓性情中人都蔑视生活的"规则"，也不理会外界的怎么评价，以为生活的逻辑是应当由自己的兴趣来导引，自己的生活应当由自己来安排，总之，是生活在自己的世界里，尤其是生活在自己的精神世界里。

对于性情中人，人们的态度是暧昧的，一方面拿着世俗社会的标尺来判断他的不合时宜，以显示自己的高明；另一方面又忍不住为他喝彩，以显示自己的高蹈。难道不是这样吗？

我耳闻鸣放先生的逸事有两：一是作文之前必得要饮几两绍酒，

方有感觉，至于家务之什，倘遇开笔，自然要弹得老远，敬谢不敏了；一是对于编辑之类公干，颇不耐烦，以为与自己的"经国之大业，不朽之伟业"（文章）比起来，皆是等而下之，故乐于放权，倩人庖代。在文章"算什么东西"的年代，他把文章看得如此神圣，不是很让人肃然起敬的吗！当然，对于文章，人们有蔑视的权利，也有不以为然的权利，不过，那些痴迷文学的人的精神世界，应当受到尊重。所以，我对鸣放先生怀有敬意并进而乐于接纳他的文字。我听他说起花鸟虫鱼的掌故时，津津乐道，满面春风，愈可见其是生活在性情之中的了。和他相比，我们是何等枯燥乏味！

照理说，一个性情中人的文字，文风一定是汪洋恣肆、意气风发的，但在鸣放先生的文字当中，却很少现出这种特质，更多的是在非常小心地安排每个字的位置。他的性情，是依托无处不在的浓厚诗意和散乱思绪堆积在读者的眼前。老实说这不是我欣赏的状态，或许因为我还没有能力达到这种境界。管他呢，我们写文章又不是仅仅为了讨读者欢心，如果自己觉得得意，何必要改变？所以，我对鸣放先生的文章，实在说不出什么高明的意见来。倘若这也算是他行文的标志的话，我倒希望他能坚守。

鸣放先生是个性情中人，自然也很好玩。这种人，现在是越来越少了，我们要保护。而最好的保护，是读他的书，让他觉得所做的一切是有意义的。

——《湖畔的黄昏》序

# 追踪 "秩序里的中断"

　　世界艺术评论大师贡布里希对于"秩序感"的描述，是一把鉴赏艺术作品十分重要的钥匙。他说："有机体在为生存而进行的斗争中发展了一种秩序感，这不仅因为它们的环境在总体上是有序的，而且因为知觉活动需要一个框架，以作为从规则中划分偏差的参照。"以前，我对此体会得不很清晰，读了姚玉林先生的摄影集后，豁然开朗，或者说，受了贡氏的启发，我能够以自己的理解来解读一些艺术作品并且有所收获。

　　所谓"框架"，大概可以理解为一种具有形式感的东西，而这种东西，无论是我们可知或未知，其实都以一定的"秩序感"存在着的。找到或者发现这种"秩序感"，也许是科学家和人文学者的任务，但对于艺术家来说正相反，他们对于没有（不是缺损）"秩序感"的东西更感兴趣，好比世界上所有的艺术家用各自的艺术手段来表现大海的一望无际的，波澜不惊，是不是也太乏味了？所以，贡氏才会得出这样的结论："正是秩序里的中断引起了人们的注意并产生了视觉或听觉的显著点，而这些显著点常常是装饰形式和音乐形式的趣味所在。"显然，发现"秩序里的中断"，对于艺术创作是极为重要的，它是所谓的"艺术创作"最终能够成为"艺术作品"的关键。

玉林先生的摄影作品之所以能够打动我，就是因为他对于"秩序里的中断"有着深刻的领悟：他知道"秩序"的重要，否则拍摄的对象就成了如同杂乱无章、毫无意义的一堆瓦砾；但同时他又明白老是着眼于非常整饬划一的台阶或管道，是那样的乏味而缺少美感。这都不是艺术创作的使命。

在玉林先生的摄影作品里，我们随处可见他追踪"秩序里的中断"的热情。比如他对西递、宏村、黄山、沙漠、大海乃至欧洲小城景色的捕捉，让我们耳目一新。可以说，这些景物大部分是见到过的人所熟悉的，但是人们熟悉的，只是有着整体感的景物呈现，也可以说是一切都在"秩序"的范围里，甚至可以说，所有的景物"被安排"好了等待摄影者揿下快门。然而真正高明的摄影家是不会听任、屈服这种"安排"的。艺术家特有的敏感和气质不允许他们作这样的处理。发现与众不同而富有美感的景象，挖掘其内在的意蕴，抒发由此激发的情感，才是他们之所以要进行一次艺术创作（有时甘冒生命危险）的真正目的。玉林先生做到了，他非常能够理解摄影器材对于创作的重要性，并且完美地处理好了与拍摄内容之间的关系，分寸拿捏得恰到好处；当然也对得起不远万里、不辞辛劳的奔波，更无愧于他那双善于发现美的眼睛和心灵。

他是唯美的，是那种可以为美牺牲一切的人。这一点，可以从他的摄影作品的画面中看出。可以想象，他在正常的生活和工作当中也是同样的唯美。

唯美可能是一个悲剧，但让人尊敬。

说起摄影，人们总要以专业和非专业论，这其实是没有道理的。什么是专业？是受过专业训练还是接受过专门的理论教育？我看这都不是充分的理由。考量专业不专业，最好的办法就是看作品有没有体现出专业素质，比如在构图、光影的运用、捕捉景物的敏感性及对内容的把握等上面。玉林的理工出身，而且其也不是以摄影为业，如果以为凭此即可论其为非专业，倒也不失为一种说法，但他的作品留给我们许多"专业"的印象，满足关于"专业"的许多条件，这是我所乐意见到的，相信熟悉或不熟悉他的朋友都能了然的。他对于"秩序里的中断"的发现和捕捉，证明了一个有着缜密理性头脑同时又充满艺术气质的人，去做摄影创作这种好像人人可做却又往往不能成功的工作是非常合适的。

可惜的是，天妒其才，玉林先生在他生命最灿烂的时候遽归道山。但愿他的才华能在天堂继续光大，以与这本摄影集辉映。这是所有热爱他的朋友衷心希望看到的，其中包括我这位和他素昧平生的朋友。

——《姚玉林摄影回顾集》序

# 看，镜头在说话

　　摄影是所有艺术类别中最能还原生活真实的一门艺术。但艺术却不是仅以还原生活真实为职志的，摄影艺术也不是。如果认为人的眼睛大抵就是一架照相机的话，那岂不是说人人都是摄影艺术家？事实上，艺术家总是极少数，另一些人成了艺术的欣赏者，更多的人则连"欣赏者"的身份都很难认定。

　　正如我们都知道的那样，复制生活并不是艺术的任务。所以，尽管照相机现在非常普及，甚至摄影成为某些人的爱好，在那些名胜古迹，到处都有"闪光"点，到处都有"咔嚓"声，可是，我们不能不说，其中的"摄影艺术家"少而又少，乃至为"零"。原因是，人们只想把眼前的景象复制下来，照相机只是充当复制影像的工具，结果当然免不了走入一条与"艺术精神"不太相干的死胡同，也就是说，根本谈不上艺术，仅仅是自娱自乐而已，虽然，不少人固执地认为自己就是"摄影艺术家"，或怎样地富有"艺术细胞"。

　　为什么人手一架相机，同样地按快门，有的人是在"创作"，有的人只是在"留影"呢？我想，这不仅仅取决于是否具备"审美的眼睛"，还关系到摄影者是否用一双"审美的眼睛"来发现、捕捉、遴选和表现现实生活当中"形而上"的精神世界——那种给人以心灵震撼、慰藉情志和重估价值体系以及提高生活信念等等力量和刺激的画面。

艺术是现实生活的升华，它应当由创作者、创作对象和接受者共同完成。

艺术从本质上说，是一种心理活动，是一种心灵撞击，是一种心态描述。

摄影艺术是一种空间艺术，但它同样也是一门时间艺术——在有限的时间（稍纵即逝）中完成对于有意味的空间感（形式感）的构成——也就是通常所说的"抓拍"——这是其他艺术无法比拟的特点，需要技巧，需要灵感，需要生活积累，需要艺术修养。摄影家和摄影者虽然只是一字之差，但在实际操作上的差别，真不可以道里计。

我非常清楚王国年先生这本摄影集（《走镜贵州》）的价值，因为我曾经以旅行者的身份"行走"过那片神奇的土地，知道这片相对封闭的内陆地区上的人、事、物，对于一个生活在开放和富庶的沿海都市人意味着什么：美丽的风景，淳朴的民风，深厚的人文脉络，艰难的生存环境……可是，打开这本摄影集时，我还是被深深吸引，不，被强烈震撼！眼前的贵州是那么熟悉而又那么陌生：青山绿水，似曾相识；风土人情，形同陌路。

我想，这是自己和国年先生用了不同的眼光来审视贵州的结果。

记得当初我是以极其惊异的目光贪婪地截获一个个令人陶醉的景

色，也以娱乐的心态欣赏窗外一闪而过的风土民俗。时至今日，所有积淀在脑子里的都是抽象的美丽和无由的有趣，而且，由于被时间消蚀，印象已变得模糊和褪色。而国年先生为我们呈现地贵州却是那么的色彩斑斓，生气灌注！这种差别，不因时间而起，而在于生活。我们只关注浅表的风景（当然也是旅游的题中之义），国年先生关注的是贵州人真实的生活状态。虽然，行走的目的不同，但我还是非常欣赏国年先生那种发现和审美的眼光，他真正进入到了贵州人心灵深处，他给出的是活的贵州，他才是真正懂得贵州的价值以及传递出迫切需要文化互补的信息。相信没有那种坚韧不拔的寻觅和坚持不懈的守望，他一定不能获得贵州人的生活画面，摄取到贵州人的精神世界，全景式拼接成功贵州和贵州人的真实风貌。

这些画面展现的是我曾经到过却又很陌生的贵州，因此，我很有兴趣并且愿意在这本摄影集上重新作一次"深度旅游"。

更重要的是，王国年先生以他的作品告诉了我什么是真正的摄影家。看过这本摄影集的人一定会同意我的判断。

——《走镜贵州》序

# 爱因斯坦也是哲学家

毫无疑问，阿尔伯特·爱因斯坦（Albert Einstein, 1879—1955）是20世纪最负盛名的文化巨人之一。20世纪因为有了爱因斯坦，它在人类发展史上的地位变得扎实而可靠。虽然20世纪的科学技术成就是引人注目的，但，除了爱因斯坦，要再说出几个如牛顿那样脍炙人口的人物，却是件困难的事。在世纪末的今天，我们为能与爱因斯坦同处于20世纪而感到骄傲和荣幸。

一般地说，一个伟大的人物，在他小时候总是多少地表现出一点非凡之处，但这在爱因斯坦身上却有例外。他并不是个出色的孩子，人们（包括家里的保姆）都把他视作笨拙的孩子。一位希腊文教师甚至对他说："你将一事无成。"即使后来上了大学，教授们并不对他垂以青眼。其中的一位直言不讳地正告他："你在工作中不缺少热心和好意，但是缺乏能力"，"你为什么不学医，不学法律或哲学而要学物理呢？"所以，大学毕业后，爱因斯坦找不到理想的工作，只得在伯尔尼专利局做小公务员，按现在的说法叫"专业不对口"。可是，爱因斯坦的天才却在此迸发，在难以想象的研究环境里，他，创造了难以想象的奇迹。世界被震动了。

1905 年，《物理学杂志》发表了伯尔尼专利局公务员爱因斯坦的几篇论文。其中《分子尺度新测定》一文，使他获得苏黎世大学博士学位。还有四篇论文，被认为是彻底改变了人类对宇宙的看法，是物理学不同分支发展道路上的重要标志，每一篇都可以得诺贝尔奖。这四篇论文是：《根据分子运动论研究静止液体中悬浮微粒的运动》，它从理论上解释了布朗运动；《关于光的产生和转变的探讨》，它提出光是由一个个的量子组成的，这种光量子除了有波的性状外还有粒子的特性，从而圆满地解释了光电效应；《论动体的电动力学》，它就是狭义相对论，认为如果对于所有参照系光的速率都是常数，并且如果所有自然定律都是相同的，那么就可确立时间和运动对于观察者都是相对的；《物体惯量和能量的关系》，它是狭义相对论的数学脚注，它确立了质量和能量的相当性，即 $E = mc^2$。加上 1916 年广义相对论的建立并被英国科学家所证实，爱因斯坦之名便为全世界共知，他成了全球的新闻人物。

科学界高度评价爱因斯坦的研究成果。居里夫人说："我非常钦佩爱因斯坦先生在现代物理学有关问题上所发表的著作。而且，我相信所有的数学物理学家一致认为这些著作是最高级的。"著名的法国科学家彭加勒认为："爱因斯坦先生是我曾认识的最富创见的思想家之一。他虽然年轻，却已经在当代第一流科学家中间居有最崇高的地位。"杰出的科学家玻恩评价道："在我看来，他（爱因斯坦）将是古往今来最伟大的理论物理学家之一。"为了表彰爱因斯坦的突出贡献，瑞典科学院将 1921 年度的诺贝尔物理学奖授予了他，这是众望所归；对爱因斯坦来说，是受之无愧。同时，爱因斯坦的成功之路，对百万后学也是一种巨大的感召力。

爱因斯坦在科学上所取得的成就和地位是不可动摇的，他在哲学上的建树同样也是不可低估的。他虽然没有写出真正意义上的哲学专著，没有建构起非常明晰的哲学体系，但他的思想宝库却十分丰富，关涉的领域也非常广泛。德国威廉皇帝学会第一任会长阿道夫·冯·哈纳克上任时曾说过："人们抱怨我们这一代没有哲学家。可是他们错了。他们现在在别的学院里。他们的名字是马克斯·普朗克和阿尔伯特·爱因斯坦。"爱因斯坦自己也说过："如果我能参与哲学工作者们的工作，并且得到他们的承认，我就感到心满意足了。我只不过是希望从口头上和文字上去谈谈那些与我的专业有关，同时又是令哲学家们感兴趣的东西。"事实也正是如此，虽然爱因斯坦的口吻是那样的谦逊。任何一部哲学大典倘若忽略了爱因斯坦，都将会被认为是蹩脚而不足观的。爱因斯坦的认识理论和思维方式，早已引起有识之士的关注，而散见于文稿、讲演、书信中的他的关于人类、宇宙、社会、政治、经济、国家、制度、民主、自由、科学、宗教、教育、文化以及艺术等精辟论述，正愈来愈受到人们的重视，成为一份可观的精神财富。

实事求是地讲，爱因斯坦之所以有如此高而广的知名度，还与他的人格力量和个性魅力有极大的关系。他锲而不舍的探索精神，严谨务实的治学态度，明智宽容的处世态度，鲜明公正的政治倾向和富于艺术家气质的风度，赢得了人们的爱戴。他的反对战争、反对希特勒纳粹的强暴和各种丧失理性的政治偏见和种族歧视以及围绕着他和原子弹的种种神秘的传闻，等等，都使他受到有良知的人的敬仰。

现在呈现在读者面前的这本《体验宇宙——爱因斯坦如是说》，是从爱因斯坦的大量著述中摘选出来的。因条件所限，材料收集不够仔细周到，但爱因斯坦的思想精华大致被收选了进来，读者自可通过译文，窥见爱因斯坦那优雅的文笔、闪烁的智慧火花以及涌动而来的心灵激情，并且得到有益的启发。

——《体验宇宙》序

# "成人的童话"

　　把武侠小说看作是"成人的童话"，似乎愈来愈成为武侠小说爱好者、研究者的共识。对此，我深表同情。

　　童话，《大英百科全书》上有两种诠释，即：一指并非专写神仙的、带有奇异色彩和事件的神奇故事；二指带有魔法或神奇色彩的民间故事（在德语中还指包括令人难以相信的故事和富有幽默感的趣闻逸事）。在我们中国人的心目中，童话是儿童文学的一种体裁，通过丰富的想象、幻想和夸张来编写适合于儿童欣赏的故事（有一部大型辞书还特别强调"对儿童进行思想教育"）。从中西文化比较的角度看，中国人似乎更愿意或更自然地接受这样的一种观念，即童话的接受者乃是儿童，与成人基本不相干。而西方人并不这样认为，在他们看来，童话的流播过程中，成人的参与是不容忽视的重要因素。所以，西方的童话创作普遍地较为发达，水平也较高。正因如此，弗洛伊德、荣格和贝特海姆等著名学者就非常重视童话中所蕴含的人文思想、因素，他们把童话故事中的各种成分解释为人的各种普遍的恐惧和欲望的表现。这不能不说确有一定的道理。

中国基本上没有把成人作为接受者之一的童话作品，过去没有，现在也还没有。然而，受社会、家庭及内心冲突重压的成人们，在不愿放弃人格尊严的同时却愿意给自己日渐支离破碎、乱七八糟的心境留出一条通道——一条可以走通、找回童年时的那种单纯、天真、清澈、快乐、紧张和神秘感觉的心路。尽管他可能要为此而付出被愚弄和被嘲笑甚至被折磨的代价，然而他所获得的可能是一种短暂的超脱生活境界和精神的解放，其中还包括自己的政治理想和生活理想得到最大限度、最完满的观照。而遗憾的是，童话作品虽然能提供某些帮助，但我们现存的童话作品并不能使他满意，事实上必须有一种"另类的童话"的出现，来满足这一层次读者的需要。于是作为一种很理想的载体，武侠小说便应运而生了。它具备了童话的全部功能（包括东西方童话），而且专为成年人设计制作，儒释道并存，十八般兵器杂糅，真善美与假恶丑交织，清官和侠客合作，强盗同污吏勾结，至于山川名胜，奇风异俗，更是应有尽有。虽然政治家的宣言和哲学家的道书未尝不具影响力，也并不缺少夸张、幻想和想象，但它们少了一点形象性。也恰恰因为少了那么"一点"，武侠小说便获得了很大的生存空间和存在的合理性。武侠作品是具有吸引力的。

千古文人侠客梦。张恨水称自己"困顿故纸堆中，大感有负先人激昂慷慨之风"；"予不能绰刀，改而托之于笔，岂不能追风于屠门大嚼乎？"（《〈剑胆琴心〉序》）这种心态，写武侠小说者有之，读武侠小说者恐怕也是脱不了的吧。

现在的问题是，武侠小说历来是受到非议的。作为一种"成人的童话"的武侠小说，它的作用也止于一般童话所能产生的"魔力"，倘若把它看作经世济民的利器，那是幻想家的"走火入魔"，反过来说，奚落作者、读者"欲以这种不可能的幻想（指武侠小说制造的氛围），来宽慰自己无希望的反抗的心理"，似也大可不必，因为武侠小说的娱乐性毕竟占着主导地位（童话作品也应是如此）。如说读武侠小说能消磨人的意志的话，那么因读武侠小说而磨砺了人的意志的事，从古到今，是很可以找到几例。总之，读武侠小说，不必太认真。

　　说起"不必太认真"，这里倒要认真一下。尽管武侠小说渊源流长，但"武侠小说"这个名目却是1915年12月林纾的文言短篇《傅眉史》在包天笑主编的《小说大观》第三期上发表时才首次出现的。那么，这是不是说，在这之前，中国就不存在武侠小说？不是的，应该说不多，或者说还不成熟。我们现在既然用了"武侠小说"这个概念，就应该尊重现代人的意见，而不要轻易地将古代的一些片断的雏形的东西冠以"武侠小说"。举例说，《三侠五义》大概算是一部很有影响的"武侠小说"了吧，但事实上它还不是粹然的"武侠小说"，原因是它只是武侠与公案合流的产物，比较合适的说法是"侠义公案小说"。武侠小说研究专家叶洪生说，若仅从专称定名而言，也可把中国的"武侠小说"视为民国的新生文学类型。我想，除了专称定名，在题材内容、叙事结构、人物塑造上，都可以区别古代的所谓"武侠小说"和民国以降的"武侠小说"的不同。

　　由此，也就牵涉到我们这部书的书名了。

本书之所以标明"故事"而不是"小说"，原因是多种的：一是这里面的许多作品很难用"小说"这个概念去套（虽然"小说"的概念古今差异很大），有些作品只是某一事件的生动记录，缺少一定的铺陈渲染；二是一些作品选自于古代笔记，虽然如《聊斋志异》《阅微草堂笔记》实际上可视同小说，但有相当一部分笔记，只能看作是随笔，不能与小说画等号；三是有些作品取之于史书，冠以"小说"，殊为不当。

就"小说""故事"而言，似乎不存在贵"小说"而贱"故事"的现象。在中文里，"故事"具有多种含义，可指历史、旧事，如《史记·太史公自序》："余所谓述故事，整齐其世传，非所谓作也。"鲁迅有《故事新编》；或指小说或小说中的情节；也指比较适合于口头讲述、通俗易懂的一种文学体裁，如英国之罗宾汉的故事。（有趣的是，在英语里 story 故事和 history 历史，从词源上说具有"血缘"关系，某个义项完全相同，这恰与中文的情况相类似）所以，本书取名为《中国武侠故事集》，可谓恰如其分。

按梁羽生的说法："'侠'是灵魂，'武'是躯壳。'侠'是目的，'武'，是达成'侠'的手段。"本书入选的故事，原则上要体现武、侠两字，武者，如朴刀、杆棒、技击及特异功能等；侠者，自然要有行侠仗义的动作举止，且要带点"武"（纯粹的义侠不算）。其他关于兵器、武艺等的传说、故事也酌情收录。因为武侠故事，以近世较为丰赡，故远古中古文献记载的武侠故事，从宽录入，以清源流；近世则从严。

值得一提的是，本书中的材料大都采自于笔记，在除《史记》外的二十四史等中则极少选摘，原因是篇幅所限，若诸史皆采，所获必多（有些材料也未必生动可读），难以剪裁；若只涉几史，不及其余，则未免有偷懒之嫌。概言之，若有疏漏，一为编者见识所囿，二为客观原因不允，"非不为也，实不得已矣"。即使这样，为了使本书录入的故事更精彩更富于传奇性些，我们已将掌握中的大量材料作了筛选，敬希读者诸君亮察。

——《中国武侠故事集》序

# 闲情逸致

"闲情"这个词，倘在十多年前，或者更早些时候，肯定不是一个让人瞧着舒服、想着愉快的词。"你倒有闲情"，这是当时对那些不刻意进取、自甘落伍的人含蓄而尖刻的讽语。"闲情"一词，实际上已经不再表示一种生活形态，而是意味着一种消极乃至颓废的生活性质。尽管那时的人有的是闲暇，且闲得发慌，却没有什么人公开声明自己"有闲"。在轰轰烈烈的"革命"热潮中，自有斗不完的"私"，批不完的"修"，何闲之有？况且"有闲"和"无产"正是一对冤家，谁敢说"闲"？

中国人对于"闲"向无好感，他们推崇的是"勤"，认为，"勤"是安身立命之本，故要求为官者"勤政"，为民者"勤劬"，于是天下升平；而"闲"却是祸之根源。人，一旦有"闲"，思想便不安分，便有足够的时间考虑如何消闲、打发剩余的精力和智力，便开始关注自我价值的实现，于是"恶从闲中来"了。君不见话本里的坏人、恶少几乎都是游手好闲之徒吗？故"闲"既不受官方欢迎，也与老百姓的生活原则相抵牾。"闲"之坏名声由来已久矣。

传统士大夫脑筋里多的是"修（身）""齐（家）""治（国）""平（天下）"的念头，家里家外，忙忙碌碌，席不暇暖。这样，即使不受舆论的褒奖，至少也会倍受同情。虽然尸位素餐的不乏其人，只要不"闲着"，那把交椅还是稳稳地坐着。"勤政"始终是衡量人品优劣的标尺，至于"政绩"嘛，倒在其次的。风云际会，世道浇漓的时代，"赋闲"一事，对于大多数怀有政治理想、立志澄清天下的人来说，是丢面子的，是痛苦的。在被剥夺了发言权的情况下，不是还有人以"美人香草"寄寓自己对"故国河山"的一往情深么？换句话说，它曲折地表露自己虽寂寞无主但并非"偷闲""偏安"的心态。像陶渊明这样一个闲云野鹤式的隐士，东篱采菊，并且说了不少闲适的话，最终还是免不了被人从他的集子里淘出些"金刚怒目"式的句子来，用以证明"闲"与伟人无缘的观点：伟人的"闲"毕竟是超迈拔俗的，是包蕴着"不闲"的。而李笠翁，因为写过一部《闲情偶记》，故被世人目为"闲适文人"的代表，其人品当然是有问题的，其生活的格调、趣味也是不高的，其文章自然是不好的或是不太好的。于是，在文学家的殿堂里，他的座次很难排上号，虽然他的《全集》中未必拿不出几篇忧时讽谕的东西。由此，我们大概可以明白，人们对于"闲"与"不闲"所持的截然不同的态度了。

　　难道"闲情"是我们生活中所必需的吗？在没有提供确定的前提下回答"是"或"不是"，并非明智之举。然而，一个没有闲情逸致的人，至少是个缺少赤子之心的人，其生活流程一定是单调乏味的，也就无所谓生气灌注可言了。这样的人，该是怎样的面目可憎！这难道

137

是我们愿意看到的吗?

那么,"闲情"究竟是个什么东西呢? 有句俗话,叫做"狗拿耗子,多管闲事"。对了,"拿耗子",并非是狗之专业,故其"闲"可知;而拿了耗子之后,又并非为了充饥,只是为了寻开心,闹着玩,就产生了娱情效果,这也许就是"闲情"吧。人的生活,虽然与苍髯四足的动物有某些相似之处,有时甚至就是它的翻版。然而人毕竟是有感情有理智、智商很高的动物,人的"闲情"的发生就不是简单的"狗拿耗子"的过程所能全部涵盖。要对人的"闲情"作一番界定并不容易,首先它当然是一种业余的工作,其次它还表现为是一种非功利的生活的艺术化,是一种自娱为主的情绪调节,是一种冲淡而悠远的生活趣味与舒缓而稳妥的生活节律的结合并贯穿、渗透着无处不在的自然、乐观、宽松的生活理想。有人把它看作是生活的一种缓冲,一种润滑剂,似乎太拔高了。

"闲情"云者,只能是相对的。陆羽治《茶经》,是术业有专攻,怎么能说是"闲情"? 周作人谈茶道,未免就有点"闲情"了;徐霞客之游名山大川,终不能和谢灵运同日而语;大菜司务烹饪亦不可与苏东坡制"东坡肉"等量齐观。即在一人身上,如苏东坡,做官,文章书画,烹调,三者相较,后者较中者为"闲",中者又较前者为"闲",这"相对"的意思,就在于此。

不知李笠翁当初是怎样理解"闲情"的。《闲情偶记》涉及了如下几个方面,即词曲部(编剧)、演习部(演戏)、声容部(穿着打扮)、居室部(居室装潢)、器玩部(玩骨董)、饮馔部(吃喝)、种植部(养花）、颐养部（行乐之法）。其中词曲部在今天看来是很专业的并且是很伤脑伤神的工作，很难入"闲情"之列，其余则与现代人是有共识的。显然，笠翁把个人私生活中的吃喝玩乐、衣食住行等等无关宏旨的日常行为均归于"闲情"之畴。他的这种思路，也早已被我们接受。我们谈"闲情"，就是从这里出发的。

值得一提的是，笠翁没把写文章视为"闲情"，这是大有道理的。我们说"闲情"，当是一种在有用和无用之间的东西，而在士子文人眼里，文章乃经国大事不朽伟业，早与功名利禄有莫大的关系，决非"等闲"之物。即使在今天，虽然有"闲笔""闲文"的说法，但把写文章视作"闲情"，恐怕只是少数人的观点。

时间进入 21 世纪。这是一个动荡不安的时代，原本没什么"闲情逸致"可言，但正如人的相对的两面不可能同时接受日光的照耀一样，人的"闲情逸致"不可能只是一个空壳而无实际内容，亦有其存在的理由，各人的情况和表现形式不是划一的：有的是给自己的心情"放假"；有的是归隐后身无羁绊的精神调剂；有的是对现实社会的调侃和消极反抗，等等。现代作家的"闲情逸致"，也不例外。收入本书的几十篇文章，算得上是作者"闲情逸致"之形迹流露，内容涉及日常生活的方方面面，其意态的轻松、文笔的优雅、趣味的醇厚以及识见的高明是随处可见的。可以提醒的是，有些文章暗藏机锋，须细细咀嚼，不可轻轻放过。

——《闲情逸致》序

# 人情长短

中国语文中，"性""情"相缀。"性"为"情"之本原，"情"为"性"之表象。

谈人情，不妨先谈人性。

何谓"性"？《中庸》上说："天命之谓性。"那么，什么是"天命"呢？这实在是难以弄清楚的，大概是一种超自然的力量吧。它以一种无形的逻辑力量影响人类的生活。据说，人，赤条条地来到世间，身无长物，随身带着天赋的两样东西：善与恶。（有人认为仅有一样，善，或者恶。关于人性本善还是本恶，历来争议颇多，似都不能自圆其说）从此，善与恶，便成为人性中最主要的两个方面。由人性而人心，而人情，不可避免地烙上了善恶的印记。尽管把善恶看作是与生俱来的人的本性，只是一种推测一种假想，人们还是把它作为评价一个人的重要依据。以上是从人性角度来说明人情有差异。

现在回到人情本身。

人情是什么？人情就是人之常情，是一种与人之特质不相背离的基本生活情态。比如，脸脏了要洗脸，衣服脏了要洗衣服，这就是人之常情，是一种起码的生活要求。如果反其道而行之，便与人的基本生活原则相背离，可说是"不近人情"。"不近人情"将意味着什么？苏老泉《辨奸论》中说："不近人情，鲜不为大奸慝。"他的话分量很重，"奸慝"便是"恶"，"大奸慝"便是"罪大恶极"。在他看来，区别人情善恶的标准，就看其合于人情还是不近人情。这真是如老吏断案，简捷明快。

可是，人，实在是复杂到极点的动物，设想用一种超越时空的尺度来标签人类的行为哪种是合于人情哪种是不近人情，真是妄想。从现实人生的角度而言，与其把人情视作天命所为，不如把它视作一定文化背景所营造的产物。不同的文化背景产生不同的人情以及价值取向。举例说，送礼，中国人把当着客人的面将礼品打开看作不近人情；而在西方，情况正好相反。你又何从分辨其善恶呢？又如，在中国旧时，无后为大，拒绝生育，是有罪孽的，即使是在"计划"时代，仍被认为是不近人情；而在西方，丁克家庭是极其风行的，大家都没有不正常的感觉。文化的差异，导致人的差异，最终形成人情的差异，这是我们在评价人情时应该十分小心地把握的。

虽然，我们并不认为有一种能够评价和衡量人情的非常具体明确的标准存在，但不能忘记，是否有利于人类的生存质量的提高和发展，始终是考评人类一切活动优劣的参照系。

人们常常喜欢把"天理人情"放在嘴上，要求做什么事都要合乎"天理人情"，其实这很难。"天理"和"人情"是有距离的。"天理"

是一种至高的伦理标准，尽管它带"天意"的神秘，说穿了，还不是体现了人的意志和理想吗？而"人情"，可说是一种较低的伦理标准。人有七情六欲（喜怒哀惧爱恶欲七情及生死耳目口鼻六欲），这是人之天性，无师自通，所以大家都把它视作常情，不以为怪。然而一落实到现实生活当中，意见就不一致。比如，"饮食男女，人之大欲存焉"，大家认为很自然，无论道学先生还是市井细民，都不能分出什么"善恶"的。但接下去便有问题了，"人生而有欲，欲而不得则不能无求，求而无度量分界则不能不争，争则乱，乱则穷"。由常情而致乱致穷，逼得人们制造出一个"天理"来限制"人情"的扩张。"人情"被分成两部分，其中"善"的部分被"天理"吸收，"恶"的部分为"天理"不容。即使这样，"人情"中的"善"的部分，也难免与"天理"发生龃龉。比如，"天理"要求节俭，人却要享口福。于是，从"天理"看，是暴殄天物；在"人情"一面看，是人之常情，无可指摘，反而觉得"天理"阻隔，有"禁欲"之嫌，不可亲近。天理远，人情近。不管你志存高远，抑或信奉伊壁鸠鲁，总之，有节制，有分寸地使自己的欲望得到满足，便是不乖常情不逾矩。故在"天理"和"人情"之间要分高下，定取舍，既不容易，也没什么意思。

"人情"之所以受到责难，还因为它常和"世故"一词相牵连。一般认为，"人情"就是"世故"，这话可说对，也可说不对。说不对，是因为"人情"是一种人之常情，而"世故"则是一种处世经验，两者可谓挨不上边儿；说对，是因为懂得、了解了"人情"，就意味着获取了处世经验。所谓"处世"，实际上就是人与人的交流和合作。而要实现这种合作与交流，人与人之间互不了解，行吗？人们之所以对"世故"不怀好感，关键在于把它看作是利己的东西。然而利己一定以损人为代价吗？须知利己，正是人之常情所在。而把"人情"看得很龌龊，也正是理想主义者的一贯态度。

基于这种认识，把"人情善恶"这样一个触目惊心的题目修改成"人情长短"，可以说是我们的一点苦心。自然，"长短"也意味着"善恶"，但其棱角较"善恶"来得不鲜明。这就好比吃饭，吃与不吃，是正负的两面，而吃多吃少，只能在"吃"的一面考察。"人情长短"大概比较接近"吃多吃少"的意思吧。我们不否认"人情"中有"恶"的成分存在，但内心深处还是很愿意人情的定位大致与人的生存和发展的利益相合或相近。这是否是一种奢望？

——《人情长短》序

# 名物采访

　　"世事洞明皆学问，人情练达即文章。"这是《红楼梦》里的一副对联。虽说这只不过是副对联，但中国人为人处世的基本准则，却十分概括、鲜明地凸现了出来，难怪许多人要把它奉为圭臬呢。

　　把世事人情当作一门专门的学问来研究，并非是中国人的独创。在西方，亚里士多德之《政治学》，马基雅维里之《君王论》，斯宾诺莎之《伦理学》，休谟之《人性论》，精神分析学派之经典著作以及卡耐基的处世术，都可说是研究世事人情的扛鼎之作。在中国，诸子百家，各种各样的家训、箴言、偈语以及随处可得的俗谚，两千多年来汗牛充栋，它们大都以人本身、人与人、人与社会为研究对象，积累了极其丰富的人事经验。可见，不管东方文化也好，西方文化也好，对人的研究，尤其对世事人情的研究，都是倾注了极大的热情。

　　如果作粗略的比较，在认识和研究世事人情上，中西是存在一些差异的。西方的比较系统、深入、细腻、重实证；中国的比较零碎、浅近、粗疏、重感觉。西方的比较注意人本身，而中国的比较注意人与人的关系。也许可以这么说，世事人情，在西方人眼里是门科学，在中国人眼里是门艺术。中国典籍中大量的是一种语录体式的人生格言，便是明证。

当然，单凭上述的一点点比较，是不能抹煞中国人对于世事人情的研究成就的，我们的不足之处，在于"基础科学"研究比较弱，而在实用性上，是极为发达的，发达到足以压抑其他学问发展的程度。其中的原因固然很多，但文化传统的影响是主要的。

从前，中国选拔人才的主要手段是科举，考试的内容极其单一，说白了，不过是考作文罢了。文章的题目是不会有声光化电的，什九不离世事人情，材料也必须来自于经史子集（经史子集正是世事人情的总汇），加上一定的写作技巧，功名就不在话下。如果你对世事人情不甚了了，对自然科学倒颇有造诣，那么对不起，照样进不了学，"专业不对口"，还得坐冷板凳。在最高统治者眼里，深谙世事人情，是保持至尊的首要，所以他把文章看作是经国大事不朽伟业也就不奇怪了。而发明印刷术、造纸术之类，只能视作雕虫小技了。上行下效，大家对于事理的探究兴趣，大大超过了对物理的兴趣，谁也不会白费力气去注意和研究一个自然现象；如果说有，只是那些在野史稗史里出现的布衣黔首。

以上啰啰嗦嗦地说了一大篇，无非是想说明这样一个问题：我们这个民族是重事理而轻物理的，故其思维方式是长于形象而短于抽象。所以，中国人对于自然科学殊少关心，有其必然性。诚然，你也可以从正史或四库全书目录里找出几部《博物志》之类，或如《闽小记》《广东新语》之类，但也仅仅是点缀而已，而且，它还只是记载备考的东西，和真正的研究（如结构分析、成分分析等），相去甚远。格物致知，倡言者用心良苦，但实际做起来，常常偏重于训诂考据之学，与自然和生活实际殊少相关。不过，世风转变，这种情况当有所改观。

中国"五四"时期的知识分子，是崇尚科学、民主的一代。除个别人外，他们中的大多数多少接受过自然科学的熏陶和训练。比起老一辈来，他们认识事物，较少感情用事，较多客观、公正、理性。新文化运动的主将们一方面高举反封建的大旗，一方面自觉地肩负起开民智的重任。鲁迅、徐志摩等曾介绍过近代科学的最新成果。更多的作家抛弃了空洞无物的"八股式"文章，转写充满真情实感的论议和抒情文字，还有，就是那些轻松活泼的知识小品。而且，撰写知识小品不仅成为一时风尚，还非常深刻地影响着第二代、第三代以至更晚出的作家。

中国现代作家笔下的知识小品，严格说来，是与专业科普作家的作品有所区别，他们不是专家，所以不可能用"显微镜"和"解剖刀"对写作对象作"肌理"分析，他们的特长在于形象描写和概括特征，但这丝毫也不意味着缺乏科学依据。周作人笔下的"苍蝇"，秦牧笔下的"虎"，都是这类作品的代表。不过，也有相当一些作家写出很专业的知识小品，如夏丏尊的《蟋蟀之话》，周建人的《讲狗》，王了一的《辣椒》，吴晗的《谈烟草》等，闪烁着知性的光芒。还有一些作家与上述作家不同，行文非常感性，主要以直觉、印象为依托，虽云状物，实为叙事，如陈子展的《萝卜》，许杰的《榴梿》，苏青的《谈宁波人的吃》等，兴味十足，但仍有不容置疑的知识性。

尤可注意的是，本书所收文章，有些貌似写名物的，究其实质，却是托物言志、言情、明理、喻人之作，寄寓了超出传播知识功能的深意，揭示了人与物的关系中所包孕的文化底蕴。

从关心世事人情到兼及生态环境，从重事理而旁顾物理，从虚空到实际，从文章中看至文章致用等，这是现代文化人尤其是作家区别于古代作家的重要标志。

这里的所谓"名物"，并非"名贵之物"的意思，而是有名的东西，或说风物，即大家都知道的东西。但"大家都知道的东西"，未必就是大家都了解明白的东西，所以，把现代文化名人撰写的"知识小品"或说"风物小品"选编出来，使读者在获取知识的同时，感受文化名人智慧、文采和超然物外的从容和幽默，该不是件没意思的活儿吧？

——《名物采访》序

# 哀乐人生

幸福的人好谈人生，不幸的人怕谈人生；幸福的人嫌人生短，不幸的人嫌人生长；幸福的人以人生为乐，不幸的人以人生为苦。乐观的人视人生为磨炼，悲观的人视人生为磨难；乐观的人看到人生光明，悲观的人看到人生黑暗；乐观的人享受人生，悲观的人熬煎人生。哲学家，小市民，一样地爱谈人生，哲学家为混饭吃，小市民则是吃饱了饭没事干；哲学家靠思辨，小市民靠直觉；哲学家注重理想人生，小市民注重现实人生。因此，谈人生，始终是大众乐意为之却意见歧出的一件事。

人生问题，是一个大问题。说它"大"，除其有不容置疑的"重要性"外，还指它的范畴大，几乎无所不包。张中行《顺生论》论及60个问题，可见其包含的内容之博大。这，还只是一个哲学家精心选择过的个人的思考范围，倘若换作社会公众，提出的问题恐怕要庞大得多。自然，这里也不排除一般人很难虑及的东西，如存在、天道，等等。吃喝拉撒似乎早已被人逐出"人生"的范畴，是因为它的层次太低，还是命题不高级？然而这究竟不能当作看"小"人生的明证。时至今日，虽然人们对于外层空间更有兴趣，好像在探寻超越人类生活之上的更大更广的问题，但其终极关怀，还在于人类在自然界的位置及人类的命运、前途，仍然脱离不了"人生"的干系。人的一切活动，都是人生的具体化。那么，在这个世界上，还有什么比解决人的生存状态（人生）更大的问题呢？说人生之"大"的理由，就在于此。

可是，话又说回来，人生问题，又是一个很细小的问题。须知"人生"其实是一个抽象的集合概念，它由许多具体而形微的东西组合而成，如温饱，婚恋，读书，事业，机遇等。讨论人生问题，如果不是从这些实在的、具体的、细微的东西着眼，只能是夸夸其谈，从而产生玄而又玄的说教，其"价值"是令人怀疑的。莫洛亚说，"凡是想统治人类的人，无论是谁，必得把简单本能这大概念时时放在心上，它是社会底有力的调节器。"谈人生，也得从这些"简单本能"大概念始。人生诸问题中的"大"与"小"，是人们观念上的区别，没有什么实际意义，只能说因人而异罢了。

人生问题，归根结底，是个"人生所为何求"的问题。

人生所为何求？那还用说！当然是为了幸福。那么，什么是"幸福"呢？法国作家方登纳给它下的定义是："人们希望永久不变的一种境界。"这一简洁的定义确实说出了一点我们想要知道的意思，但它仍有不少令人费解之处。从前中国人不大讲"幸福"而多讲"完满"，幸者，幸运也；福者，福分也，它带有一种超自然

149

力量赐予的味道，而"完满"则是一种愿望的实现。中国人的幸福观是建立在"完满"的基础上的。不完满，就意味着不幸福。这一点，中国人很实际。在日常生活中，我们经常可以听到"幸福的婚姻""幸福的家庭"这类说法，其实就是"婚姻""家庭"生活完满的意思。然而不时也听到过"幸福的人生"这样的说法，这却是很叫人迷惑的。人生是一个生命的过程。在生命演进过程中，生死，贫富，聚散，顺逆，成败……会按照自身内在的逻辑变化，而永远不会完全受我们意志的左右。做一名石油大王，在人们的心目中，是幸福的，然而，谁能知晓石油大王正蒙受乏嗣的不幸呢？北京捡煤渣的老婆子是不幸的，但她的家庭成员互相关爱，和谐相处，正是许多养尊处优然而彼此仇视的富贵之家所欣羡的一种幸福。所以，幸福只可能产生在生活中某个侧面，至于说"幸福的人生"，只是一种理想。人生是哀和乐的组合排列，所谓人生的"幸福"或"苦难"，是相对的，受时空的统辖。

莫洛亚曾提出"人生的五大问题"，即婚姻、家庭、友谊、政治机构与经济机构、幸福，没有谈及生与死的问题，这不能不说是一种遗憾。《哈姆雷特》中哈姆雷特就说过，"生，还是死，是个问题"；佛家的口头禅也说"生死事大"，可见生与死，实在是人生所不能回避的一大问题。在这里，我们不准备对于生与死作哲学上的探究，只说某些现象。比如一个人，生于乱世和生于盛世，生于贫穷之家和生于富贵之家，对其人生的影响难道可以忽视的吗？大厦将倾，崇祯帝对女儿说，你为什么要生在帝皇之家呢？结果父女双双命归黄泉。而更多的人却为自己生于贫民之家自怨自艾。有人把这归于"命"，认为是"命中注定"。我们暂且不去计较这种说法的合理与否，但它把生命过程中每一阶段，看作是一种含有因果关系的"人生链"，是富有启示的。"生"，是人所无法把握的（有人把它看作是"前定"的，不失为一种解释），但我们并不能否认它是人生的重要一环。同样，对于死，也有不同的认识，有人认为是一种生命的悲剧；有人则认为"息我以死"，入净土陪上帝去了，何悲之有？然而谁也不否定死是人生的重要内容之一。还有男女问题，常常被人排斥在人生问题之外。中国古时男尊女卑是一种积淀得很深的文化现象。身为女子，是其人生之大不幸。然而充炮灰、修长城之类人生悲剧，离女人较远，乃不幸中之大幸。假使风流天子下江南寻美，一人得宠，鸡犬升天，也不是不可能，其女的人生之页从此改写。届时，更有许多父母深悔生不出个女儿家呢。这种事，古诗里头表现得真是淋漓尽致的。"婚姻产生人生"，这是一句名言，婚姻是男女之间的事儿，把男女问题提到人生的高度来考察，恐非多事。

我们把所编的这部书的书名定为《哀乐人生》，自有其深意在焉。前面已经说明，此处不再饶舌。所选内容，以为多与"人生"有关，只不过有"近"与"远"的差别罢了。其实，"近"与"远"，也很难说，正好比"哀"与"乐"，不能量化，只能视各人的感觉而定。人生中的几个流程，诸如生死，男女，婚恋，家庭，年龄，疾病，贫富，事业，求职，志向，生命价值等，论题所及，尽量收入，见仁见智，则聊备一格。

临末，还想提一下。据说辛克莱说过这样的一句话："我不晓得人生是什么；我的唯一安慰，只在别的人也没有一个晓得。"我们认为这是一句非常精彩而意味深长的话。

——《哀乐人生》序

# 名士风流

　　"名士"一词，解释起来颇为不易。比较权威的典籍疏陈为三类：一指名人；二指名望高而不做官的人；三指不拘小节、自由散漫的人。若据此三者之一即可称"名士"，未免唐突。名人未必可简单地兑成名士，名人重名（名望、名气），名士重实（行为、举止），所以，名人不一定都是名士，名士也不一定都是名人。比如汉高祖刘邦，大名鼎鼎，可有谁尊其为"名士"？诸葛亮尚未出山扶汉，不过是一乡村夫曲，名不见经传，但他才高八斗，自比管仲，早被人目为名士，此又作何解？至于名望高不做官的人即为名士，此亦颇勉强；较为允当，是可以把这类人归入隐士一类，虽然，隐士中颇多名士，如严子陵、陶渊明、林和靖之流，但终究不能完全地在彼此之间画等号。而把"不拘小节、自由散漫的"称之为"名士"，也有以偏概全之嫌。名士一般多少有点"不拘小节"，这多半是因为恃才傲物的缘故，但若认定"不拘小节，自由散漫"便是名士的徽号，则为皮相之见。世有西施，便有效颦之东施，附庸风雅、脾性怪癖、举止乖张者，难道皆可曰"名士"？那么，求诸三者兼而有之，此亦大难。面面俱到，反为不美。龚定庵确有大名，举止倒也不太检点，若说名望高倒未必，官，也不是不想做，只可惜做不到，做不大，而这些，似乎并不影响他成为中国历史上大名士之一。总之，无论是择一还是兼三，抑或根本没什么具体的标准，有实学有才情有个性，是成"名士"之首要，至于外部表征如何，则在其次。

"是真名士自风流"，这话说得漂亮。名士既然有"真"，那便意味着有"假"。这里不妨引些例子看看：

> 阮籍嫂尝还家，籍见与别。或议之。籍曰："礼岂为我辈设也？"（《世说新语·任诞二十三》）
> 王孝伯（恭）言："名士不必须奇才。但使常得无事，痛饮酒，熟读《离骚》，便可称名士。"（同上）

"嫂叔不通问"（《曲礼》），这是长期以来桎梏人们心智的礼教定规之一。阮籍在当时是知识阶层中的重要人物，他能蔑视道统的影响并反其道而行之，显示了他非常鲜明的个性特征。其中"礼岂为我辈设也"一句，道人之未道或不敢道之言，尤见其旷达洒脱的本色。孔颖达《正义》云："名士，谓其德行贞绝，道术通明，王者不得臣，而隐居不在位者也。"按这种标准来衡量，阮籍够得上"名士"了。故他历来被视为"名士"派的代表人物，也是顺理成章的。

而王孝伯其人，《世说》谓他"清辞简言"，切中肯綮，这可从他那句流传百世的名言里得到体认。但《世说》同时也抖出其"读书少"的缺点。近人余嘉锡一针见血地指出，所谓"痛饮酒，熟读《离骚》"，实质上是"自饰其短"，"恭之败，正坐不读书。故虽有忧国之心，而卒为祸国之首，由其不学无求也"。王孝伯的问题，关键在于，把"名士"看作是一种模式一种风格一种形态，而不是一种内在精神的体现和外化。模式、风格、形态可以模仿、复制，精神是专利，只能感悟，学不来也学不像的。痛饮酒，熟读《离骚》，固然是名士们的"身体语言"，但绝不是身份的标签，更不是思想的表征。这就好比拿笔写作，拿笔是表示写作的意向，至于是不是写，写得好不好，就不是仅凭拿笔这样一个动作所能决定的。王孝伯究竟喝了多少酒，熟读了几遍《离骚》，我们不能知晓，但有一点是可以肯定的，他最终并没有成为真名士，自然也风流不起来。

任何时代的"士"（即知识分子），都可以被分为朝野两部。在朝的，毫无疑问，是替天（天子）行道；在野的，又可分为两类，一是仕途塞滞，一是与当局不合作（含主动和被动）。传统意义上的"名士"，多指在野的第二类人物。其实，朝和野，并不能很好地解决"士"的"名""不名"之争，也许，从他们是"入世"或"出世"来着眼，倒能够看得清楚些。虽然，入世者未必就是峨冠博带，龙门高峻，但他至少是端方的代表；而出世者，虽也不至于披头散发，独钓寒江，他究竟要随心所欲得多了，按现在的话来说，也就是"潇洒"。陶渊明、阮籍、李白、苏轼、张岱、龚自珍，庶几可算是这一班名士了，而杜甫，王安石，顾炎武诸人，人们多不以"名士"待之，原因恐怕就在于此吧。不过，我们总不要把"入世""出世"看得绝对化，这类事情，往往是相对而言。同样，"名士""不名士"，也是相对的，没有划一的标准。

一个时代有一个时代的风尚，有一个时代的特征，也有一个时代的"名士"。"名士"一词，盖肪至魏晋，其内含带着深刻的时代印记。千百年之后，晚清的"清流"也被目为"名士"，但他们与魏晋名士早已是异趣了。此可见"名士"的内含和外延都在发生着变化。

晚清以降，是所谓"现代"时期，除了一些遗老遗少被人半开玩笑地称之为"名士"外，已经很少有什么"名士"了。若说有，其意义已与"名人"差不多了。我们这本《名士风流》中的"名士"，就是取"名人"的意思。尽管这样，在编选时，我们还是注意渗透旧时"名士"的一些内含，比如，舍政界人物而多取学界、文界、艺界人物；侧重于表现人物个性特征等等。至于这些"名士"是不是"风流人物"，那只能是见仁见智了。

最后，还得交代几句编选上的话：

一、这本《名士风流》是《名家谈丛》之一种。《名家谈丛》要求作者均须名家，故这本《名士风流》，实际上就是一本"名人谈名人"。有时，传主十分有名，文章亦佳，但因撰者名声不彰，只得割舍，十分可惜。

二、有些文章，撰者和传主均十分有名，只因文章较平淡乏味或写法问题，故不予收录，非编者疏粗草率也。

三、由于篇幅有限，原先编就的文章约有三分之一被删落，为求平衡，作了一些技术处理，难免有遗珠之憾，冀来日出《补编》增订之。

四、入选文章，或长或短，或整或节，纯属技术问题，非厚彼薄此也。至于撰者的观点，并不代表编者的观点，敬希读者诸君亮察。

——《名士风流》序

# 旅情印痕

旅游是一种文化。这种文化，并不是以石刻、古迹、高山、流水等人文景观、自然景观为表征，它的主体，正在于人，人的心灵。

梁实秋曾在一篇文章中说，他的外祖母一生住在杭州城内，80多岁，没有逛过一次西湖，最后总算去了一次，但是自己不能行走，抬到了西湖，就没有再回来——葬在湖边山上。这听上去像天方夜谭，其实不奇怪。在生产力水平低下的国度里，寻常百姓的温饱尚成问题，哪里来闲情逸致游山玩水呢？当然，这只是问题的一个方面，更大更实质的是，如我们民族中的相当一些人，根本不懂得人与自然有着一种默契和感应。在他们看来，山水于我何干？与其跑酸腿吃风沙去看一个亭子两座庙，一堆石头半边河，不若在家嗑瓜子拉家常，或到戏院子里听戏，更其乐融融。总之，旅游是一桩空耗精力、糟蹋钱财、浪费时间的赔本买卖。它意味着只有付出而没有回报。

士大夫们却并不这样想。"读万卷书，行千里路"。在他们眼里，读书和旅行是一回事，读书是为了明理，而旅行是长见识，两者互为补充。问题是，无论是读书还是旅行，大家似乎都疏略了它们与冶情的关系，所以，这样一种无形的精神活动，从来就没有被充分地理解为是一种感情的投资。中国是一个游记文学很发达的国家，《水经注》《洛阳伽蓝记》《徐霞客游记》等皇皇巨著，很好地说明了这一点。然而，使我们不太满足的是，它们虽然非常纪实，描摹细腻生动流畅，却很少有人的存在，也就是说，很少有感情的介入。只有欧阳修的《醉翁亭记》倒还差强人意。不过，比起海涅、华盛顿·欧文的游记来，显然单薄而寡味，虽然在叙事状物上我们并不弱。

在旅游与冶情的关系的认识上，如把话说绝，士大夫和老百姓是五十步笑一百步，没有实质性的进步，但在价值观上还是明显地反映出分歧的。

宗法观念深重的环境中，旅游不可能成为一种普遍的风尚和自觉的行动。"父母在，不远游"，"会心处不必在远，翳然林水，便自有濠濮间想也"，这些貌似哲理的说法，有效地阻遏了人们远足的兴趣和愿望。只有在赴考、游学、升迁、宦游、贬黜、放逐等途中，才有机会比较从容地观赏自然和人文景观。君不见，如此泱泱大国，真正能够称得上"旅行家"的人屈指可数，至于民间的普通老百姓，恐怕连旅游的概念都弄不清的，生于斯，老于斯，葬于斯，最终成为封闭的一代。古代诗人们倡言"搜尽奇峰打草稿"，但若查一查他们的游踪，如李白的、杜甫的、白居易的、苏轼的、陆游的、龚自珍的，不过是到些路人皆知的名山大川，名迹胜景，并没有什么新鲜玩意儿。在西方，旅行是人生的必修课，是一种有教养的标志。尤以探险旅行最受人尊敬。如凡尔纳《环游地球八十日》所述，表现的是人的智慧、毅力和意志，以及人对自然的认识、适应的过程。这在我们这一边，是不可想象的。因此，在处理人与自然的关系上，西方似比东方更为圆通。作为旅行者，他们的素质，普遍地要高于我们。举例说，西方人既能欣赏奇峰异石、崇山峻岭，更能欣赏大海、草原、森林、田园、村舍等寻常景观，我们则办不到。这里有审美习惯等影响，重要的，恐怕还是民族的集体无意识在起作用。

旅行意味着开放，开放才能发展。关起门来，在石库门、四合院里做市面，在什么村、什么河里兜圈子，永远搞不出个名堂来。近现代所谓"睁眼看世界"的一批先进分子，无一不是健于旅行的，如郭嵩焘、曾纪泽、薛福成、黄遵宪、梁启超、鲁迅、胡适等，勇敢地走出国门，开阔了眼界、胸襟，最终把西方文明输入本土。他们的努力，促使中国这个日趋僵化衰败的老大帝国，发生了深刻的裂变，其功不可没。

记游文学在现代作家手里无疑是成为最成熟的文学样式。它们之所以能超越古代作家，关键在于现代作家把湖光山色、亭台楼阁等等看作不是遗世独立的东西，而能用一种文化和审美的眼光来审视，并且倾注于感情，使之成为富有性灵的活物。因此，现代作家的游记，是富有生命力的真正的美文。读这样的作品，不仅仅是使人获得一份审美的愉快，更重要的是，它让人认识到，人与自然，存在着一种互补的关系，是一种精神的交流。

——《旅情印痕》序

# 艺林散步

　　道德、艺术、科学，是人类文化中的三大支柱，缺少其中的任何一项，就意味着文化的缺损。事实上，从来也没有缺少道德、艺术、科学三者中任何一项的文化。不管是优的抑或劣的文化，都是如此。

　　中国文化自有其独立的源头，虽然间或也受域外文化的影响、冲击，终因其本土文化的强大与深厚，而保持其固有和稳定的精神内含及特质。中国文化比较地讲求"天人合一"，因此，在处理人与自然的问题上，走的是亲和的道路。于是，以自然为研究对象的科学，相对于道德和艺术来说，显得不够发达，亦在情理之中。从道理上来说，道德、艺术、科学是并驾齐驱、相互影响制约的，但因为其中的某一门过于偏重，而使其他的相形见绌，乃至于发展受到抑制，是有例可援的。比如古代的希腊、埃及、印度以及我们中国，都有这种情况产生。从另一方面来说，因为科学的精神和思维的弱化，道德和艺术的发展受到了阻滞，同样毫不足怪。

　　中国的艺术是载道的。中国古代的文化巨人，如孔子、庄子等，他们除了建立起一套完整和系统的道德谱系外，也为中国艺术的演进和发展，早早地制定了价值取向、精神归宿。孔子的仁与乐的统一，庄子的主客合一，以及魏晋玄学，对中国艺术的影响至巨，是显而易见的。中国艺术，很少有科学的参与，而道德与艺术的交融，浑然一体，堪称独步天下。倘若要解读中国艺术，不可不用"道德"这一利器。

艺术是生命的表白。艺术家的喜怒哀乐的宣泄，最好的方法和媒体，是创作和作品。艺术是艺术家的符号。人有人格，作品有风格，在艺术创作中，尽管有传承有流派，但艺术家的创作个性特征的有或无，是判别一个艺术家成熟与否、作品高下的依据。任何的艺术作品，都是"有意味的形态"。中国的书法艺术、建筑艺术，最能体现这一点。中国艺术在本质上是写意的，所以它与西洋艺术在表现方法、手段上有明显的区别。仅凭外部形式上的简单与复杂、平缓与激烈、冲淡与秾丽等的区别，不足以评定中西艺术的优劣。中国艺术是以抒发主观情绪为目标，故其艺术境界与西洋艺术也不可同日而语。

在中国，对"艺术"的最初解释，是与现在的很不相同的。《后汉书》："永和元年，诏无忌与议郎黄景校定中书五经、诸子百家、艺术。"注云："艺谓书、数、射、御，术谓医、方、卜、筮。"这与《周礼》中所谓"六艺"（礼、乐、射、御、书、数）相似。从今天的观点看，这些"艺"，也与"术"相差无几，或者干脆说是"术"亦无不可。这恐怕是因当初的绘画、书法、雕塑、建筑等尚未从"实用"中解放出来；至于音乐、舞蹈，"乐"是"六艺"之一，已经有了地位，而

"舞"，是只供玩乐之用，在士大夫的心目中怎么也不能和"艺"挂上钩，也够不上"术"，大概与民间的杂耍差不多吧。实际上，所谓"六艺"，仅仅是士大夫们安身立命的技能，不是我们现在所认为的作为审美对象的"艺术"，真正意义上的"艺术"产生于何时，很难说。我们从出土文物上去确认哪些是艺术品，哪些不是，只是代表今人的意见，也许古人还没有产生这种"审美的自觉"。不过，最晚不会迟于汉魏。

我们在这里讲的"艺术"，不是古人的"艺术"观，而是指用形象来反映社会生活、人的思想情感的某些手段，如绘画、雕塑、建筑、音乐、舞蹈、戏剧、电影、曲艺等。有人把文学也划归艺术，自然是可以的，但若严格地从"技能"这方面来考察，文学当另立门户。平时人们多讲"文学艺术"或"文艺"，不是指"文学的艺术"，而指"文学"和"艺术"，界限还很明确。故我们编本书时，没有把文学列在其中。

这部《艺林散步》，可说是现代文化名人的"谈艺录"，其中多数名人，本身就是从事艺术创作的，当行出色，自然谈起来能谈得深入浅出，搔到痒处；至于有些名人谈艺，虽然本身不是"艺人"，但由于他的兴趣所在，又有极高的艺术感悟能力，所以也很能得艺术三昧，谈出味来。

"艺林"云者，非仅指公认的七种艺术，推而广之，如摄影、插花、陶艺等"大艺术"观所能容纳的样式，均占篇幅，以示"林"之宽广也。

——《艺林散步》序

163

# 读书有味

读书有味？当然！

大千世界，有滋有味的东西，比比皆是。吃喝玩乐，酒色财气，有人终日浸淫其中，乐此不疲，岂不是有味？万物横陈，五官所接，或酸或辣，或香或臭，或红或绿，或响或轻，自能体味。酒有醇淡，茶有甘苦，色有美丑，财有大小，林林总总，皆可玩味。做官有味，经商有味，旅行有味，写作有味……凡此种种，都不及读书之味丰厚悠远，新鲜而有劲。

读书有味，味在哪里？

"孤馆青帘，名山绛帐，糖蒸蒻边，藜燃阁上，左有《汉书》，右有斗酒"，味在闲适；"雪夜闭门读禁书"，味在痛快；"红袖添香夜读书"，味在温馨。皮日休说："唯书有色，艳于西子""案头见蠹鱼，犹胜凡俦侣"，他把读书看得比美女、朋友更醺醺有味。读书之味，胜过人间一切的况味。名利双全而有权势的麦考莱曾说过："没有一件事能比我知道一个女孩子喜欢书更让我高兴的了，当这个女孩子长得像我这么老时，她自会发现，比起馅饼、糖果、玩具、游戏甚至观光之类，书要好得多了。假如有人要我做一位最伟大的帝王，住的是金殿华苑，吃的是山珍海味，穿的是锦衣华服，乘的是高车骏马，一呼百诺，应有尽有，但却不准我看书，果真如此，那我决不干这捞什子的皇帝，与其是一个不爱念书的国王，我宁愿自己是一个住在满是书籍的陋室里的穷光蛋。"（引自 Sir John Lubbock 的《书的神妙》）伟大的女作家弗吉尼亚·伍尔芙说得更有趣："不管读书能给我带来什么，至少有时我会做这样的梦：当审判之日来临时，一些有名的征服者、律师和政治家都来接受他们的报赏——他们的皇冠、桂冠以及刻在大理石上的永恒的名。而当天主看见我们腋下夹着书向他走来时，他略带羡慕地向比德说：'你看，这些人不必任何报酬给他们，因为他们在人间已经热爱过读书。'"此可见读书之味，其美妙的程度，确实是无与伦比的。总而言之，读书的味之所在，就在于它能使我们获得较完美较爽朗的思想，从而使人能够超越自己。

然而，读书之味，又是从何产生的呢？或曰，当然是读书读出来的。此话差矣。试问，如果读一部佶屈聱牙、味同嚼蜡的书，你还能说"有味"吗？好味来自好书，而"好书"的标准，也是因人而异的。蒙田说："我在书本中寻找的是那些真正能令我愉快的东西，即使我用心去研究，也只是要寻找增进自己知识的方法，并要能教导我如何能活得痛快，死得有意义。"在他看来，Amadises 之类的著作，连吸引小孩子的魅力都没有，而柏拉图的《对话录》中有许多冗长无用的东西，是浪费大好时光。所以说，读书有味，也是有条件的。

条件，还包括读书的环境、氛围、心境。一个人，倘在饥寒交迫，或一片喧嚣之中读书，除了极个别意志坚强的杰出人物，多半是读而无味的。读书是兴之所至、自觉的行动，强迫读书，只能产生逆反心理，兴味索然。过去我们经常批评"红袖添香夜读书"是士大夫情调，似乎批过分了。"红袖添香"指的是一种氛围，整个儿句子，强调了"读书有味"这样的事实，并没有逾矩。假若是"头悬梁，锥刺股"呢？可以说，肯定是"读书无味"，原因是没有"兴"。"兴"和"味"，原是相辅相成的，"兴"生"味"，"味"促"兴"。林语堂认为，兴味到时，拿起书本来就读，才叫真正的读书。所以，他竭力主张，在暮春之夕，与爱人共到野外读离骚经，或在风雪之夜，靠炉围坐，佳茗一壶，淡巴菰一盒，哲学、经济、诗文、史籍十数本狼藉横陈于沙发之上，随意取读，这样才得了读书的"味"。应当说，他的意见尽管有偏颇之处，也不是没有道理。推而广之，如果承认个人还有选择书籍、运用各种各样的方式方法来阅读的权利的话，就不一定要求人手一编高头讲章，正襟危坐，焚香盥诵。亚里士多德的著作可以和明清时调共观，厕上、枕上、桌上、地上，随遇而安，不必受拘受束。至于那些看不懂的书，也不要勉强为之，以免败了兴致，倒了口味。袁中郎说得好："若不惬意，就置之俟他人。"读之无味，弃之可惜的书，可以束之高阁，俟百无聊赖时再读也不晚。

这本《读书有味》，我们在选编时，就很注意从"味"字上下功夫。读书人最感兴趣的所谓读书、买书、卖书、藏书、借书、访书、淘书、平装、精装、线装以及读书诸相、方法、方式、经验、哀乐、悲喜、教训、历史之类，应有尽有，且酌情归类，以便读者。这些文章本出自名家之手，故兴味十足，相信读者诸君亦能触景生情，别有一番滋味在心头的。

——《读书有味》序

# 何谓杂文

杂文是中国的特产，而且是近现代中国的特产。

古时的中国和外国（一般指欧洲发达国家），似乎都没有"杂文"这一名目。虽然，要从中国的或外国的古代文献中找出与现代杂文相似的若干篇什来并非是一件令人伤脑筋的事，但倘使仔细推究一下，便不难发现它们原来是颇多貌合神离之处的。

古代中国政体的单一、传媒的高度集中，导致"杂文"在当时不可能独立成为能蕴含现代杂文特质的文体；在古代外国，政论、时评昌盛而没有另外发育成一种叫"杂文"的东西，恐怕是因为他们比较早地开始宣扬"社会契约"等观念，传媒也比较发达的缘故，推想就没有什么特别的必要再生"杂文"这一文体了吧。不过，在欧洲的所谓"黑暗时期"，也许会有例外。当然，它与中国现代杂文是不能同日而语的。以上我们对古代中国和外国的杂文创作所作的推论，都是在时间和地域概念清楚的状态下进行的，限于篇幅，这里不作展开。

杂文之所以勃兴于以鲁迅为代表的一批文化精英手里，除了倡导者的劳绩之外，也是那时的杂文家们对半殖民地化、半封建化的时代的一种恰当和艺术化的回应。鲁迅曾说，杂文应是"感应的神经，是攻守的手足"，是"匕首"、是"投枪"。倘论"杂文"的特质，鲁迅对自己的作品的一些基本的论述，是可以此来观照"杂文"的某些特质的，如，"与时弊同时灭亡"；"所写的常是一鼻，一嘴，一毛，但合起来，已几乎是或一形象的全体"；"我知道中国的这几年的杂文作者，他的作文，却没有一个想'文学概论'的规定，或者希图文学史上的位置的，他以为非这样写不可，他就这样写"；"历史上都写着中国的灵魂，指示着将来的命运"；"砭锢常取类型"；"没有私敌，只有公仇"……离开了鲁迅的经验和前辈杂文家所苦心经营的杂文基本模态，那些所谓的"杂文"还能叫"杂文"吗？这就好比号称写"七绝"的人不是把诗句弄成四七二十八个字而是三十六个字一样。

社会在变化、在发展，鲁迅式的杂文并没有显现陈旧的感觉，但新时期的杂文作者的视角、笔法乃至价值取向确实在发生着变化。这倒并不意味着我们已不需要鲁迅的杂文，而是"笔墨当随时代"的必然结果。若不以成败优劣论，新时期杂文作者们的笔触所及，很有一些是鲁迅等不曾烛照过的。这是新时期杂文作者的大贡献。值得一提的是，尽管社会发展很快，变化很大，但新时期杂文作者基本的价值观念没有变，他们与鲁迅等前辈杂文家的精神联系没有断，那就是：高张正义的旗帜，捍卫人的尊严，让科学的光芒照亮人生之路，与一切邪恶和愚昧作顽强的厮杀。这一点，可以毫不夸张地说，不必从更大的范围搜索，读一读《新民晚报》"夜光杯"上的杂文，大概也就八九不离十了。

　　《新民晚报》副刊"夜光杯"一贯积极地致力于杂文作品的推介，数十年来，它已成为新老作者发表作品的重要园地之一。这不仅因为有林放等老报人和历任领导的支持，还因为《新民晚报》"夜光杯"在千百万读者中有良好的声誉，始终得到读者的关心和鼓励。新中国成立前和复刊前的几十年历史暂且不论，单就复刊（1982 年）之后"夜光杯"上刊发的杂文作品，大概总要以数千计。这其中分成两个时期，可以"世象杂谈"栏目的开设为界限。在这之前，是以林放等前辈的杂文作品为主，他们为"夜光杯"的杂文园地做了奠基和开拓工作，并为之赢得了很高的荣誉、积累了宝贵的经验，形成了林放式杂文的独特风格：平易通畅，言简意赅。读了使人振奋使人沉思，同时，"它也能给人愉快和休息"（引自鲁迅《小品文的危机》）；在这之后，则是大发展时期，新老作者齐头并进，其中尤以中青年作者表现得较为活跃，出现了很多脍炙人口的佳作，产生了很大的影响。这期间，"夜光杯"还成功地举办了几届"林放杂文奖"的评选活动，显示了杂文创作的繁荣和主事者对这一杂文创作园地拓展的不懈努力。这一切，可以说，都是在拨乱反正和思想解放的大背景下产生的。

　　　　　　　　　　　　　　　——《夜光杯杂文精选》序

# 何谓小品

现在呈现在读者面前的"夜光杯"文丛，共 4 本，它们是：散文精选、杂文精选、随笔精选、小品精选。编选的文章，其时间跨度在 1982—1999 年间。

这种分类，按文体学的原则来说不是一种很好的选择，因为这里面明显有着某种重叠、包容和交叉关系。但编者既然作如此计画，当然也有自己的理由，请允许编者在这里饶舌几句。

我们知道，现在的文学概论之类的书当中，散文的概念是非常大的。"广义的散文，对韵文而言。狭义的散文似乎指带有文艺性的散文而言，那么小说、小品、杂文都是的。最狭义的散文是文艺的一部门，跟诗歌、小说、戏剧、文学批评并列着，小品和杂文都包括在这一意义的散文里。"（朱自清《什么是散文》）

朱自清的观点，想来能够得到一般读者的认可，至少，他的对于最狭义的散文的看法，在文学圈中有一定的共识。但事实上散文是否能包涵比如小品、杂文、随笔，还是个问题，因为这从来也没有个定论。从文学史的角度看，散文一词的出现似乎还在小品之后，小品的内涵至今基本未变，而散文的内涵则辗转多变。在古代典籍中，以小品的名义刊印的文本是不少的，如明人凌启康的《刻苏长公小品序》、清人廖燕《选古文小品序》等等，比比皆是，但所谓的《××散文选》则鲜见了。如果我记得不错，在"五四"之后不短的时间里，小品的概念仍很流行，如阿英的《现代十六家小品》、郭沫若的《小品三章》、钟敬文的《荔枝小品》等。在《现代十六家小品》中，什么散文、杂文、随笔之类的玩艺儿都找得到，而标榜"散文"的并不占优势。至于新中国成立后小品文的销声匿迹和散文的一统天下，这并非小品一词已为散文所完全覆盖，或无生存之必要，而是小品的情调已与当时的气候格格不入。时代需要一种宣传主旋律的东西，那就是散文。因此，50 年代初至 70 年代末的大部分散文，实际上成为了一种特定的文体，与从前大家认识的"小品"有太多的异趣。杂文是以鲁迅为代表的有历史使命感的作家所创意和劳作的成果，它含有散文、小品、随笔的因子，但其他三样东西却无法完全替代它，因它有自己很显明的特质，我们最多只能说它是一种"另类"的散文。

随笔（essays）是"舶来品"，它与散文也不能完全对等起来。Essays 有人把它定位在絮语散文（familiar essay），这是很高明的。Essays 与西方的所谓散文不纯粹是一回事，西方还有一种叫 prose 的东西，与我们习熟的散文大致可通融，研究者大概挖掘了它们"抒情性"的特质。附带说一句，现在还有不少文学爱好者一说起散文，便在脑子里浮现出"抒情"两字来，写出的所谓"散文"，除了"抒情"，还是"抒情"，似乎散文就是抒情的。这是个很有趣的现象。过多地纠缠于散文、小品、随笔、杂文四者的异同是徒劳无益的，最终只会把水搅浑。我们之所以在上面说了一些似是而非的"捣浆糊"的话，无非是要为我们这套书的分类找些理由罢了。

好了，就算顺从朱自清的意思，那么，按对散文的传统认识，所谓的"散文"实际上应包括议论、抒情和叙事三大块。我们从实用的观点出发，对"散文"作了自说自话的"整合"，即用随笔来承担"散文"中的"议论"这一块；用小品来承担"散文"中的"叙事"这一块；用散文来承担"散文"中的"抒情"这一块。另外，杂文的情况稍微棘手一点，它原应归属"议论"这一块，可是这样的话，杂文和随笔就必须打通，必须合二为一。然而这样做并不妥，因为正如前面所说，杂文是一种很"另类"的东西，有地域特点，似乎介于外国的"政论"和"随笔"之间，但我们决不能轻易地将它们等同起来。为了恰当地保留，或说不太过分地改变杂文原有的性状，我们还是把它独立了出来，尽管这在逻辑上有些说不过去。

这本"小品精选"主要遴选了从 1982 年—1999 年之间发表在"夜光杯"上的叙事作品。

不错，小品曾经担当了散文的角色，在古代，在近代，乃至现代。但在今天，它愈来愈被认为是这样一种玩艺儿：它篇幅短小，叙事完整，适合表达简单的意思和再现单纯的场景，重趣味，与庄严和崇高有合适的距离。近来，更由于戏剧小品的勃兴而受移化，敷演为一种蕴含戏剧性的叙事文样式。你可以拿它当小说来读，但不要因此忘记它与小说最大的区别在于不虚构事实……这些，正是这部书选文的重要依据。

　　入选的近 300 篇小品所反映的，是近 20 年来中国，或更确切地说，是近 20 年来上海社会变化发展的缩影。它们是有一定的代表性，但这并不意味着这些作品就是近 20 年来发表在"夜光杯"上的叙事作品的大成者。编者注重的还是它们在题材内容、时代特征、写作风格、作者结构以及与现时社会的交结性等等因素。由于编者的疏忽而导致佳作的漏选是一定会出现的事实，在此要请读者诸君包涵则个。


　　　　　　　　　　　　　　　　　——《夜光杯小品精选》序

# 何谓随笔

　　关于"夜光杯"文丛为何以散文、随笔、杂文、小品作分类，我在《小品精选》的后记中已略有说明，读者倘有兴趣，可以看一下，此处不赘。事实上，《散文精选》的选编者严建平先生对这套书的编例已经作了很好的说明，似乎用不着我多嘴，但他较多地是从散文编选的角度来谈，作为其他几本书的具体操作者，我愿意再补充两句，这也许对于认真的读者是一种交代和沟通。

　　我和严先生在这套书的分类上意见一致。我们认为，散文精选应偏重于抒情，杂文精选应偏重于讽刺，随笔精选应偏重于说理，小品精选应偏重于叙事。这当然是一种粗线条的划分。

　　基于这种认识，随笔的编选就比较从容了。

　　随笔（essay），是一个从外国引进的概念，虽然有人喜欢把它和中国的散文不加任何区别地等同起来，但它实在是有着自己的一些特点。我们不妨听听人家怎么说。鲁迅译日本作家厨川白村《出了象牙之塔》，其中有一段文字是这么说的："如果是冬天，便坐在暖炉旁边的安乐椅上，倘在夏天，则披浴衣，啜苦茗，随随便便，和好友任心闲话，将这些话照样地移在纸上的东西，就是essay。兴之所至，也说些以不至于头痛为度的道理罢。也有冷嘲，也有警句罢。既有humor（滑稽），也有pathos（感愤）。所谈的题目，天下国家的大事不待言，还有市井的琐事、书籍的批评、相识者的消息，以及自己过去的追怀，想谈什么就纵谈什么，而托于即兴之笔，是这一类的文章。"有人把它视作"家常体""谈话体"，恐怕更能接近随笔的内涵，但我们熟悉的"散文"，其定义中是少有这种说法的。

随笔与散文究竟有何区别，这不是我的能力所能解决的，但至少在这套书里，我们必须尝试着说些它们的异处，否则读者便会以为编者在玩花样了。

总的来说，这里入选的可称之为随笔的作品，基本上合乎厨川白村关于随笔的定义。不仅如此，这里的随笔还有这样几个明显的特点，即：1. 文化意蕴较浓重；2. 小题大做，东拉西扯，用以多角度多侧面地揭示某种观点；3. 以生活中的琐屑事为切入口，意在阐发一种生活的哲理或理念而无庄严的主题；4. 多有驳难、反其道而行之的意味，好作"惊人之语"；5. 冷静、幽默，行文亲切，较多转弯抹角；6. 富知识性；7. 最后也是最重要的一点，就是它与散文的编选被设置了一条界线——议论多于抒情，概念大于形象。这当然不是说书中的每一篇文章都合乎这些特点，我以为只要意思到了就可以了。

有一句话我愿意不厌其烦地再说一下，由于编选的时间跨度大，涉及的作品众多，编者在选稿中不得不考虑平衡问题，或者因为眼光和识见的局限而导致某些佳作的落选，敬请读者鉴谅，此正所谓"非不为也，实不得已也"。

——《夜光杯随笔精选》序

# 世界那么大，应该去走走

　　一个人倘若不是仅仅把自己看作是一市一县、一省一国的公民，而是地球村的一员，那么他一定具有宽广的胸襟和远大的目光。我们有很多这方面的例子可以来证明这一点。在一个开放度不太高的环境里，睁眼看世界，尤其显得重要。在这方面，东方人得到的教训非常沉重，西方人为之付出的代价也不轻。没有物质的贸易和互补，发展就无从谈起；没有人与人最大限度的交流和沟通，文化的多元化就不会实现。尽管因为地理上的阻隔和地缘政治的不同，我们失去了许多认识别人、消除偏见的机会，但对于一个志存高远的人来说，从来也不会因此而放弃向其他民族学习、吸收先进文化的努力。而要实现这种目标，光靠拿着放大镜、匍匐于地图上量距离是不行的，最简单实用的方法是走出去。玄奘西游，马可（马可·波罗）东旅，他们所贡献的，又岂止一部经、一本记？他们的"行走"，改变了人们对于另一民族的偏见和无稽猜测，也可以说是改变了人们对世界的看法。

　　中国吃闭关锁国的苦头极大，自从改革开放以来，我们从中获得的实惠是显而易见的。不管是去考察、留学、贸易还是旅游，长期浸淫本土文化的人们，总是会以自己的文化观点和生活理念去打量一个陌生的世态。尽管有时是不全面的，或者仅仅是浮光掠影，但他们所看到的各种现象是真实的，诉诸文字，便可以提供给那些暂无机会走出国门或将出国门的人以有一定价值的资讯，其中包括异域风土人情、政治经济、文化教育等等。这些东西至少可以给我们比照自己生活状态和理想的参数，借鉴和引入别人良好的生活方式和行政机制，提升我们自己的生活水平。这也可以说是《新民晚报》"夜光杯"栏目之所以乐此不疲为之推介的原因之一，恐怕也是广大作者怀着激情、直笔海外见闻的初衷吧。

这本小册子与其他类似的书不太一样的地方是集体创作，作者来自四面八方，尽管性情、资质、阅历各不相同，但行文中多具难能可贵的亲切、细微和贴近生活的特点。

此书目前分成这样几部分，当然是更多地考虑地域因素，其中比较多的是欧美部分，这也是可以理解的。我们是东方人，外加闭塞多年，对西方世界的审视，一般来说总是更功利一些、更迫切一些。希望读者见谅。

——《游走世界》序

# 旅行的意义

仁者恋山，智者怀水，这是一句很古老的话了。谁都不想做个不仁不智的人，所以大家都想去亲近自然。一个人，一生可以没有朋友，一生可以没有上过学，但一生中不可能没有与山水亲近过，一生中不可能没有读过大自然这本书。所以，只要对自然的或人文的景观有些许的悠然心会，又能够诉诸文字的，大凡愿意将它发表出来，以引起他人的同情，从而认识自己的修养和审美水准。尽管形成的文字千差万别，但能让人读了有所益，可以说是每个游记作者的初衷。也因此，向新民晚报"夜光杯"副刊投稿的人就特别多，而且题材的多样也是可以想象的。

我们为什么喜欢读游记？这是因为一个人能力有限，一生不可能穷尽所有名山大川，况且每个人对自然和人文景观的认识也是有限的，需要作彼此的互补和交流。更有一班人喜作"卧游"，游记于是成为指点门径、传授知识以及陶冶情操的媒质。这也可以说是我们这部小书之所以要编出的理由之一。当然，大家不约而同地对某个很有意思的景观倾注了感情，都有高明的意见要阐发，这是不奇怪的，说明文化的认同感在起作用。只是编成集子，就不能"一枝独秀"，需要有更广阔的视野，以适应不同地域、不同文化、不同层次的人的欣赏要求。

这本书分了七个名目，细心的读者不难发现编者的苦心，其中最后一类的《游丝飘零》，乃是抒发游感的文字，有点"形而上"的意味，特别拈出，提请读者关照。

——《行旅印痕》序

# 追逐美食，也是一种情怀

吃是人类最有意思的活动之一。

没有吃，就没有人类的文明。没有吃，人类之间肯定会发生战争；因为有吃，人类之间的合作和友爱也许就更深入了一步。当然这只是一种普遍可感的现象，例外的和特别的情况一定存在，比如为资源为名誉而战。仔细一想，那些人类之间的疙疙瘩瘩，还不是受利益的驱动？这里的利益，很大程度是为了吃饱饭吃好饭或者千方百计兑现不为饮食而忧虑的理想。有时想想，人与人之间的那点破事，看似十分繁复，其本质就是这样的简单。

有人类就有饮食，就有人津津乐道，就有记录的文字，就会产生资讯，就会形成饮食文化，而文化必然是带着感情的，这就是人类之所以有别于其他生物体的最好的证据。这也就是这本小书出现的最直接的理由。

这本小册子编成现在这个样子，我们自然想要对读者作一点说明。

这里面所选的文章绝大部分都是出自"夜光杯"七夕会中的《美食情怀》栏目。所选的文章并不一定是最佳的，正如你所知道并理解的那样，这里有个平衡问题，不是为了照顾作者，主要是考虑到题材的丰富性和地域性。然而，要说平衡也不能说尽善，因为《新民晚报》是一张立足上海、辐射华东、发行全国的报纸，相对来说，反映本地及华东地区的饮食状况的文章自然显得多了一些，其他有地域特点的美食便少了一些，这也是很无奈的事。以东西南北中为分类的依据，绝对是一种形而下的处理方式，也许是大而无当的；本地的结为一辑，并非老大自居，只是因为数量多；一些地域特点不清者，则归为一类，并无"打入另册"的意思。

　　　　　　　　　　　　　　　　　　　——《美食情怀》序

# 因为养生，所以长寿

　　毫无疑问，中国已经出现了老龄化的趋势。这种趋势的出现，有人口结构上的问题，也与医疗系统的覆盖面逐渐推广和医疗水平的大幅提高有很大的关系。值得一提的是，城乡居民对于保健养生的认识、兴趣和热情，达到了前所未有的高度，令人惊讶。中国人的平均寿命得到了跨越式的上升，不能不说与他们的自我保健意识的增强，互为表里，互为因果。

　　人的平均寿命，体现了一个国家、一个社会运行的健康程度。无法想象，在一个社会秩序混乱、生活水平低下、医疗体系残损、管理效率缺失、生态平衡破坏的环境下，人们安居乐业、寿比南山会成为现实。

　　曹操说过这样的话："盈缩之期，不但在天；养怡之福，可得永年。"他是懂得养生重要性的，他的这种生活理念，正越来越多地被现代人接受。

　　期颐之年，是所有人都期待的。而长寿，不就是人生重要的目标之一吗？

　　有鉴于老龄化进程的提速，有感于全民健身活动的如火如荼，以城市居民为主要读者对象的新民晚报，决定新创一个为老年读者量身定做的服务性周刊《金色池塘》，我受命担任这个周刊的主编。经过周密酝酿和设计，周刊于 2014 年 3 月推出，因内容贴近生活、丰富多彩而深受读者喜爱，其中，全方位、多角度地传播养生保健知识信息的"长命百岁"专版，尤其得到读者青睐。

　　上海中福会出版社注意到了我们工作的特殊性、重要性和成长性，以为"长命百岁"上发表的那些内容正好契合他们正在策划的一套为老龄人提供信息服务的丛书选题，希望能从中挑出几个专题，裒成一集，形成一个系列。

　　出版社方面已经有了一个总体构想，于是，"长命百岁"中"四季养生"的内容最先进入策划编辑的视野。当然，最适合编辑这本书的，是"长命百岁"专版的责任编辑王燮林先生，可是燮林兄恰好忙于他事，无暇董理。出版社资深编辑郑晓方女士便拿出"扎硬寨，打死仗"气势，"逼"我"出山"来做这件事，我是诚惶诚恐的。

　　没错，"关注老人，就是关注自己"，是我们办"金色池塘"周刊的口号，而编出这样一部书，自然是出于公益的目的，我只能勉为其难，临阵磨枪，匆忙上马了。

　　这本《四季养生》，基本上涵盖了四季养生的主要节点，应当说很有参考价值。由于报纸是讲究时效性、多样性和持续性的，再加上"长命百岁"这个专版创办的时间很短，所以涉及的内容不可能面面俱到，覆盖所有养生范畴的知识点，也无法满足读者收集"四季养生"所有信息的意愿。我只能说抱歉了。但我们有信心：随着"长命百岁"专版持久、向好的存在、发展，给老龄读者贡献更多、更好、更完备的养生知识和攻略，是完全有可能的。

——《四季养生》序

# 毛病可以吃出来，也可以吃出去

上海中医医院的医学专家徐伟祥先生，倾多年之力，研精覃思，握笔成茧，著成《实用进补手册》，洋洋二十多万言。梓行之前，嘱我写几句话，作为弁言。我因此诚惶诚恐，以为力所不逮，必然有辱使命。

猜想大概徐先生看到我经常在报刊上涂抹些吃吃喝喝的文字，对于饮食有所研究，以为和他的研究方向有点暗合，有点交叉，所以不惜纡尊降贵。其实，明眼人都知道，我的那些文字，只好作茶余饭后的谈资，对于读者其实没有多大的助益，倒是徐先生的大著，一定会给广大读者以实实在在的好处，这是我可以拍胸脯保证的。

所谓美食家，很可能是医学家的敌人。就对于人体的感觉的而言，美食家往往是肤浅的，他们重视食物色香味形的把握，几乎从来不考虑这样的食材，这样的组合，这样的烹饪，会给身体带来怎样不利的因素。他们甚至只关心从嘴唇到喉咙这一段距离感官的舒畅程度，陶醉于美味的狂欢，至于接下去会发生什么情况，不管，也管不了。而医生的理念，恰恰和美食家是相牴牾的。美食家是怎么好吃怎么来，医学家是怎么好处怎么来；美食家关心人的一时，医学家关心人的一世；美食家重视局部感受，医学家重视整体感受……因此，如果一个人不听医生的劝诫，秉持着一种对自己身体毫不体恤的视死如归，好比股市当中追涨杀跌的博傻者，那就由着他去吧，总有一天，不用人家警告，他的身体状况会教育他怎么才算当了医生的好学生——一个合格的病人。

"由着他去吧"，是贪吃的美食家最大的慈悲为怀，这对于医生来说却是不可容忍的。医生的德行，促使他们以最大的诚意告诉人们怎样做才能避免最坏的结果，而且往往是在人们自我感觉良好的时候。尽管他推荐或要求人们去做的事情，常常让人感到不舒服，比如，不好看，不好吃，不好办，不好信，但事实终会证明他是对的。这就是医生。我想，这也是徐先生花费很大力气写出本书的初衷。

中华民族的历史非常悠久，古老，对于一个国家和人民来说，不见得全是好处，有一个显而易见的弊端，是它的文化传统，容易使它的人民因循守旧，缺少创新意识。怎么才能在传统和创新之间找到一个好的交叉点，正是许多人为之努力的目标。从另外一个角度说，历史悠久的民族，有个历史短暂的民族所不具备的优势，即生活经验相对丰富。像本书所列的食材，林林总总那么多，要揭示它的利弊，非得有长期的经验教训积淀不可。一口气吃不出一个胖子，难道一二百年就能搞清楚那么多食材的功效？不吃死几个人，不吃活几个人，行吗？而要使这些经验教训成为可以言传身教的公理，我们除了要感谢那些舍身求法的先驱外，还得对于那些精于观察、善于归纳的有心人给予崇高的敬意，这其中，应当包括一批富有责任意识和人文精神的医务工作者。

很多时候，毛病可以吃出来，也可以吃出去。可惜的是，好吃懒做这种人性的弱点会在我们身上表现得很充分，我们好吃，却懒做——不能完全忠实地按照有经验的医生嘱咐的那样去安排饮食，因而丧失了本来可以长寿和快乐的人生。如果有耐心和恒心，把这本《实用进补手册》当作《圣经》一样对待，相信人们在满足口腹之欲的同时，还有机会亲口告诉第三代、第四代甚至第五代、第六代……很多他们所不知道的事情。

——《实用进补手册》序

# 上海底牌

底牌，原意为在扑克牌游戏中，直到决胜负的关键时刻亮出来的牌，一般用来比喻留到最后动用比较强有力的方法。但在上海人的理解中，普遍地还有另一层意思，那就是某些人、某些事"身上"带着一种尚未被公开、尚未被认识、尚未被解读的基本状态和信息。

本书标举的所谓"底牌"，应该说，不是一种"留到最后动用比较强有力的方法"，而是一种"尚未被公开、尚未被认识、尚未被解读的基本状态和信息"。

上海难道还有什么"尚未被公开、尚未被认识、尚未被解读的基本状态和信息"？当然有。不说当今，也不说老早，就说从开埠到20世纪40年代末的那段时间，老上海就有许多的"底牌"没有被揭示出来。

是的，近些年来，对老上海历史文化的挖掘，是本地或外省乃至外国的作家、学者的兴趣所在。尤其是本地各种媒体，为此倾注了极大的热情，"老上海题材"几乎成了本地报刊以及新媒体罗致的对象，乃至"标配",似乎不做点老上海文章，就与国际大都市的身份不符。

这是好事。

让中国人了解上海的前身今世，让地球人了解上海的文化底蕴，是我们应有的姿态和责任。

目前，挖掘整理有关老上海史料，已经到了非常微观的层面，令人欣喜。然而，略感遗憾的是，不少作家包括一部分研究人员，在铺陈上海旧人旧事的时候，往往醉心于爬梳搜罗材料，无所不用其极，竟然沉湎于琐碎的细节里不能自拔，甚至被它们牵着鼻子走，以致对于此中隐藏的文化意蕴及其给予后世的影响殊少留意、剔抉、阐发、总结，更不用说在相对宏观的层面作出有价值的推断或定论；还有一部分人的历史观发生了偏移，出现了对老上海的方方面面盲目欣赏的现象。

以"轻阅读"和"消遣性"来定位版面的报纸杂志，本身是没有这个"修正"的义务或要求。也因为这个原因，致使我所认为缺憾而别人也许不认为缺憾的"版面语言"，成为一种普遍可以接受的"既成事实"。这当然是可以理解的，但也不是无可作为。

大约在 2004 年的时候，以提供本地资讯为主的新民晚报副刊，新设"上海珍档"版面，宗旨是提供关于老上海的历史风貌资料，让本地乃至全国读者对所谓"海派文化"的渊源形成一个基本概念。正像我们可以预料的那样，相当一部分作者只对现象和事件本身感兴趣，不太在意其中包含着的文化生态、转换规律以及对于社会演变的影响。这样的版面呈现，是比较简单的、浅显的，作为茶余饭后的谈资绰绰有余，但要世人感受更多一点的历史文化，从而启发对于当今社会的关注，是远远不够的。有鉴于此，我就硬着头皮，在自己编辑的版面上划出一块，从评论角度，写点与本版内容相关的文字，力图揭示那些提供老上海资讯的作者未曾提到或不能提供的，隐藏在事件背后的，富有比较深刻的政治、经济、文化等方面能够体现本质的意思。不仅如此，围绕这些发生在老上海的历史事件和社会现象，我力图打通古今中外与之相似的情况的界限，进行比照和发明，梳理出一个近现代上海发展的内在逻辑和外部诱因，给出一个相对清晰的走向、脉络，以达到启发人们在新时期上海的改革开发中吸取有益的经验或教训，将这座国际大都市建设和运作得更加和谐、美好。

这样的每版必配一篇言论，坚持了四年（后因另有编务需要，版面转给了其他编辑），积累上百篇。剔除了一些特别不合时宜的，成就了这部《上海底牌》。

这也就是"上海底牌"的书名希望传导给读者的信息。

——《上海底牌》序

# 美味成殇

美味成殇，让人沮丧。

如此书名，让人困惑。

众所周知，殇，是一个不甚吉利的字。

不过，问题似乎没有想象得那么严重。

在娱乐界，不是有个"娱乐至死"的口号吗？在律政界，不是有"死磕"的名词吗？在军事界，不是有"扎硬寨，打死仗"的精神吗？在餐饮界，不是有"拼死吃河豚"的俗语吗？在体育界，不是有"置之死地而后生"的口诀吗？在教育界，不是有"朝闻夕死"的美德吗？在投资界，不是有把毫不退缩者叫做"死多头"的荣誉吗？在音乐界，不是有多少乐迷为之倾倒的那支叫"殇"的乐曲吗？诸如此类。事实上，谁也没有觉得"殇"字有多么可怕，相反，它倒显现出一种"至死不渝""视死如归""虽九死其犹未悔"的执著、淡定和坚持。

是的，美味成殇，既可能是尊重美食的一种境界，也可能是贪恋美食的一种病态。

当你看见聚餐时很多人都要拿出手机对着刚端出的菜肴一阵狂拍然后上传，当你听说很多人为了品尝一只网红青团不惧炎热排起了千米长队，当你不惮路远地偏就想见识一下播腾众口的一道美味，当你知道有人打飞的去到千里之外只为尝鼎一脔而心生歆羡……你是觉得感动还是可笑？我想，我们最初、最切肤的感受，应该是感动于人们对于生活的热爱吧，尽管这是对于美食的追逐可能呈现出的一种非理性或病态。

因此，美味成殇，未必是个理想的状态，却是一个真实的世俗。

我们是生活在一个真实的世界，尤其在饮食方面。这一点，大家没有异议。

如果我已经把之所以取这样一个书名的意图解释清楚了的话，我希望读者更多地从积极的方面或寻找有趣的角度来看待这本书。

全书分成五辑，从每辑的名称上大致可以了解这样分类的缘由。

感谢学林出版社，没有它的鼎力支持，这本书怕是真的要"成殇"了，自然也没什么"美味"可以做谈资了。

——《美味成殇》序

# 人生安分即逍遥

这是我偏爱的一本书，尽管它不是那么学术，不是那么厚重，不是那么庄严，不是那么巧妙。

偏爱云云，用一个形象的比方来说，往往，别人，或我自己，在一篇、一部作品出版后，会对着读者扯上一句："哦，抱歉，这篇东西怎么怎么没能让读者满意，但'敝帚自珍'，希望大家能够谅解……"显然，这里的"敝帚自珍"，是含着谦逊的成分。而我想说的是，在其他已经面世的出版物的说明中，我可能会用这个词来显示自己良好的品性，但在这里，我无意用"敝帚自珍"，也根本没有想到用到它。我并不在乎可能引发对我不利的评价。

如果是"敝帚"，自珍与否是作者的权利，但决不应当是请求读者为之分担不快的借口。

我只能说，这是一本有点意思的书，里面的文字还不错，不会让读者感到确如"敝帚"般的难受。

对于"偏爱"一词的"狡辩"，就全在上述的话里了。读者可以认为它是矫情的或者自负的。是的，我所能许诺的是这本书能够给读者带来愉快而不是绝望。须知，愉快正是人生的最终目的。

书名取自宋代诗人戴复古《饮中达观》一诗中的首句。全诗撮录如下："人生安分即逍遥，莫问明时叹不遭。赫赫几时还寂寂，闲闲到底胜劳劳。一心水静唯平好，万事如棋不着高。王榭功名有遗恨，争做刘阮醉陶陶。"可以说，这首诗蕴含的生活哲理，不经相当生活历练的人是难以深刻体会的。没人能够例外。

中国古代诗歌，所谓有句无篇的现象是常见的，这首诗恰恰避免了。因此，除了选摘首句用作书名外，我发现诗中还有几句颇能引起我的共鸣，于是拿来做了三个分辑的名称。它们与书名一起，构成了一种人生渺远且美妙的图景。而这，正是我心仪已久的境界。至于这四句诗是否能够契合本书所传递出的指归、立意，已在我的能力之外了。

广西师大出版社对于拙著的出版，给予足够的帮助和容忍。除了感谢，我没有理由嗟吁"莫问明时叹不遭"。自然，我也没有想到靠着这本书从"寂寂"翻身为"赫赫"也。

——《人生安分即逍遥》序

书香

# 流　云

　　不久前从旧书店淘着一部小书，宗白华的诗集《流云》，亚东图书馆1923年版。我不是版本学家，这方面的知识几乎等于零。既无兴趣，又没财力，宋刻元椠尚不动心，晚清后的，自不必谈了。情有独钟，不就为了诗么？抑或更为了人——宗白华先生。

　　我在读大二时，美学还是校园里的时尚货色，不知道克莱夫·贝尔、克罗齐、朱光潜、李泽厚的，当然要被目为"美盲"了。轧闹猛，我也颇收罗了一些著作。宗先生的那本《美学散步》，没买到，只好向人借了来。其时又风行卡片热，反正一张一张抄吧。似乎当时是很惊服先生的文字之好，只盯住了有文采的句段，细大不捐，就此竟做了手民。至今，宗先生对美学的意见，已全记不得了。买椟还珠的事，日常生活里是绝少的，在少不更事的所谓读书人那里，倒不足为奇。恕我无知，把理论文章写成美文的，大概宗先生之外，就数钱锺书先生了。较之，钱先生是莎士比亚式的机智、隽妙、历落；而宗先生就纯乎魏晋人清旷、通脱、幽远的法乳了。

宗先生是那样痴情迷恋于艺术：书画、雕刻、音乐和古器物，全身心地投入。他说："你想了解光么？你可曾同那疏林透射的斜阳共舞？你可曾同那黄昏初现的冷月齐颤？你可曾同那蓝天闪闪的星光合奏？"据说，他八十多岁时，每有艺术展览，必拄着拐杖，挤公交车，从郊区赶到市里参观。

三年前，我去北大办事，鬼使神差般地沿着未名湖散了一次步，感觉，总像是踏着宗先生的展痕上。清露晨流，河畔青青，未名湖是一方田黄石，凝重、玄澹而温润。此外，就无可寓目的了。我是俗子，自然无法深味造物的神髓，既不能深哀，亦不知所谓真乐。倘是宗先生，那么就该"会心处不必在远，翳然林水，便自有濠濮间想也"了，一定的。否则，何以理解他踯躅在未名湖边，千回不倦呢。

林语堂标举"生活的艺术"，这固然好，只是太事功了，未免做作。而宗先生执著于"艺术的生活"，那才是做人的极致境界。然而，有几人能深入肺腑地体验呢？又有几人能永远保守这种新鲜的感觉和身入化境的趣味呢？大概宗先生的著译是很少的，为什么？"世界的花/我怎能采撷你？/世界的花/我又忍不住要采得你！/想想我怎能舍得你/我不如一片灵魂化作你！"这，就是答案。

# 志摩的字

　　我不太喜欢《人间四月天》里头徐志摩的形象，因为他和我想象中的诗人有很大的差别，虽然我与诗人其实无缘谋一面。生活中的志摩会是这样的吗？那种怯生生、优柔寡断、毫无一点浪漫气息的小男生形象跟诗人在精神上是不合的。据赵家璧回忆，徐志摩曾把学生拉到教室外的草坪上上课，还说自己从小近视，后来戴了眼镜，仰望天空，看见满天的星斗，激动得不得了。我想，这才是一个真实的徐志摩。有人说徐志摩身上有一种单纯的信仰，我觉得这其中还应包括他的生活态度。可惜《人间四月天》这部戏对此没有很好地刻画。这是题外话。

　　我是 80 年代初读中文系的，那时的所谓文学青年恐怕没有不服帖徐志摩的。那年四川人民出版社出版了《徐志摩诗选》和《戴望舒诗选》，它们旋即成为我们这批毫无文学修养的学子的爱物。《徐志摩诗选》中有诗人的相片，还有一帧手迹，字写得很板滞，又模糊得很，未免有点失望。现在想起来，我对于现代作家的书艺有足够的兴趣，大概是始于其时。擅书者如鲁、郭、茅毋论矣，即周作人、郁达夫、钱玄同、胡适、老舍、俞平伯乃至钱锺书等人的字，我能一望而知，无须费神揣摩。但对志摩的字因见识得少，无从辨别。从前平衡编《书法大成》，入选郁达夫一幅写得乱糟糟的字而不录迅翁只字，令人不平。倘若志摩的字能入选，至少它能与郁字同列而"聊备一格"，俾使天下人更多得睹诗人丰采，岂不妙哉！然而此书徐字居然阙如，真是遗憾。

1936年徐志摩罹难，赵家璧把老师的《爱眉小札》手迹影印出版，只印了100部，但它使诗人的朋友和崇拜者深感欣慰。我读到的《爱眉小札》手迹，当然不是原版（原版存世恐已极少），而是原版的影印版——《徐志摩〈爱眉小札〉真迹线装编号本》（上海古籍版），虽隔了一层，毕竟姿媚犹在，这使我感到满足。

徐志摩的字瓣香何路神仙，恕我识力不够，难下断言，只觉得其字间架笔势，颇有几分像鲁迅，所缺者，是鲁迅的整饬和谨严。鲁迅的字是隶魏杂糅，梁启超的字，魏碑味很浓，而徐志摩正是梁任公的学生！师弟书艺传承，屡见不鲜，如徐悲鸿之于康有为。

梁启超深知自己出名早，其字可能要流芳百世，故笔笔不马虎；胡适写日记，是想到要发表，因此弄得无懈可击。徐志摩与之有师、友的关系，倘论城府之深，则不逮他们远甚，这从他们的字中就可看出些端倪。徐志摩的字乃率性而为，从头至尾，缺少一以贯之的气象，字形多变，喜怒哀乐，透露于字里行间。所谓字如其人，我以为不大靠得住，但在徐志摩身上可能是个例外。

# 脚踏中西文化两只船

我跟公输于蓝女史开玩笑说："倘若评选中国现代文学经典作家，而且只给三个席位，怎么弄？"我本来想这可是个难题啊，哪知她毫不犹豫，脱口而出："鲁迅、沈从文、张爱玲。"她浸淫现代文学几十年，史识和感觉应该都没问题，值得信赖。不过呢，她的结论可能更偏重于小说创作一些。如果单从现代散文的路径而言，这三位还能雄长坛坫吗？尽管他们的散文写得也很棒。

情况变得复杂起来。

鲁迅在《小品文的危机》中说：五四新文化运动时，"散文小品的成功，几乎在小说戏曲和诗歌之上。这之中，自然含着挣扎和战斗，但因为常取法于英国的随笔（essay），所以也带一点幽默和雍容；写法也有漂亮和缜密的，这是为了对于旧文学的示威，在表示旧文学之自以为特长者，白话文也并非做不到。"朱自清在《论现代中国的小品散文》中说，现代散文，"有种种的样式，种种的流派，表现着，批评着，解释着人生的各面。"此外，曾朴和胡适，也把现代散文摆在极高的地位。

既然现代散文如此丰富多彩，成就又那么高，鲁迅、沈从文、张爱玲三人还能涵盖得了吗？我以为比较难。

现代散文一起步就相当成熟，而且在短短三十年里（1919—1949）一下子冒出那么多有成就的作家，这不仅是中国古代散文史所没有，即便在外国文学史上也罕见。有鉴于此，我倒有个想法：按照创作的流派风格，可以推举鲁迅、周作人、徐志摩、林语堂、朱自清等五位作为五种基本流派风格的代表（具体恕不展开）。而林语堂自然坐了"欧化散文"的头把交椅。

鲁迅当年在回答外国客人关于谁是中国最好的散文作家时，毫不客气地把自己列了进去；同时，他把林语堂也放在了那份上面只有寥寥几个人的名单之中。

林语堂当之无愧。

同样写类似蒙田、兰姆式的随笔，林语堂与周作人就不太一样，周作人要比林语堂冲淡、静穆、平和，把自己隐藏得较深；而林语堂的又和梁遇春、钱锺书不同，欧化痕迹相对较淡。他喜欢自己跑上前台现身说法，就更多了一点谈话体的亲切。其半文不白的文体风格，有一种独特的韵味。

林语堂写过《中国文化之精神》《谈中西文化》这类"大文章"，也津津乐道于《论坐在椅上》《论躺在床上》这类"小文章"，都很好看。其中，《言志篇》可能最能体现林氏"欧化散文"的特质。

按一般人习惯的思维方式，认为这篇文章一定会把 "志存高远"

的说法推崇一番，但结果出人意料。在对古今中外各种人的"言志"表示怀疑之后，林语堂切入正题，总结出"言志"的可能性，就在于"各人看清他的志操，有相当的抱负，求之在己罢了，这倒不是外方所能移易"。一句话，即，要明白自己究竟要的是什么，这样的言志才是可靠的。然后，作者用近一半的篇幅，以排比形式，十分幽默、实在地"言"了自己的"志"。而那些所谓的"志向"，在空有大志的人看来，是多么的不起眼，或者琐碎、低等——"我要一间自己的书房，可以安心工作。并不要怎样清洁齐整。不要一位 Story of San Michele 书中的 Madamoiselle Agathe 拿她的揩布到处乱揩乱擦。我想一人的房间，应有几分凌乱，七分庄严中带三分随便，住起来才舒服。切不可像一间和尚的斋堂，或如府第中之客室。天罗板下，最好挂一盏佛庙的长明灯，入其室，稍有油烟气味。此外又有烟味，书味，及各种不甚了了的房味，最好是沙发上置一小书架，横陈各种书籍，可以随意翻读。种类不要多，但不可太杂，只有几种心中好读的书，及几次重读过的书——即使是天下人皆詈为无聊的书也无妨。不要理论太牵强板滞乏味之书，但也没什么一定标准，只以合个人口味为限。西洋新书可与《野叟曝言》杂陈，孟德斯鸠可与福尔摩斯小说并列。不要时髦书，马克斯，T. S. Elliot, Jame Joyces 等，袁中郎有言，'读不下去之书，让别人去读便是。'""我要几套不是名士派但亦不甚时髦的长褂，及两双称脚的旧鞋子。居家时，我要能随便闲散的自由。虽然不必效顾千里裸体读经，但在热度九十五以上之热天，却应许我在佣人面前露了臂膀，穿一短背心了事。我要我的佣人随意自然，如我随意自然一样。我冬天要一个暖炉，夏天一个浇水浴房。"

……

林语堂正是以坦荡情怀，给予假道学者和一切形形色色"口惠而实不至"的"言志"者以辛辣的讽刺。

郁达夫曾评论过林语堂散文："他的幽默，是有牛油气的，并不是中国向来所固有的《笑林广记》。"这话点出了林氏散文的味道所在。

林语堂自称："两脚踏中西文化，一心评宇宙文章。"应该说，他担当得起。

所谓经典，应该是，既风靡一时，也传颂一世。举例说，如今的微信公众号，不时地还拿林语堂的"小文章"来填充版面，竟然获得极高的点击率，可证吾言不虚。

# 偏好读黄裳

　　黄裳先生是大作家、大藏书家、大才子（钱锺书致黄裳信札中常有此称呼）。有人以为，要把这"三大"的评语送给他，只能限于现时，倘在若干年前，恐怕他还不能"照单全收"。我想这话也不无道理，因为至少在"文革"前，能膺此美誉者还是大有人在。不过，判断一件东西的优劣，时间并不是唯一的衡器，比如屈原和李白、关汉卿和洪昇，他们分属前后两个完全不同的时代，哪个比哪个好？我们只能说"都好"。因前辈典型的存在而硬要在继武者身上打折扣，这是没有道理的。况且所谓的"大"，很难量化。文学史上有几部大"才子书"，查查它的版面字数，也许还比不上现在有些高产然而尽写点蹩脚东西的作家的一个零头，但这并不影响他们的"伟大"和我们对其的崇敬。

　　能够"三大"一身兼的，实在不容易。有的作家，成就不小，但其藏书之数却不能称大，鉴赏力呢，更谈不上了；有的藏书家，在藏品方面堪称"大家"，写作嘛，也勉强拿得起来，但身上就是缺少那么一点才情，其实离真正的作家还差一大截；至于"才子"，那是抓抓一大把的一群，除了惜墨如金、述而不作的，或者只喜欢把学问藏在肚子而无意做"藏家"的，真能拥有一房书、写得一手漂亮文章且能发几句精辟深刻议论的，似乎不多。黄裳先生无论如何应该是这"不多"当中的一个。虽然在黄裳之前，郑振铎、阿英们都是"三大"集一身的人物，不过我更偏好读黄裳。

对于黄裳的文章，作为后生小子，我实在连谈的资格也没有。不过我愿意在此援引一些有资格谈论黄裳的人士的话来证明我对黄裳的偏好大概还在情理之中。据说现在很出风头的散文大家董桥曾私下对人说，内地作家的文章，只有黄裳的还可看看；而唐诗专家马茂元因为读了黄裳的文章，钦佩之余，居然为与黄裳同居一市竟不相识而遗憾不已。

我确乎是很喜欢读黄裳的，而且相信像我这样嗜好黄裳作品的人是不少的。所以当我经手这部6卷本三百多万字的《黄裳文集》时，不少朋友通过各种途径向我表示了赞许的意思。

有一点值得一说，那就是黄裳先生是个严谨、充满自信的作家。他曾不留情面地批评陈寅恪先生的《柳如是别传》在网罗材料时居然对最易得手、最普通的材料视而不见；他批评钱锺书先生的《管锥编》中有牵强附会的缺点和《围城》对知识分子的刻画尚有不深刻之处。我觉得这是难能可贵的。陈钱两位无疑是现代学人中的两座高山，如今差不多都成了某种偶像，言必称陈钱者大有人在，当其中瞎起哄、捞稻草的也不少。总之"捧角"的成分多，而像黄裳那样实事求是的则少见。这也是我对黄裳文章颇多好感的原因之一。

# 直言不讳的价值

　　李敖加盟凤凰卫视，一档《李敖有话说》已于日前亮相。"凤凰"人才济济，名嘴如云，为何重金礼聘李敖？就因为他那张直言不讳的嘴，就因为受众需要听到真实的或另一种声音。"凤凰"高管深知，社会永远需要真正的批判精神。我以为这也是在做一种"形象工程"。

　　其他情况我不太清楚，但在文化批评方面，媒体要做的，是为事实更加清晰创造条件，任何意义上的态度倾斜或言路堵塞，只会被认为是剥夺了另一方的话语权。如果不是牵涉到人格侵害，这种倾斜，实际上就是鼓励论者的言不由衷。而在这个领域，直言不讳品格的缺损，便意味着文化品格的缺损。

　　钱锺书先生的《容安馆札记》业已出版，内容繁杂，非一般人所能想象，其对前贤时彦，正所谓褒贬讥弹，不稍假借。如审阅俞平伯先生《红楼梦八十回校本》，在最后十个回目中，除了对俞先生的某些校订表示"惬心贵当"外，竟挑出错简误植处十几条，令读者目瞪口呆。俞先生采其部分，其余（有些甚至是"大误"）不加理会，以致谬误流播至今。试想当年钱先生如能直言不讳地公开这些意见，那么它不仅对于校订者，且对于广大读者也是嘉惠多多。只可惜因为钱先生的"厚道"或限于当时的氛围，他只能在笔记里面"直言不讳"了。

缺少直言不讳的批评，在文化圈里是稀松平常的事儿，想起来不免让人生出几分悲哀。

然而情况并非糟糕透顶。前些时候，行为金融学的奠基人之一、经济名著《非理性繁荣》的作者希勒来华推广他的新著《金融新秩序》——一部被他认为是"会给中国带来一些好的建议"的著作，却遭到我国好多知名学者的质疑，林毅夫、张维迎、王江等教授在《中国图书商报》上直言不讳地指出他的理论"太超前""新秩序在中国未必可行"……我觉得他们那种坦率的态度，对于我们冷静地判断各种经济现象并作出回应非常重要。同月，诺贝尔经济学奖获得者、世界银行首席经济学家斯蒂格利茨也来到中国，其时，他的新著《全球化及其不满》中译本刚刚面世。他曾作客中央电视台《对话》栏目，我看过这档节目，对他温文尔雅的学者风度及对华友好极为倾倒。然而几乎同时，我国学者梁小民在《环球时报》上撰文，对斯反对以市场化和开放为中心的《华盛顿共识》表示失望。梁说，"我们对于斯氏这种知名经济学家的观点习惯于全盘接受。其实他们与一些普通经济学家一样，有正确观点，也有错误观点。我对《全球化及其不满》一书的评论正基于这样的信念：我尊敬斯蒂格利茨，但更尊敬真理。"我国学者有这种直率和坦诚，让我欣慰。

只说好话的"批评"或转弯抹角"批评"，在此间一向是"温柔敦厚"的标志，直言不讳被认为是不可接受的，其结果却只能产生蹩脚的批评和蹩脚的作品，我们有很多的例子可以说明这一点。王小波说过，"好的作品需要批评，坏的作品才需要炒作。"这句话很经典。因此，直言不讳的批评，在现在，不应以"另类"相看，倒是应该推重，当然倘若这种批评不是恶意攻讦的话。

# 关于《天地》

在《〈天地〉发刊词》中，作为主编的苏青写道：

> 天地之大，固无物不可谈者，只要你谈的有味道耳……在同一《天地》中，尽可你谈你的话，我谈我的话，只要有人听，听了觉得有味道，便无不可谈。故《天地》作者初不限于文人，而所登文章也不限于纯文艺作品。《天地》乃杂志也，杂志两字，若顾名思义，即知其范围宜广大，内容须丰富，取一切杂见杂闻杂事杂物而志之，始符杂志之本义。一个人的见闻有限，能力有限，欲以有限之见闻写无穷之文章，必有力不从心之叹。故鄙意文人实不宜自成为一阶级，而各阶级中都要有文人存在，这样才会有真正的大众文学，写实文学，以及各种各式的对于社会人生有清楚认识的作品出来。

编在《天地》里的文章，可以说基本实现了苏青的办刊主张：杂和趣。二十多期杂志,从文史考辨(《柳文写景脞谈》),到生活实录(《烧肉记》);从名家闻人(《谈拿破仑的晚年》)到平头百姓(《天桥之土娼》);从女人(《谈女人》)到男人(《谈男人》);从国剧(《说学优》)到洋戏(《谈西洋人的闹戏院》);从读书(《书莫读》)到闲聊(《买东西》)……题材之丰富,趣味之多元,似乎无可挑剔。

其中比较重要的,是苏青以下的一段话:

> 散文可以叙述,可以议论,可以夹叙夹议;文体严肃亦可,活泼亦可,但希望严肃勿失之呆板,活泼勿流于油腔滑调而已……只求大家以常人地位说常人的话,举凡生活之甘苦,名利之得失,爱情之变迁,事业之成败等等,均无不可谈,且谈不厌……我希望在我们的《天地》之中,能够把达官显宦,贵妇名媛,文人学士,下而至于引车卖浆者都打成一片,消除身份地位观念,以对人的资格来畅谈社会人生,则必可多得几篇好文章也。

这里的提法是大胆而新鲜的,因为在先前那些比较正统严肃的出版物中,标举的往往是阶级争斗、观念冲突、题材重大、品格高尚的作品,其主旨重在教化,而对于普通人喜怒哀乐,采取的是居高临下的观照,缺少那种推心置腹的沟通与将心比心的同情。《天地》在这方面确实很有想法,也努力尝试将世俗生活的合理性、艺术化的思想渗透到所刊出的文章当中。虽然我们不能要求所有的出版物都走这条路,但它因特点明显而受到读者广泛的欢迎，也不失为一种可借鉴的经验。不难发现，在《天地》当中，很多学富五车、腹笥甚厚的文士，似乎都在尽可能地放下架子，写那些比较贴近世俗生活的作品，比如徐一士的《不吃不睡》、周作人的《关于测字》、瞿兑之的《记城南》、龙沐勋的《女性与诗歌》、谢刚主的《记四妹》等，而张爱玲、苏青等更发挥了她们在细致观察生活、描摹生活上的长处，写出了一大批在现在读来仍然令人怦然心动、会心一笑的佳作，这不能不说编者的编辑思想把握得相当成功。

事实也是如此，《天地》创刊于当年 10 月 10 号，首印 3 000 册，出版后立即脱销，又印了 2 000 册，"至 15 日始有再版本应市，但不到两天，却又一扫而空，外埠书店闻风来购，经售处无以应命者仍比比皆是"。读者对这本杂志也有积极的反应，"在出版后短短的二十余天中，编者共计收到信 247 封，稿 123 件，皆为陌生读者诸君所投寄，特约稿件及友朋通讯概不曾计算在内。"这一情况，和苏青的《结婚十年》《浣锦集》等作品的畅销相呼应。

如果要探讨这种现象的话，必得要放到当时的社会大背景之下，才能看得比较清楚一点。

我们知道，太平洋战争爆发后，上海的"孤岛"沦落于日伪之手，许多富有正义感和民族意识的文化人要么南下，要么搁笔，以表示对于当局的不合作的态度。出版界和创作界自然一片萧条。再加上原先显示出比较硬朗的主流的民族文化的撤离，文化沙漠的形成变得顺理成章。这个空档有谁来填，汪伪的宣传物的充斥，只能让人反感，所以当局者需要适当收敛一点那种"赶尽杀绝"的蛮相，让出一种文化的"中间地带"，以示宽松的氛围，办杂志是最好的选择。而普通市民在反感、拒绝那种无聊和欺瞒的宣传之余，也需要一些有益的资讯来填充业已形成的认知空间。《天地》在这个当口出版，是恰到好处的。

然而《天地》必须有自己的立场。可以想象得到的是，它只能走"中间"，即对政治和现实保持足够的距离。只谈风月，不谈风云。从胪列的全部目录看，《天地》不像那种为侵略者张目的杂志，它属于消闲性的文化生活杂志。这种定位，符合当局者的利益，也符合不在政治漩涡中生存的市民阶层的利益。所以，今天看到的《天地》，没有什么时代特征，或谈掌故，或谈生活，可说是无关痛痒，即使是涉及民生，也不过是对于生活方式的考问。当然它也坚守自己的文化品位，和那些低级趣味的小刊小报划了一条清晰的线。它标举的是用文化的眼光看生活的理念，受众对象明确，即小知识分子。其"生育问题特辑"和"衣食住特辑"，最能反映出它的价值取向。显然，今天的读者还能对它发生一点兴趣，不能不说它当初的编辑思路是对头的。

值得一提的是，尽管《天地》没有成为"伪刊"，但多年来人们还是对它保持敌意。其中一个重要的原因，是它的作者队伍颇能让人产生联想，其中既有巨奸者，也有附逆者，还有相当一部分人与汪伪政府人员有千丝万缕的关系。它的存在，客观上也为汪伪政权"粉饰太平"。但其事实也是清楚的，那些作者，除个别外，都没有重大的政历问题。他们在 1949 年后，相继服务于新政权。今天我们对此进行编辑筛选，意在于给读者提供了解那个特殊年代里的文化现象的资料，以便更好地为现今的文化事业作出贡献。

《天地》从 1943 年 10 月 10 日创刊，到 1945 年 6 月 1 日出版最后一期，共出了 21 期。

# 魅力在坦率

张爱玲对于人心的洞察之深刻，令人惊讶。她是能够真正读懂苏青的少数人中的一个。她曾用了不少的比喻来描摹苏青，如"苏青却是个红泥小火炉，有它自己独立的火，看得见红焰焰的光，听得见剥落的爆炸，可是比较难伺候，添煤添柴，烟气呛人"，等等，十分贴切；不过，真正让我倾倒的，是她把苏青视作"堆得高高的一盆糕团，每只上面点着个胭脂点"，这，简直是神来之笔。

是糕团而非西饼，挑明苏青的骨子里姓"中"而不姓"洋"；糕团是传统的大众食品，俗得可以，而在上面点个胭脂点，更是乡下人的杰构，可谓俗到了根。有道是，大俗即大雅。苏青是有大俗之概的，我不敢说她已是，或已近大雅，至少以为，她的俗，不是那种俗骨凡胎、俗不可耐，而是洋溢着一种不令人讨厌的情绪和气息，换言之，即是一种"广大的亲切"，好似糕团上的胭脂点，鲜亮、乐观、热闹。这比喻，再清楚不过地勾勒出她对生命、生活的理解和把握。

一般认为，苏青是个"世俗作家"，我想，这里应当包含两层意思：其一，她的文章多取材于世俗生活；其二，她的生活态度是讲求实惠。这两条，使她理所当然地被目为"世俗作家"了。

苏青自然是讲实惠的，她之所以少讲或不讲生活理想，乃是因时势使然。要在乱世之中，要让一个孤立无靠的女人说些言不由衷自欺欺人的漂亮话，岂不是有点一厢情愿？讲实惠，并不意味着不讲情理，如对曹娥投江，苏青就颇有微辞，认为"为爱而牺牲是动人的，但为爱而避免牺牲却更合理"，"所以我们不该赞美牺牲，而该赞美避免牺牲"，这个观点，可说是她"讲实惠"的绝好的注脚，比起乡愿来，我们不难定取舍。值得一提的是，苏青敢于捅破窗纸，说别人想说而忌讳说的话，这使有些道学气的人既爱看她的文章又不愿接受她的坦率。如果说苏青文章有什么魅力的话，我敢说，一半就在这里头。

# 应有的姿态

 

 

 

　　我很赞同杨金福先生在《上海电影百年图史》中的一段表述，他说："无论过去还是现在，中国从来就不是一个电影强国，和世界电影列强相比，一直存在着时大时小的差距，在世界影坛上，我们还没有足够的发言权。上海电影虽有'海派电影'之称，但尚未有真正的学派之实；百年上海电影，还未贡献出一项改变电影进程的科技成果；还未涌现出足以影响世界电影的大师；在电影前辈中，称得上先贤的也仅在少数；此外，近年为何上海电影人才匮乏，原创力不足……"在纪念中国电影诞生一百周年的当口，这话虽然不那么动听，或者说甚至有些逆耳，但其中的史识却是高明的。我想，一个真正的学者，他的学术良心不容许自己撇开基本的史实去胡扯什么"功德圆满"，当然也不会像某些社论那样发一通不着边际的"继往开来"之论。

　　一个大家都能触摸但又觉得难以措手的事实是，"图史"收录了中国电影史各个时期各种电影图片 1 000 余幅，堪称上海电影史图史著作中数量最多的一部。因此，其不容置疑地呈现出某种"专业"的色彩。胡适曾说:"有一分证据说一分话。"这是信史的保证,尽管这种常识对于史学家来说,就好比对一位极有修养的绅士宣讲"五讲四美"那样显得多余,但近年来中国学术界的尴尬一再提示我们,学术研究正面临"娱乐化"的危险,而其中最大的威胁也许不仅仅是个别人的"造假",而是具有官方色彩"定调子"。"图史"在这点上让我们放心。"图史"很明智地避免了夸夸其谈、穿凿附会、故作惊人之语、拔高臆造的毛病。扎实的资料实证,使得它完全不必作那种"意在笔先"的聪明人的谵言,而只需读者的耐心,耐心地看那些珍贵的图片和毫无表情的说明,以及简洁平和的必要提示。这是一种美妙的阅读境界,读者有充分的空间来作自我思考。而在这之前,我相信我们很少能够得到这样的"待遇"。

有一点是不能不提的,"图史"中的"相关链接"让人觉得舒服。读者从中看到的,不仅是历史的坐标系,纵的,横的(这点真是太重要了),同时也完成了对中国电影历史地位的粗略勾勒,这是读者自己做成的勾勒,很有参与感。我不知道这是不是编著者的初衷,不过,它的出现,无论从哪个角度来说,都使这部书具有了一种"学术味"。如果没有这些小小的"用心",就无法体现出这部看上去很"通俗"的读本所蕴含着的大大的价值,是不是?

对于"电影强国"的讨论,不是"图史"的"正传",因为这是个复杂的问题,从电影的发展历史、拍摄影片的数量、观众的多少、得奖的层次、票房的高低……都可以得出不同的结论。我想说的是,或许,吸引相当数量的观众,尤其是高比例的外籍观众的注意,总是

"强"的指标。从这个意义出发，杨先生对中国电影的发展是有遗憾的，他明确表示："百年庆典，我有的只是对中国电影在夹缝中生存下来的庆幸；对电影前辈们职业精神和创造力的敬意……"虽然他没有点破，但就"图史"所表现出的对中国电影的热忱看，其倾注的期盼也不小，尽管有点"前途光明，道路曲折"的意味。那么，难道给中国电影一点鼓励，一点意见，不是一个电影爱好者应有的姿态吗？

# 游吟者的笔杖

我与陆康兄订交一载，聚首两回，其酒具、健谈、才情、识见、交游以及敷演故事的功夫，都是我所佩服的。那回他招饮，嘱我带几个"小兄弟"来谈天。我便请如江兄前去为我撑腰。对于如江兄，我向以师事之，"兄弟"之谓，乃表关系之近。如江兄为上海社科出版社之祭酒，雄才伟略，闻陆康兄为《澳门日报》主持"感觉上海"专栏，便生为之裒为一集之念。越半年，全书杀青，遂流播书界，嘉惠读者。作为"荐头"，我自然颇有些成就感。

晚近，有关上海的书籍，林林总总，披露不少，或侈谈时尚，或挦扯掌故，大抵如此。陆康兄这部大作，是有些别致的，他完全是以一个游吟者的身份来审视这座富有魅力的城市，所以这部书就具有一般上海题材的出版物所缺少的那种鲜活与闲适。

或说，像陆康兄这样籍隶澳门的艺术家，指点沪渎，激扬文字，未免隔膜。此乃谬论。揆之中外古今，所谓"外来和尚"取得真经的，真不可以屈指计。周亮工是豫人，他的《闽小记》岂是闽人可企及的？

马可·波罗的那本"游记"，中土的徐霞客又怎能做得出？华盛顿·欧文的英国见闻，恐怕狄更斯也未必能传达至如此精妙程度，而纪德之《刚果纪行》，非洲土著是无法道其详的……陆康兄虽然去沪多年，但他毕竟生于斯长于斯凡30年，外加其父祖皆为本地耆老硕儒。陆康兄耳濡目染，博闻强记，底子厚实，乃能厚积薄发，娓娓动听。此外尚有一点最易为人轻视，那就是游者之敏感。作为本地土著，我们早已对这个城市的变化麻木不仁，无动于衷。陆康兄则全无这种积弊，他见多识广，故善作比照发明，抉微爬梳，勾画出上海的百来幅风俗图，且用以旧带新、抚今忆昔的笔法出之，自是当行出色。俗谚曰：妻不如妾，妾不如偷。与此相通，文化使者有时就是要有点求新求异的感觉和激情，方能产出令人赏心悦目的作品。我读陆康兄的这部《感觉上海》，心里便始终有这种愉快相随。

# 海派无派

　　万峻池先生主编的《海派绘画》出版了。说是主编，实际上是他"孤家寡人"独力编辑而成。之所以不假手于人，或许是因为这里的作品，都是他真金白银一张张买来的，从最早下手到现在，时间跨度长达四十多年，没有人比他更清楚这些画作的内在价值和收藏的甘苦。

　　从"海派美术馆"八百多幅藏品里遴选出的两百幅画作，裒成一集，每本有晚报那么大，落砖那么厚，掂上去足有一袋大米那么重。从小的方面说，固然是难以割舍的篇幅使然；从大的方面说，是博大精深的海派绘画的厚重积淀，值得人们用最大的热情和最高的规格去拥抱。

　　关于"海派绘画"，试图为它定义的人很多，各种说法更是指不胜屈，比如，它的与时俱进、它的包容外来元素、它的吸收民间养料、它的贴近现实生活、它的商品化印记、它的地域特征等等。这些都对。可是，我们不妨推敲一下，那么多年来，除"海派"之外的其他流派，难道都停滞或凝固在某一时空段中，不作任何的突破，或不显出躁动不安吗？

接下来的问题就是地域特征。有一种说法是：海派画家的籍贯与出生地主要是浙江、江苏或上海（后来又因张大千等非苏浙沪籍而放宽至曾客居上海等），显然这个说法也有捉襟见肘的麻烦。

"海派"和其对应的"京派"概念，本来专指文学创作上的流派。鲁迅说得很明白，"所谓'京派'与'海派'，本不指作者的本籍而言，所指的乃是一群人所聚的地域……籍贯之都鄙，固不能定本人之功罪，居处的文陋，却也影响于作家的神情"，"帝都多官，租界多商，所以文人之在京者近官，没海者近商，近官者在使官得名，近商者在使商获利，而自己也赖以糊口。要而言之，不过'京派'是官的帮闲，'海派'则是商的帮忙而已……"这话在当时，堪称的论。

值得一提的是，当年绘画畛域里的"海派"，除了具有"地域特征"，还与以北京为中心的正统宫廷画派有着鲜明的对比。这是非常重要的前提条件，不可轻轻放过。时过境迁，再用鲁迅的话来描述如今的"海派"文学或绘画，颇有利用时空切换的漏洞篡改现实的嫌疑。如果我们不能提供扎实而有力的证据界定和"海派"相对应的"京派"的性状，"海派"最多是个徒具地域特征而无艺术特征的宽泛概念。

可是，在流行的"海派画家"的名单里，曾客居上海的徐悲鸿、潘天寿（齐白石也有两次逗留）与"海派"无缘；而陈师曾的艺术活动几乎与上海无关，却被冠以"海派巨擘"，实在令人匪夷所思。倘若说陈师曾受教于吴昌硕，是为渊源，那么潘天寿也曾立雪吴门，又怎么算？与张大千、吴湖帆并称的溥心畬，虽是北人，但在 1947 年定居杭州（竟然不是上海），自然也没捞到"海派"的头衔，未免可惜!

事实上，即使被列入所谓"海派"的画家们，其风格和技巧差别之大，简直无法拿捏圆满。而把那些顶尖画家往"海派"篮子里装的企图，最终不免流于"一派独大"，或"派无所系"（略当于程十发先生的"海派无派"论）的尴尬。

因此，脱离特定历史环境和条件，煞费苦心地为"海派绘画"等进行"编制"的努力，基本上是徒劳的。

也许现在，人们心目中的"海派"，和历史上存在过的"海派"，只是有些藕断丝连的关系罢了，更重要的是它代表着一种开放精神和变革气息。站在这个角度上看，所有的"麻烦"和"尴尬"会变得顺理成章一些。当然，收在《海派绘画》里的画家画作也不会让人感到别扭。

# 敬畏如斯

有两种人让我敬畏，一种是把难懂的东西弄得更难懂，比如科学家爱因斯坦、哲学家维特根斯坦；一种是把已经弄明白的东西弄得更明白，比如数学家陈景润。按照这个标准，在人文科学方面，我想，那些搞儿童文学理论研究的人该是"当之无愧"了。举个例子说，刘绪源兄在儿童文学理论上所作的贡献，就让我很感敬畏。

我与绪源兄订交有好多年了。他在现代文学研究上的兴趣，很合我的口味，所以他拿自己研究知堂、北山的文章给我看，我觉得这是他相信我的鉴赏力还没坏到无可救药的地步。反过来说，我对他在儿童文学研究上的工作却是隔膜而茫然的。如果不是读到他的新著《文心雕虎》，我无法想象他在那条"寂寞之道上"是怎样"怡然前行"的。

和绪源兄接触过的人，想必都会对他那种对生活保持足够的新鲜度和好奇心留有深刻的印象。他的那种让人舒服的微笑，大概可以彰显他的宽厚；而他倾听朋友说话时经常会脱口而出的一句"真呀？"又让我感受也许和他的年龄不太对位的好奇心。现在想起来，他的这些品质，正是搞儿童文学的人应有的素养。

在以前相当长的时间里，我对于一个大人居然花大力气去搞那些小儿科颇不以为然，《文心雕虎》让我对于绪源兄在儿童文学研究上之所以如此孜孜以求，有了醍醐灌顶式的警醒：在这个价值观正在发生变化的当口，还有什么比为孩子们提供可靠和美妙的文字更重要？只要想到鲁迅、茅盾、巴金、叶圣陶、老舍、沈从文等大师怀着赤子之心，为孩子们创作出那些喜闻乐见的作品，你就无法不对刘绪源们正在进行着的庄严和扎实的工作产生敬畏之心。

# 倾听与悦读

　　抽水马桶是近代科技的重大发明，但是电视遥控器的出现，恐怕还在抽水马桶之上，我一直这样想来着。抽水马桶的功能单一，而电视遥控器就要多元得多，除了"清除"——清除不惬于心的视觉感受，更重要的是有选择机制：看，或不看，不再是个问题，一切尽在自己手中掌握。

　　我佩服那些严格按照节目表看电视的人，在他们手里，遥控器只起到了不起身而能控制电视机按钮的作用。这种人大可委以重任，比如银库司阍或 morning call（唤醒服务）什么的。坦白地说，在电视机面前，我不断地按遥控器上的 P＋ 或 P－，就像个青春发动的小伙子，看着大街上不断擦身而过的漂亮女人，心里毫无定力，盯一个甩一个，甩一个盯一个，无从着手，尽管我们的电视节目似乎比美女逊色得多。当然，例外的事总会发生，对于《可凡倾听》，我就有浓厚的兴趣，遥控器也就不再忙乎。这倒不仅因为主持人曹可凡我认识，更因为他所访谈的人物大都是我所不认识的，这些人学有所成而颇有人望。

把可凡当作一个"认识的人"而不是"熟人"来看待，我想我是恰如其分的。所谓熟人，严格地说，基本上属于一起"扛过枪，放过哨"那种层次，至少要有坊间的那种一块儿"洗过脚，打过牌"的经历，可惜这些我们都不曾历练过。有时，我们共同的朋友毫无由头地请客吃饭，我叨陪末座，得以有幸近距离地一睹这位公众人物的风采，听他说些与台上背台词完全不一样的"荤素话"，倒是解颐畅快得很。所谓"性情中人"，或许就是这样的吧。

我相信要成为他的"熟人"并不是一件困难的事，只要多看看他主持的节目。上海人对他真是太熟悉了。可惜我对他主持的综艺类节目很少寓目。这里恐怕有一个偏见，我们一直受着某种暗示，好像说这类主持人往往怎样怎样的装腔作势、学无根基、只会照本宣科。可凡大概不在这一路，很多人这样说。这也许是真的。可我因为没有很好地看到那"例外"的一面，换句话说，除了大型文娱活动上的从容不迫和说着流利的英语外——这难道不是一个称职的主持人应有的素质吗？他没能让我觉得"与众不同"，所以只能说他是我的一个"认识的人"。自然，这一切都发生在《可凡倾听》开张之前。

很难想象，一个大众媒体的主持人能有那么大的兴趣去了解那些与他的专业看上去毫无关系的杂七杂八的文坛掌故，这是我对可凡最疑惑不解的地方。看了《可凡倾听》后知道，他所有的兴趣取向，对于文艺上的专门知识的了解，甚至还喜欢"票"那么几下子，其实都没有白费劲，都派到了用场。他在这个节目里的出色表现，充分说明一个主持人的本钱的积累和消耗不仅要保持一个常量，更要呈现出一种增量的态势。只有这样，主持人的艺术生命才会长盛不衰。有个大牌电视台也有个类似的栏目，我也常看，且不论内容如何，但就主持人而言，我以为可凡无疑是更高明一点的。假如我记得不错的话，《可凡倾听》和可凡都得到过业界崇高的褒奖，我们完全有理由相信这种荣誉的真实可靠。

由于浮躁，我失去了几档《可凡倾听》，但我从来也不觉得遗憾，因为我对它一直有衷辑成书的预期。果然，上海社科院出版社拿下了这本书。我所失去的是可凡在屏幕上风流倜傥的部分表情，得到的却是能反复咀嚼的全部文字，我没亏啊。做个可凡的"熟人"，我很有信心。

# 文人相嬉

李韧兄主《书城》笔政时，时常给我寄这种杂志。可惜我的文化程度低，很多文章看不懂，辜负了他的一番美意。他对此也是一清二爽，但还是照寄不误。他之于我，好比孙权之于吕蒙，不说主仆，师生关系还能逃遁得了？我一直这样认为。既然先生要学生好生读书，那就没什么话可说了。

说实在话，此中能让我从头读到尾的，似乎只有小宝的《餐桌日记》，即王朔在《爱国者游戏·序》中最不看好的文字。它使我时刻担心在他讥讽的对象里是否会出现自己的影子，同时也为他上那些连我也感到"触气"的人和事的腔而幸灾乐祸。小宝不要生气，以为我这种没分量的人讲这样"有观点"的话，非但在你的锦心绣口上添不了花，反而让人瞧着好像要掉你的份儿。没办法，文化程度低的人，往往大道理不大会讲，但比较实在。莎士比亚的戏剧起初也并非是贵族的宠儿，狄更斯并不以拿自己的小说到书场里念来赚钱而羞愧，老百姓哄传的文章，不见得都是"人来疯"，所以小宝，不，是那些文字，

232

至少在相当长的一段时间内，还会活在我这个普通读者的心里。

也许是我的小肚鸡肠在作怪，至今我所看不懂的，乃是小宝敢于拿把王朔寒碜得够呛的文章让王朔来作序，而王朔居然唾面自干地为小宝说些令小宝"骨头轻不起来"的好话，尽管我可以揣度出王朔的不痛快。比照他们的这种交流方式，我对文人之中长期积淀下来的"鸡鸡狗狗"的事终于有了点"看法"。比如"文人相敬"，你只要仔细琢磨那种"悼词式"的序文和评论，就会明白这多半是庄家对倒连拉涨停的把戏，就会晓得"银广夏"在文坛依然风光，那么"散户"（读者）之被套就在意料之中了，只不过它好比过气的美女，有办法抗住地球引力的折磨，但抵御不了岁月的侵蚀，读者将它束之高阁或当废纸出送，便是最好的回应。而"文人相轻"本不是件光彩的事，但人之所以为人，是因为有尊严，只要有自以为站得住的理由，别人不想管也管不了。钱锺书不肯拜谒章士钊，是因为《柳文指要》做得次；刘文典看不起沈从文，是以为自己讲的《庄子》要比《边城》高明……正所谓"有实力就有空间"，谁去嚼那个舌头管它谁是谁非？如我所见，则多的是"五十步"轻"五十步"玩艺儿，且恶形恶状，招招见血，必欲置其于"ST""PT"乃至退市而后快，那就很没劲。还有一种好玩东西叫"文人相打"，像熊十力与废名打成一团、萧军请狄克"吃生活"的便是，所异者，前为学术，后为"吼狮"（气不过），但归根结蒂还是为了"尊严"。然而爽爽快快的"相打"究竟比阴刮刮冷飕飕的"相轻"来得有型。那么小宝、王朔之间的这笔文字账又算个啥？也许可说是"文人相嬉"吧。虽然韩文公有"业精于勤，荒于嬉"之说，但这

233

落在文章之道上则未必允当，伟大的作品往往不是正襟危坐的产儿，鲁迅的杰作《阿Q正传》《故事新编》《朝花夕拾》《阿金》里面就有不少嬉闹的成分。文人间的嬉闹，在于"相敬"与"相轻"之间，即所谓"有所敬而又有所轻"，心态宽松而思维自由，才可激发大无畏的革命精神，才能哺育出公正的理念和得体的措词，才会有"美刺"的效果和愉快的享受。小宝和王朔的"相嬉"文字，使我对文坛产生美妙的联想。

回到小宝那本《爱国者游戏》上来。许多人喜欢它是由于它的好玩，或许还有泼辣，这是很不错的理由。但我更愿意把它看作是一幅近十年来中国特别是本地文化生活的风俗图。它绝不是一幅现代版的《清明上河图》。《清明上河图》使人相信我们的先人就是生活在那种优哉游哉的氛围中，可是课本告诉我们说其实那时还存在与之不和谐的生活。所以，如果我们把它作为见证社会发展的一个小小的账本的话，那么借用傅雷的话，这可说是近年来文坛上"最美的收获"之一了。

# 神功奇行之类

　　友人良昭君写了一部关于中国古代特异功能的书，材料之丰，用力之勤，令人叹服。叹服，还另有缘故，即他的述而不论的态度。这是他的高明之处，因为在所谓的"特异功能"上，说三道四者不少，但真正能作结论的其实不多。

　　对于"特异功能"，我是信而疑。"信"，是推想人类在初民或更早的时代，只是芸芸众生中的一分子，就某些器官功能而言，其虽无一些动物的灵敏，但比之现代人恐怕要卓越得多。人类在进化过程中得到了许多东西，同时也失去了许多东西（如部分器官功能退化）。现在个别人也许还遗存着不为大众具备的功能或通过一定的方法开发出了这些功能，原本不值得大惊小怪的。是谓"信"。再说"疑"，在"特异功能"最风靡的时日，几乎每天都能听说一两则有声有色、神乎其神的"特异功能专题报道"，如《中国人体特异功能十年纪实》中称，上海有位高功夫师向天空发功，能使太阳裂为两个圆球，可随意重叠、交切、起落，且有录像为证。这种大大超出我的已经放大了的

235

想象空间的"特异功能",不唯过分,简直是痴人说梦,怎么不让人疑窦丛生!是谓"疑"。

那么,既"信"且"疑",岂不成了"骑墙派"?我想应该不是。我要说的是,对于某些未知的或暂难定论的东西、现象(如特异功能),处之应慎重,信要讲条件,疑需留余地,一味相信盲目怀疑都是不明智的。这里试举两例。《左传》载周襄王宴客时,门外传来一声牛叫。客人介葛卢叹息道:"这是一头老牛在哀叹它的三头小牛被我们杀来做菜了。"襄王不信,叫来庖丁一问,实情果然不错。又,《南史》记山阴太守沈僧昭出城狩猎,半途而返,曰因为听到南山虎啸,通知有敌情,须加强戒备。后来朝廷使者果然送来战事警报。

以上两例,均出于"正史",以今天的眼光看,实属荒诞,但谁敢断言世上不存在通兽语的人?但反过来说,即便有,是否真能"神"到这种程度?至少在我看来,前者较后者尚多点可信性,而后者殆可以《聊斋》《阅微》视之也。

然而,"特异功能"的积极"倡导"者们却不理会这些,他们竭力要使人信而不疑,甚至标榜以"生命科学",故其遭科学家之痛诋乃势所必至。更有少数造谣惑众、玩世不恭、拉帮结派、巧取豪夺者乘机发难;出于义愤,一些反感者被迫作出反应,不管三七二十一地把"特异功能现象"统统否定。于是乎,复杂的生命现象被处之以草率简单:要么信,要么不信——疑,两者必取一。可是问题并未就此被廓清,反而欲理还乱,结果该是很可悲的。《古今图书集成·艺术编》中设"卜林名流传"一栏，多述神功奇行事，然而也不乏"失算""失手"的例子。编撰者固然以宣扬封建迷信为目的，但他们的这种态度、胸襟，一定意义上，大可为我们所借鉴。

# 必攻不守的人生境界

　　只重结果不看过程不是一种好的思维方式，但在注重效益和效率的时代，结果能够代表一切。过程的意义对于一般人来说是多余的，就好比卫星上天舰艇下水，重要的是"是"或"不是"，一言以蔽之，其他则无可无不可。坊间的特点就是以成败论英雄的。这一点也是无可指责。然而，业内或者关注业界的人士，似乎更愿意看见过程，尤其是成功的过程，因为这有助于推导公理，实现利益的最大化。所以，当张建星先生的《传媒的运营时代》甫一出版，立刻引起业内广泛的关注，无论如何都不能算在"炒作"的账上。

　　建星先生写过十几本书，称得上是视野开阔、各体皆备了。我们自然可以从中获得关于他热爱写作、勤于思考的信息。坦白地说，这并不是区分人群的标志。虽然，作为一个报业集团的老总，他能够忙里偷闲敲捣出那么多的文字出来实在是一个奇观，但是，我们对他的兴趣是在他对于整个中国传媒产业贡献出了什么经验，正好比我们只是对韦尔奇怎样把企业搞成大家都羡慕的那样感到好奇，而很少产生窥探他有几任夫人拿多少年薪的冲动，因为后者并不能成为推动社会变革和发展的公器，况且在世界范围内这样的话题多到让人厌倦。

所谓"传媒的运营"，被作者清晰地定义为"中国传媒业一个不断地与市场对接并整体推进的过程"，换句话说，即作者强调的"中国传媒业经过这 20 年，特别是这十几年的高速发展，已经历史性地从媒体经营质变成经营媒体"。毫无疑问，这种变化，对于传媒从业人员来说是刻骨铭心的，相对来说，传媒企业的老总应该有更直接的感受。张建星先生把一张严重亏损的《天津日报》经营成为拥有十报两刊一网的主流媒体集团，必然有着比较完整的经营理念支撑。在这本书里，如果滤去冠冕堂皇的说辞，我们可以直接进入张建星的操作界面。比方对于竞争力的理解，张建星先生表述为：一、必须确立具有竞争优势的战略；二、媒体核心竞争力是内容；三、结构是保证拥有持续竞争力的基础；四、建立使竞争力不会衰落的有效机制。可是谁会为把这种表述当作起死还生的"圣经"呢？它太大而无当了！不过，我们很快便能得到我们期待的东西："本土化的战略是最可取的起步区，区域品牌的覆盖和扩张将是我们与竞争对手短兵相接的主要战场。对境外媒体随着 WTO 的进入，区域化和本土化是我们的基础所在，是我们保持固有竞争优势的第一选择。"在张建星看来，对本土文化、本土个性的了解，使我们能够把握本土受众的接受习惯、阅读趣味，为他们量身定做符合其需要的报纸。这一点对地方媒体来讲是长处和优势。这样的看法也许可以让人豁然开朗，问题是，谁能一以贯之守住这样的信念？我们从这本书的第二部分，即张建星在《天津日报》几次总编辑恳谈会上的讲话，很明白地看出他的坚持。

在这种办报理念的主导下，《传媒的运营时代》一书才会出现我以为最有价值的观点——"就市场属性而言，媒体是经营内容的。其核心竞争力是内容，这种内容应当对读者有足够的吸引力，对舆论拥有足够的影响力，这就要求媒体能够自觉保持其社会公信度，即准确地描述周边生活变化，提供这些变化的背景分析，倡导先进的公义理念，代言最大多数人的利益。保持媒体的核心竞争力，首先需要坚守上述理念，保证内容的真实性和有用性。"作者的这个观点，实际上是对报纸，尤其是"党报"在经营理念上进行了一次廓清或者说"定位"。如果要找寻张建星之所以成功的"内驱力"，无视这种理念的主导作用是无法破解《天津日报》崛起之谜的。

从来也没有哪部有关新闻探讨研究类的书，能像这本书那样把编前会的内容搬出来呈现在读者的眼前，这让我们看到一个主流媒体集团的掌门人的生存智慧和创业激情。张扬，绝对的张扬，然而又是闪烁着知性光芒的张扬。在这本书面前，我们所要做的，仅仅是冷静地思索而不是心急火燎地照搬。因为你不是张建星，张建星也不可能为你量身定做。但是，你肯定不会觉得浪费时间，我想应该是这样。

# 唱盛上海的企图

　　一个城市在发展当中以厚实、鲜明的文化底蕴和风格为依傍，业已被证明是一个极其重要的一环。一个城市的魅力，不仅仅体现在它在地面或地下有什么值得人们期待的东西，更重要的这个城市的市民身上所体现出的文化气息。我想，这是我对这个版面进行定位的"核心思想"。

　　事实上，比较集中地对本地历史的集中开发和整理至少也有五六年时间了，对"老上海热"的炒作，如今已经进入了"相对稳定期"，这就意味着对于以确认事实为归宿的运作方式成为主流的可能性不很大了，它对于乐于揭秘、喜欢热闹的报纸来说是不利的。但另一方面，大部分媒体做老上海题材，似乎对有"名头"和"来头"的东西格外偏好，而对反映普通市民全方位的真实生活缺少热情。而且更有意思的是，面对一大堆材料，不少人并没有以文化观照的理念去凸现材料所包含着的独特和价值。毫无疑问，这正好为我做好《上海珍档》这个版面预留了空间。

"穿梭时空"这个栏目是专为"上海珍档"的版性所设计的，力求打通时空界限，把一个普通的事件放到上海文化史、中国文化史乃至世界文化史的大格局中去考量，尽管这种考量是点评式的、浅层次的，但它对引导读者的思维取向和提升版面的文化品格，有着积极的作用。它与以记述史实为主的"过眼烟云"栏目呈现出一种互补、互见、互动的关系，配合流畅。"耳闻目睹"栏目是版面的重要卖点，这也是过去或现在的纸质媒体不大愿意一以贯之尝试的，因为它太折腾人了，但却是最有价值的，相信读者也有同感。一张报纸是否有质量，就看它能否提供给读者最有价值的东西，难道不是这样吗？

# 直笔写史话"引资"

　　说来惭愧，我对近代中国外债史实近乎可怜的了解，竟是通过一部笔记体杂著《花随人圣庵摭忆》而获得的，尽管这掌故并非我的专业范围，但尚在兴趣的"价位"里。当我把这则"清季外债"的掌故郑重地推荐给专治经济史的曹均伟君时，他笑一笑说："改日拿件东西给你看看。"于是，他的新作《近代中国与利用外资》便放在了我的案头。

　　近代中国究竟有没有"引进外资"这回事？那还用说。《花随人圣庵摭忆》中早已明确提出这个概念。然而当初均伟开始对这一问题进行思考的时候，"外资入侵"正是学术界的流行观点，"引进"和"入侵"之间的差异，是任何人都能感觉到的。似乎应该看到，否认近代中国有"引进外资"的现象，实际上是政治气候在学术研究上投下的阴影，其中自然也有研究者自身的因素，如观念和治学态度等等。均伟成功地找到了切入点，并较好地运用了新的研究工具和方法，从而以不同寻常的视角论证近代中国确实存在"引进外资"的基本事实。

这很快得到学术界的共鸣和反响。

这部著作不单单是一部"近代中国引进外资史",实际上也是一部十分有趣的经济文化史。在解释为什么在近代中国一方面存在外国资本侵略的事实,另一方面又存在引进和利用外资的问题上,作者敏锐地抓住近代中国的半殖民地性质,指出这也意味着有"半主权"的存在。它为当时的开明人士所利用,从被迫实行对外开放,转向自觉行动,以达到"自强""求富",进而"御外"的目的。作者系统地阐述了近代中国利用外资思想产生、发展直至成熟的历史进程及兴衰演化过程,涉及了一大批具体的人和事,尤其使我们留下深刻印象的是,作者充分展示手头掌握的丰富资料,对近代中国几次重大而有典型意义的"引进",作全方位的考察,剖析其利弊得失,总结其经验教训,澄清了一些基本事实,这对于今天的改革开放来说,无疑具有很高的参考价值。

据说此书一出版,不仅引起理论界的注目,也受到了从事实际工作的人们的欢迎。某涉外机构一下子购买了几十本,作为有关业务人员的必读书。这令我想起了克罗齐的一句名言:"每一种真正的历史都是现代史。"曹均伟的这部著作,我以为可作如是观,值得关心我国改革开放的人们一读。

# 孩子的读物

寒假将至，想给孩子准备一点精神食粮，省得他老在电脑边转悠寻思打游戏。兜来兜去，颇费思量，要说少儿题材的书籍，林林总总，令人眼花缭乱，好书自然很多，但真正适合他（小学五六年级）这个年龄段的书，却很难令人满意。主要的问题是：要么是太繁，要么是太简，要么太陋。太繁者，一套书十几本，包容百科，密密麻麻都是字，让人望而生畏；太简者，图谱型，比如说动物，注上科目、习性即完；太陋者，从编辑、版式到纸张，都是粗放型，绝不令人赏心悦目。这几种类型的书，我家都有，如有一套非常有名的科学普及读物，当初我兴冲冲地买回家，哪知孩子翻过两天后便几乎束之高阁。我以"不爱读书不爱科学"将他一顿臭骂，结果是，我扫兴孩子不领情。

使我感兴趣并眼前为之一亮的少儿读物还是有，如《发现与探索丛书》，四本一套，即《科学探索》《历史探索》《地球探索》《动物探索》，由一家不太出名的文海出版社从国外引进。我之所以欣赏这套书，除了因为它印制精良，用纸考究外，主要有两条：一是著者的善解人意，对小朋友的阅读兴趣、知识取向把握得极准；二是编辑的智慧和技巧运用得相当出色。举例说，在《科学探索》分册里，我原以为会有很多诸如克隆、基因、纳米等热门话题，而事实上它对此并不太注重，倒是对我们生活中经常要碰到的一些让人觉得"神奇"的东西，比如自动柜员机、传真机、手机、微波炉、吸尘器乃至抽水马桶等，以最简洁的语言最直观的图表给读者以最深刻的印象。在"在家里"一节里（两个页码），由"冰箱"一题，就衍生出制冷剂、宫廷点心、速冻食品、麦琪淋、巧克力、完美的包装等知识点，边上特设一栏，罗列桑拿浴、螺丝起子、卫生纸、洗碗机、电动洗衣机、电烤箱、电动手钻、喷雾器、微波炉、无皂超声波洗衣机等日用物品和装置的发明时间、国家和人物，而这只是其中的一部分。又如在"学校与办公室"一节，介绍了黑板、粘胶带、橡皮筋胶水、涂改液、粗笔头、剪刀、橡皮、粘贴纸和订书机、订书钉、回形针、移动台灯等的发明情况，十分贴近小朋友的生活。而这些东西，很多少儿科普书是不屑一顾的。我想这套《发现与探索丛书》这样的安排是对的。那些新兴的科技，我们当然要了解，但对于一般人或者孩子来说，硬塞或过细地描述，实际上无异于"对牛弹琴"，弄不好还容易让人望而生畏，失去主动获取知识的信心和兴趣。我所接触到的少儿科普类读物，大都有那种无视阅读对象的通病。因此它们就显得不亲切不精致不可爱，当然不讨孩子们的欢心。

对于少儿读物（包括教科书），长期以来，我们总是带着一种实用主义的观点去运作，表现在编辑出版上的急功近利，用粗劣的纸张、简陋的装帧来最大限度地容纳各种知识，加上著者的武断、编辑的偷懒，这种出版物很难让人赏心悦目、引起阅读的兴趣。这和如今家长以及整个社会重视少儿的智力开发和加大少儿教育的投入形成了反差。

拿什么奉献给你，我的孩子？我想，我们应该用最大热情最高的智慧最好的质量来做最让孩子们喜闻乐见的知识读物。当我们的孩子沉浸在知识的海洋中乐此不疲的时候，可以想象，这也就是我们民族真正振兴的时候。

# 流言： 流产或者变成传奇

    题目暗合了张爱玲的两部著作，既非刻意为之，也不是无心插柳。流言和传奇之间那种天然的逻辑关系，这是遭遇过流言的人心知肚明的。散文写过了头很可能就朝着小说的模样奔突，正如流言敷演成传奇那样容易。流言的发生过程，从来不缺少生动的形象和有力的证据。它之所以有市场，是因为人类好奇心的驱使，就像我们读传奇作品时的那种感受，有点同情，又有点间离。只要你还存在着，就不用担心听不到如影随形的流言，当然假如你有足够的好奇心的话。

    专家和我们这些看热闹的人的区别或许就在于：面对流言，我们表示鄙夷或拒绝，专家则倾向于思辨或甄别。我们对流言的界定向来是从破坏的角度观照，但专家则以为流言反映出人们希望探明事实的正常欲望。所以，尽管对于流言的认识好像很有把握，我们仍然需要学着接受一种更客观更缜密的教育。徐锦江先生所著《流言导读》，正是这样一本充满反省和智慧的生活教科书。人们接纳它，就像接纳一张舆地图那样有很好的理由。它的出版，大概能够说明社会发展当中出现的一个小小的现象，照样没能逃过有心人的法眼，自然，这种事情只会发生那些有责任感和勤于思考的人身上。

《流言导读》有自己的趣味。全书三分之二的篇幅是各色"流言"的展览。如果说这是自然主义的披露，那是看偏了作者的用心。材料本身难以体现立场，而经过组织和编排，它们的意象就变得清晰，至少使读者在头脑中形成一个个鲜活的影像。我猜想，作者之所以选择"导读"的形式，是对于材料的驾驭能力具有充分的信心。对材料的误读，虽然是治学者的大忌，可是我们从来没有少见过那种误读。由于作者聪明地运用"导读"的杠杆，其中很大一部分还援引前人的研究成果，来撬动和激活读者的经验与想象，这就使他们避免了思考的惰性或脱离语境的过分活跃。其高明之处，在于藉此完成了对材料的整合，把读者引入作者规定的情景当中。相信受过严格的古籍整理训练的人，对这种表达方式应该有相当的了解，能体会"导读"当中"微言大义"的作用是怎样的重要。

毫无疑问，作者格外看重的是富有学理色彩的"第三部分"。我想这是作者十多年来耽于思考和知识积累的沉淀物。作者的旁征博引，为我们免去不少翻检之苦，同时强化了我们对著作的信任度。

我注意到作者在研究流言这一现象时所持的谨慎态度。比方说法国学者卡普费雷认为流言是在"社会中产生并流传的未经官方公开证实或者已被官方辟谣的信息"，具有"反权力"的性质。这种极富挑战性的论点并不为作者认可。在作者看来，卡氏的理论，是建立在一个官方在民众中享有稳定威望的有序社会基础之上的，而流言往往在社会动荡、权力角逐的时期、官方机构失信于民，甚至以散布流言作为生存手段的时期最为盛行。我以为这是全书最具思辨色彩的部分。我想补充的是，流言和"官方"这两个概念经常有重叠的可能，以我们的经验推想，在信息不对称或民主得不到充分实行的地方，相当部分的流言却是真实的，然而它又是"官方"在一段时间里出于某种需要或者不便所不予证实的东西，"反权力"的特质还是触摸得到的。

最为出彩的，我以为是《流言：试图对那个环境状况的意义作出解释》那一节。应当说，因为有了这一节，全书的学术品格得到了提升。虽说这里有一点钱锺书所说的那种"只开会"的嫌疑，但"主持人"的存在还是让人感觉得到的。如果作者能把目光放得更深入些，也许呈现在读者面前的，会是另外一种知性光芒的闪烁。好在作者申言本书"算是（流言学的）开卷"，于是我们就有了美好的预期。

# 知周万物　道济天下

　　以太少的文字讲太多的道理，这是格言的好处。大到牛津格言、名句集成，小到拉罗什福科的语录，乃至释家偈语，我都不会轻易放过。三联新刊、印度近代大哲学家室利阿罗频多的格言集《周天集》，正在此列。

　　作者室利阿罗频多（1872—1950），曾和甘地、泰戈尔一起被尊为"西方三圣"，然而他的名气不及其他两位彰显，推想是由于专业——精神哲学——过于深奥。这种深奥，却被西方学界所接受。

　　印度是个很会说话的民族，会说话的两个极致：多而无当和以一当十。室氏自然是后者。《周天集》凡360多条，特点是随想性的，故内容十分驳杂，却妙语连珠。倘若细细梳理，大致不外人生哲学、精神修养、自由民主以及瑜伽理论等。在人生观方面，室氏是很欣赏"清静无为"的，以为这是达到一种至高境界的必由之路。当然，《周天集》中最能体现室氏基本思想的，是他的"超心哲学"：它"不是一高等智识性，不是理想主义，不是心思的伦理化或道德的纯洁与峻整，不是宗教情绪或一激烈高扬的情感热忱，甚至也不是这一切优美事物之化合"。它只有"超心思的知觉性"，能对"人的本性之分歧冲突诸力进行调和"。从逻辑的观点，否定判断并不能确定一个概念，大概室氏有意要把我们的思路引向"不是"之外的一个"空洞"。不确切地说，他的"超心哲学"，似乎与黑格尔的"自身之外的永恒客体"论有点相像，或更接近于老子所谓的"道"。东方智慧的妙谛，也许就在于此。

# 认识里尔克

里尔克是谁？不就是写那首题目叫《豹》的现代派诗的奥地利诗人么？他的同胞加同行斯·茨威格所著《昨日的世界》一书中写道：

> ……他（指里尔克）的那种爱美的秉性一直渗透到他的各种无关紧要的小事。不仅仅是他把自己的手稿非常细致地用娴熟的书法写在最漂亮的纸张上，行与行之间相隔的空白，就像用尺量过似的；而且当他写一封最最普通的信函时，也要挑选一张好纸，工工整整地用书写体把字写在隐线格子里，即便是写一张最仓促的便函，他也从不允许自己涂改一个字，而是一旦觉得一句话或者一个字不完全恰当时，就立刻以极大的耐心把整封信重抄一遍。里尔克从不让不完全满意的东西出手。……

不知怎的，读到这里，我有点不自在了！为自己，或者还为别人，扪心自问：当你铺开纸、提起笔时，有没有进入过里尔克那种写作状态？我确切地知道，很有一些人并不能接近这种状态的（其中也包括本人）。不久前，看到报章上的两篇文章，各有一处使人难以容忍。其一曰："还在孩提的时候，我就向往那诗（注：指一首唐诗）的境界。"什么是"孩提"？《辞源》上说"指初知发笑、尚在襁褓中的幼儿"，并引《孟子·尽心上》："孩提之童，无不知爱其亲者。"以及越歧注："孩提，二三岁之间"云云。可知这话，不是作者自我吹嘘，就是用词不当。其二曰："××先生今年80岁了，已到了耄耋之年"。按"耄耋"，第一义是七八十岁的意思；第二义是"昏乱"。这篇文章是写作者所尊敬的老人，自然不会取第二义，那么只有一个可能，犯了"叠床架屋"之病。可问题似乎并不那样简单，大概作者还以为这"耄耋"两字用在老人身上，是个很有表现力的好字眼呢！

巧得很，手头正有一部尘元先生所著《在语词的密林里》，其中"情结"一条是这样写的：

报纸大标题：《"红军山"情结》——着实吓了我一跳，如此升平世界，怎么来一个弗洛伊德的"情结"呢？文章讲一个少年去红军烈士墓扫墓后如何立志写作，终于成为一个报人的故事——怎么来个"情结"？弗洛伊德有名的 Oedipus 情结，是个杀父娶母的潜意识活动——难道这个活动具有的只是受压抑的潜意识么？不解。

对于上述这类的"不通"，人们喜欢用"难免"来开脱。写文章因粗率而把文字弄错，确实难免，但以上三例，却难以用"难免"作遁辞。因为作者是具有里尔克式的"爱美的秉性"，希望把文字弄得漂亮而不同寻常，缺少的只是里尔克式的"耐心"——追求一句话或者一个字的完全恰当。而且这"耐心"其实也很便当：只要翻一下手边的字典！

可惜，那本《昨日的世界》的印数标明是 3 000 册，全国的作家有多少？全国的舞文弄墨者又有多少？也就是说，还有不少的人不能从这本书中认识里尔克先生，那么，或许"不通"还要"通行"。

# 纯正的浪漫

我读时下的一些散文文本，常常会有一点不满足，确切地说，为创作界没能提供一点英国式散文而遗憾。所谓英国式散文的特质，搬用张中行先生的话说，是：由深沉的智慧观照一切事物而来的哲理味；由挚爱人生而来的入情入理；严正的意思而常以幽默的笔墨出之，等等。而中国作家能做这种英式散文的也很有几个，不过那是从前。

自然，别裁伪体，各有所好，但，人们现在好像已习惯于读那些娇小浅近、平淡空灵的"小摆设"了，而对那些昂藏伟岸、辞采飞扬、洋洋洒洒的散文作品已不易接受。其原因，远的，是作家作不来；近的，是读者读不到。而若要欣赏纯正的英式散文，似乎还得看看人家的，《英国浪漫派散文精华》正是可以"拿来"的。39 篇散文，篇篇精彩，仿佛一代散文名家布莱克、兰姆、赫兹里特、德·昆西、莱·亨特等带着亲手烹调的佳肴，聚集于情感的森林中野餐。这些浪漫派作家不仅有才，而且有情，并杂糅了英国人传统的绅士味。精心修辞所带来的优雅以及令人目眩的哲理，使我们这些"胃纳"并不强健的人，也能获得一份快乐。淹博的学识，奇崛的文思，加上挥洒自如的笔调，造成了波谲云诡的艺术效果。麻烦的是，一方面，我们与他们（如赫兹里特等），在感情上渐渐贴近；另一方面，在语言上尤其在思维方式上，不知不觉产生了"距离"。莱·亨特的《握手》、兰姆的《论烤猪》、赫兹里特的《论旅行》等，都是小题大做的极品。如史蒂文生在《徒步旅行》中写道："一个人如能经常沉下心来，静心凝思一番——即使忆起美色，也能爱而不淫，见到功名，也能羡而不妒，时时处处都能以一副体谅同情的襟怀临之，而同时又能欣于所遇，安于现状——如能做到这一点，那岂不是真的参透德行睿智，永臻于幸福之境吗？比如沿街游行，那深得其乐的人往往并非是那威仪赫赫持旗前导的人，而却是那闲倚虚幌、隔窗一眺的人。"看，这是多么能体察人心的眼光！支撑这种充满思辨色彩的文字，是富于浪漫情调的诗人气质和纯正、拔俗的理想哲学的混和物。这倒让我想起我国那几位受西方文化浸润的散文家，可惜林语堂流入油滑，梁实秋中气不足，只有朱湘、梁遇春略能得其余绪，可如今也成广陵散了。

"精华"两字用得太滥了，但辜先生编的那部《精华》，因为太好，恐怕只能用这词汇了，虽然它常常被那些拙劣的选本所玷污。

# 一个狞厉的童话

一个朴实可爱的苦孩子，张着充满希望的眼睛。这样的封面很有人缘，相夫教子的年轻母亲会以为这是一部男性版《卖火柴的小女孩》。而关于乞丐成长为厂长经理的故事，更会让望子成龙的母亲将其视为激励孩子好好读书的活教材。据说在台湾这本书已卖了一百多万册。

这本叫《乞丐团仔》的书，故事很糟糕，糟糕得近乎狞厉。如果这是一本小说，那么作者是天底下想象最为拙劣的。世上哪有那么凑巧，倒霉的事全都让一个人碰上了：父亲是瞎子，母亲是傻子，弟妹12个，要么傻子，要么为了傻子的生存去当婊子，只有主人公"我"在这一病态得不能再病态的家庭中，读了小学，读了中学，最后上到大学。"我"在高中毕业以前，几乎都是靠行乞来养活自己，养活这个家。然而，书的扉页上，明明白白写着，这是一本自传，是作者赖东进真真实实的生活记录。书中有不少作者赖东进从少年到青年的照片。这些照片，就像法庭上的事件证据，让你不得不打消对书中情节真实性的怀疑。

读着这样的书，感觉就像小时听忆苦思甜报告，脑子里浮现的是赖先生撩起裤管找身上的伤痕的情景：腿上有一比铜钱大一圈的疤是暴戾的瞎眼父亲打的，而手腕上依稀的齿痕就是狗咬的。这个奇怪的家庭上无片瓦，下无寸土，经常寄宿在"百姓公庙"里，在坟墓地里睡了 10 年，行乞了 17 年。

也许因为身边的台湾朋友都生活得不错，无法想象 60 年代的台湾，居然有如此悲惨的事情；也许忆苦者太过平静的叙述让人产生距离，所以在被悲惨击倒之前，不禁产生一些疑虑：为什么在这样家庭环境中成长的人，居然不变态、不对社会持一种敌对的态度、不对人生持一种绝望的态度、不对他人乃至对亲人取一种仇视的心理呢？

作家莫言以"天生善良"来解释。可是，买这本书给自己孩子看的人，又是在用这个"天生孝悌"的故事来进行后天的补拙，这实在是一个悖论。

# 网络时期的报纸副刊

写下这个题目，不由得想起马尔克斯写过一本叫做《霍乱时期的爱情》的小说。霍乱时期的爱情，其结果不外是两种选择，一是生存，一是毁灭。网络时期的副刊，其命运又会怎样？这是本文想要探讨并试图找到答案的主旨。

需要指出的是，这里所谓的网络时代的副刊，不是单纯指网络对报纸副刊所构成的有利或不利的影响，而是指一种"态势"下的副刊可能出现的变化。

## 历史和现状：辉煌过后的黯淡

副刊对于中国受众来说具有格外的意义，原因就在于，中国的报纸从诞生起，不管其形式如何变化发展，多少受着外国报纸的影响，比如新闻的分类、版式的布局、报业的运作等等，无不留有模仿的痕迹；而副刊却是个异数，它没有受过外国报纸的"辅导"，因为外国的报纸没有"副刊"这一名目。从理论上说，副刊是中国报纸的特产，从实践上说，副刊的运作具有"自主知识产权"的味道，从性质上说，副刊带有浓重的民族情感色彩。因此，任何时候，副刊就是一种标志，一种符号，那就是"民族性"。在纸质媒体成为唯一或最重要的媒体的时代，副刊发挥了难以想象的作用，中国近现代史上的几次重要的思想启蒙运动和文化鼎革，无不与报纸副刊有关，副刊担负起了文化传承和文化启蒙的重任。这种世界上独一无二的现象，使任何时期的掌管意识形态或经营报业的人，都不敢对副刊表示轻蔑。即使现在有不少报社的主事者从内心深处对副刊不以为然，但由于要冒"轻视文化"的风险，大都不敢公开表示副刊地位的等而下之。

正是由于副刊地位的特殊，使其在网络时代遭遇的尴尬更加显而易见。

其一，因为文学或者文化对近年来的中国社会产生多大的影响受到普遍的质疑，这其中包括政府官员、媒体主管以及一般读者等，人们更愿意通过更直接更明朗更简单的事实比如新闻报道，来获取有价值的信息。副刊读者的渐失，已是不争的事实。没有读者的版面，说明影响力的弱化，其在整张报纸中的地位也就可想而知。然而这一切，却又不全是副刊的问题，重要的是，现在的报纸，其作为新闻载体的功能相对于从前，得到了最充分的回归和强化，而副刊的性状基本上一仍其旧，从影响力上说，此消彼长，最自然不过了。

其二，多元的信息传播渠道使受众注意力分流，是一个客观事实。新闻出版总署公布的数据显示，2001年底，全国有报纸2 111种，总印数 351.06 亿份；全年出版图书 15 万种，总印数 63 亿册；全国有电台 304 座，共开播 1 934 套节目；全国有电视台 354 座、广播电视台 1 272 座，3 595 个频道；至 2002 年底 6 月底，全国有网民 4 580 万人，等等。有那么多的选择，要求受众保持对副刊的忠诚度，是一厢情愿。另据复旦大学信息与传播研究中心的抽样调查，上海市民第一次获知美国"9·11"事件的渠道依次为：电视（57.3%）、人际传播（21.1%）、广播（13.3%）、报纸（6.3%）、网络（2.1%），这在某种意义上表明报纸作为传播信息的渠道，其地位相当靠后。报纸尚且如此，作为报纸中的一部分，而且是非主力板块的副刊，处境之窘迫，没有多少悬念。这可以证诸暨南大学新闻和传播学院就读者对专副刊的问卷调查：人们拿到一份报纸时，首先阅读的版面内容是什么呢？资料显示，国内国际新闻是第一位，占 55.5%，其他依次为娱乐新闻、体育新闻、财经科技类专版，文艺性副刊和生活休闲类专版并列第五，各占 8.5%，可知副刊的困难，已经到了见底的程度。

其三，市场经济思维的引入，改变了过去的报纸蔑视利润的状态，报纸作为一定意义上经营机构，不得不考虑投入和产出的顺逆差关系。随着国内报业市场竞争的日益加剧，报纸的经营成本和投资成本水涨船高，其发展资金不足成了普遍现象，据统计，目前国内 82.5% 的媒体处于资金短缺状态。在这种情况下，有限的资金必然要被投入到产出大的领域。事实是，除了极少数的副刊在整张报纸中还能守住"主力地盘"，绝大多数副刊成了"奢侈品"和"销金窟"——占用有限的版面、支付稿酬、人头费、差旅费、物业费等等，都让主事者感到成本过于昂贵。所以压缩对副刊的经营成本，自然属于"节流"的一部分。于是因为稿酬低和编辑活动经费紧张等原因导致版面不好看、影响小，势所必然。由此产生恶性循环，积重难返，副刊走向衰落是可以预期的。副刊不是利润增长节点，是报纸经理人的共识，按照追求利益最大化的投资理念，副刊的被压缩乃至被取消就不足为奇了。

对副刊不利的实际情况当然还不止这些，但就这些，已经对副刊的生存与发展造成了致命的打击。而网络的出现，又给副刊带来了麻烦。

## 网络副刊和报纸副刊：争夺读者市场空间的比拼

报纸副刊是有其独特性的，即使是报纸受到其他两大媒体——广播和电视严酷挑战的时候，报纸副刊的独特性依然鲜明，依然没有受到有效的冲击。广播和电视当中也不乏类似报纸副刊性质的板块，但它们始终都替代不了报纸副刊这种形式，这是因为汉语文字巨大的传达功能，至今还具有不可替代性，还有旺盛的生命力。然而网络的产生，使报纸副刊的独特性变得模糊，报纸副刊的前景变得黯淡。

有人把网络看作是继报纸、广播、电视之后的"第四媒体"，我以为大概称作"综合媒体"更为恰当。从目前和今后网络发展的态势来看，只要技术层面上取得突破，网络取其他三种媒体而代之是完全可能的。从现在网络的板块设置来看，新闻板块是它的重中之重，除此，它的非新闻类板块，也聚集起了相当的人气。比如它的生活、娱乐、文化、教育乃至社会等，都可以看作是网络上的副刊，即使作为报纸副刊的主流——文学，在网络上照样有与之性质相同或类似的板块。虽然目前大多数网络展现在网民面前的板块尚无"副刊"的名目（香港新浪网上就有标明"副刊"的板块），但实际上它就是一种"网络副刊"。

"网络副刊"的内含比较大，早些时候有人提出一个"大副刊"的概念，我以为这也很适合"网络副刊"的特点。退一步说，只就"网络副刊"中的"文学性"而言，它的容量也比报纸副刊大得多。具体来说，网络副刊的稿源来自：一、网络自行组稿或网民投稿包括网民的"跟帖"部分（这一点和报纸副刊相同）；二、搜索引擎（包括对其他媒体有关文章的收集、摘录等）；三、相关链接。这三部分的内容，无论从数量上还是视野上，都是某一张报纸的副刊所望尘莫及的。所以，事实上，"网络副刊"作为网络的一个组成部分，早已为人们所认识。

现在我们讨论报纸副刊和网络副刊的前途，实际上是在做一段时间里双方静止状态的比较。

除了阅读方式不同，网络副刊具有和报纸副刊一样的特点，但就目前情况看，两者的差异还是存在的，报纸副刊优势明显大于网络副刊。

一、从作者的情况看，报纸副刊作者是全方位的，网络副刊主要是掌握和能借助信息技术的人。当然，网络副刊作者队伍，应当剔除转载其他媒体所形成的"假性撰稿人"数目。

二、从作者写作技巧上看，报纸副刊作者总体上高于网络副刊作者，这是因为报纸副刊作者经过退稿制度的历练，形成一种比较规范写作技巧和经验；网络副刊作者缺少这种训练，因此自我约束能力相对较弱。

三、从作者的构成看，报纸副刊作者队伍和网络一样，都很庞杂，但报纸副刊拥有相对优秀的作者较网络副刊为多，这是由传统的发表观念和赢利模式决定的，优秀作者除非遇到发表意见受到限制的情况，才会转而诉求于网络。

网络副刊也有比较明显的优势：

一是限制较少，便于作者发挥。报纸副刊有一定的"准入制度"，如观点、篇幅、文采以及可能引起的纠纷和连带责任，都可能使报纸副刊采取更为严格取舍标准；而网络副刊一般比较宽松。

二是发表迅速，时效性强。报纸副刊对于来稿要进行初审、复审、修改、加工、发排、组版、校对、出版、发行、流通等环节，还得考虑文章搭配、发表时机、发表周期甚至轻重缓急等因素，文章鲜活度大大降低，网络副刊很少有这方面的周折。

三是机会成本低。由于报纸副刊编辑的眼光、能力以及其他可知和不可知的原因，对于大多数的投稿者来说，发表的等待期过长，造成机会成本过大，而网络对那些发表欲强烈者具有天然的亲和力，从某个角度上说，网络催生了一批批作者，尽管他们良莠不齐。

从上述三点看网络副刊，我们发现，网络副刊的所谓优势，至少在目前，都还没有明显地现出对报纸副刊的实质性打击的征象，今后是否有效，尚不能作预期。有一点可以想象，未来社会千变万化，但追求有序是毫无疑问的，这也就是说，网络副刊必然会借鉴报纸副刊的经验，逐渐趋向规范。而报纸副刊会不会跨出一步呢？

这里特别要提醒所有报纸副刊从业人员注意的是，我们必须非常留意并关注网络副刊对链接功能的运用。所谓链接，一般是指其他网站连到本网站的链接和本网站连到其他网站的链接，还包括本网站内部网页之间的链接。显然，在各种媒体竞相开设电子版的时候，正是那些门户网站发挥影响力的时候。链接，正是网络最突出的优点，它可以确保引文的完整性和作者认可的引用方式，不仅如此，我们还能够看到引文的最新版本，它的优势相当明显。

在我看来，目前的纸质媒体基本上做不到这一点，新闻报道上有限的相关链接，只起到提供背景资料的作用，和网络的"链接"不是一回事。报纸的新闻链接尚且如此单一，更遑论其副刊呢！然而，我认为，报纸副刊如果不积极地切入到这个领域并寻求一点突破，将会越来越丧失自己的优势。

## 报纸副刊：向"注意力"层面突围

比较的目的，不是为了使比较的两方选择谁胜出谁出局，而是清楚存在的可能和理由。从发展的眼光看，网络前程无量，但那种"将来时"的优势，很可能是它"现在时"的弱势，也可能正是纸质媒体的强势。英特尔公司董事长安迪·葛鲁夫说："印刷媒体的前景是黯淡的。这个行业必须全力重塑自我。你们要想一想，什么是你们能够做到而网络出版做不到的？"

至少在目前，我以为报纸副刊还有网络副刊"做不到"或"难以做到"的东西：

一、信息过滤

接触过网络的人都会发现这样一个事实：网络上的信息纷繁芜杂，泥沙俱下。人们在充分享用信息资源的同时，有时常常无从着手而面临被信息淹没、失去判断力的危险。以创办网上技术出版物Slashdot的马尔达就清楚地知道缺少过滤造成致命的后果，他认为，"一个网站让读者自由发表意见的名声越大，它也越有可能被其高知名度所摧残。"Slashdot 网站上有些读者发出的聒噪足以压倒任何理性的声音。还有一个有力的例子是，亚马逊网上书店允许读者自由上传书评，最后发现书评数量的增长与质量的提高呈强烈的反差。传媒学者王晓玉分析说，传播途径基本上是搜集讯息、过滤讯息、制作讯息和传播讯息四大阶段。"把关"是传播中的必经之关，是必由之路。据威尔伯·施拉姆所提供的实例统计，1951 年时，有一次美联社最初收集到的新闻有十到十二万字，经过层层把关，最后抵达媒体时，被删削去了98%。这里的"把关"，可以看作是"过滤"的形式之一。可见信息过滤在号称最讲"自由"的国家，也是一种必要的手段。而报纸副刊因为机制（比如三审制）的关系，恰好避免了信息泛滥和鱼龙混杂的状况。

二、公信度的建立

众所周知，网络上信息传播快捷，是目前其他媒体无法企及的，但网络的公信度又是最低的，假、错和整合加工的信息随处可见；比较而言，纸质媒体尽管也会出错，但公信度要比网络高得多，它的采编系统的完善，是目前的网络无法比拟的。其直接的结果便是公众对之依赖度的增加，报纸影响力随之增强，也就意味着受众注意力的相对集中。

这是报纸的优点，也是报纸副刊的优点。

无论是信息过滤还是高公信度，其目的只有一个，就是培养受众对本媒体的忠诚度。有了良好的忠诚度，必然形成一个注意力资源。有学者一针见血地指出，媒介所凝聚的受众的注意力资源是传媒经济的真正价值所在。传播回收的是受众的"注意力"，出售给广告商的也是受众的"注意力"，"注意力"是传媒真正能赚钱的终端的产品。

报纸副刊目前的运作方式，暗合了"过滤"和"公信"两条基本原则，完全有可能在凝聚公众注意力上做足文章。至于网络在"过滤"和"公信"上的"缺失"，我以为随着网络机制的完善和成熟，它会有所改观，但就目前来看，它不会让自己的最重要的"注意力"资源——信息的快捷丰富——缺损，而遭受众的质疑。所以，报纸副刊仍有机会。

那么，报纸副刊凝聚的受众的注意力资源是什么呢？

《人民日报》副总编梁衡说："如果我们翻阅近百年来的报纸，从新闻版可以清晰地看到社会发展的主流；从副刊则可以看到历史发展的'副线'：一幅幅如《清明上河图》般的社会生活画卷，一段段此起彼伏连绵不绝的情感岁月。尽管它没有直白地报道社会发展的主要事件，但谁也不可否认这一个个细节自然流露着当时的社会情感、公众意志，与时代精神遥相呼应，反映着社会历史的变迁。"这是报纸副刊的一个难以替代的长处，也是副刊吸引公众"注意力"的一个卖点。著名作家龙应台说："无论是旧阶段或是新阶段，副刊总是一个社会的文化指标。社会有多么成熟深刻，副刊就有多么成熟深刻。……倒过来说，副刊有多么成熟深刻，社会就有多么成熟深刻。"上百年来的报纸副刊的实践证明，报刊副刊其实是承担着一个社会的教化工作，承担着传播文化的光荣使命，其内容与工具层面、物质信息层面有距离，它的"效益"，往往体现在精神上、文化上的，是减少社会运行成本重要一环，因此也是吸引公众"注意力"的又一个卖点。网络副刊从理论上说，自然也不缺少这些"卖点"，但是它更多地运行于信息和工具层面，所以还是相对低端。

每张报纸的副刊大都有自己的定位和品牌优势，比如《新民晚报·夜光杯》的"杂"，《文汇报·笔会》的高品位，《南方周末·百姓茶坊》的尖锐，《羊城晚报·花地》的时尚性，《人民日报·大地》的高格调，《扬子晚报·繁星》的通俗性，《东方早报·文化专栏》的学术性，《新闻晨报·闲情》的生活化以及其他报纸副刊所呈现出的知识性、趣味性、品牌效应……这些都是吸引受众注意力的筹码。可以说，报纸副刊的品牌优势，网络副刊还不具备，我们甚至不清楚网络副刊的品牌名称。

但上述的这些优势，对于网络副刊的渗透和影响力的扩大并不能形成长期有效的阻碍。吸收借鉴网络的某些特点，也许是提升"注意力"的好办法，比如它的互动，它的链接，它的迅捷，它的开放公众话语权的准入门槛等等。尤其要深刻反思的是：我们的副刊是否与时俱进了，是否贴近了实际，是否贴近了生活，是否贴近了读者。而这些"贴近"，正是报纸副刊解决高高在上、钻入象之塔、严重脱离社会现实的弊病的良药，更是所凝聚的受众注意力的关节点。对此，我将另文阐述，此处不赘。

# 结　语

网络时期的报纸副刊确实面临着很大的困难和挑战，但同时也获得了较大的机遇和新的思路，发展空间还是有的。目前报纸副刊格局狭小，除了因为媒体竞争激烈的因素外，安于现状，缺少在网络时代大背景下对副刊如何发展的深层思考和战略眼光，是一个重要原因。相信这种情况不会持续太久。

（本文写于 2004 年）

书缘

# 怀念与老萨同行的日子

　　说起老萨，坊间想到的自然是萨达姆，学界则非萨义德莫属。这是再正常不过的推理，因为我所要说的老萨——萨特，已经在人们的视野中消失得太久了。

　　1980 年 4 月 15 日，萨特逝世。那时，我还差三个月就要结束中学学业，在《参考消息》上读到讣闻，就像获知弄堂里隔着好几个门牌号的邻居死掉的感觉一样，虽然无所谓"亲戚或余悲"，但若说"事不关己，高高挂起"，倒也不确，其中的一个重要节点是：萨特，曾经访问中国，出席过 1955 年的国庆观礼活动。在一个刚刚跨入成年人行列的人来说，这是对萨特产生好感的最重要的理由，因为他对中国友好。然而，这则讣闻又曲里拐弯地对他的"存在主义"颇有腹诽，这又使我觉得他的为人大概是很阴险的，在我们这些"阳光少年"看来，他的什么"主义"，就是宣传不要"向雷锋同志学习"，教唆咱们要自私自利。我们的这种单纯，是现在的青年所不具备的，所幸的是，这是一种不值得推崇的愚蠢的单纯。

没有人想知道老萨究竟想说什么，究竟说了些什么，我们都相信报纸上的说法不会错，我想许多人的想法应该和我的一致。萨特的"主义"被抽绎成为几条"他人即地狱""存在即合理"的语录，当然，谁会把它作为圣人的"语类"或者"传习录"呢？它只是一个标靶，供人射击的标靶。

1981年，柳鸣九先生编选的《萨特研究》出版，我没有成为第一批的拥有者，这只能说明我对于萨特的隔膜，或者坦率地说是因为我的无知。我手头的这本书，已是第二版，版权页上清楚地标明：1983年7月第二次印刷，印数7 001—37 000册。也就是说，1983年印了30 000册，是1981年的印数的四倍多。这两年当中究竟发生了什么，使得这部书名听上去像《怎样防止家畜生病》一样无趣的书的发行量如此飙升？原来这本冠以"研究"的文本（法国现当代文学研究资料丛刊之一），实际上却是一本"萨特作品精选本"。这和"文革"期间看"批判电影"有相近的趣味。只是，这还不是决定性，如果我记得不错的话，至少应该有三次意识形态上的"爱国卫生"运动——一次是反精神污染，一次是反资产阶级自由化，一次是人道主义和异化的讨论——无意中把萨特普及了一把。萨特被推到了风口浪尖上。事情往往就是那么滑稽。中国人民这样热烈而广泛地参与到对一个哲学家和一个哲学概念讨论，这萨特即使再活一次也要惊喜得死过去。而我作为一个大三学生，毫不犹豫地掏出2.35元（当时书价超过2元的书属于高消费品），并不说明自己有了哲学头脑，而在显示自己的前卫。李泽厚说："萨特热所表现的不是说人们对萨特有多少真正的了解，而是有萨特传来的那点信息所造成的。"真是恰如其分。老百姓从各种途径接受和消化萨特处世哲学的理念，而意识形态的主管者只凭萨特的几条"语录"就鸳谱乱点。当然，从此我们开始真正接触了萨特的作品，而不仅仅听人家的转述。其间，上海话剧舞台上居然出现了那部被作者认定"如未得到所在国共产党的同意，一律不予上演"的剧作——《肮脏的手》，真是不可思议。在沪大学生成了主力观众，成群结队，其中也有我。

1986 年，我的一个中学女同学即将到海外留学，临行前，她叫我到她家里，指着满屋子的东西让我随便挑选然后拿走。结果我很不争气地只拿了一本萨特的小说——《理智之年》。我想她大概很失望，因为此举不能与她对我过分的好感对等起来。但这本书确实是我最想要的东西。译者在译序中说，读者没有感到萨特把那些哲学上玄妙的东西稀释在小说中，而真正得到的，只是一些感受。我以为这种说法并不允当，于是写下了几千字的评论文章，毫不胆怯地投给了《读书》杂志。几个月后，编者来信，非常客气地说希望我能把这篇文章修改得通俗一点，然后再寄回去。但在我看来是嫌我写得太晦涩了或对方根本不懂萨特。在这种犹疑之中，自己丧失了修改的兴致，便将它束之高阁。回过头想想，因为要写文章，倒是促使我认真地读了一点萨特，对萨特产生了兴趣。然而这是唯一的一次。

1985 年，我以第一时间买到《萨特剧作选》，我没有把它看完；1987 年，在广东路上的一家书店面对两部砖头一样的书——萨特的《存在与虚无》和海德格尔的《存在与时间》，而我的荷包羞涩得只允许在两者选一时，我选择了萨特，事实上我和这本书的 37 000 名拥有者中的绝大多数人一样，差不多只看了导言部分就看不下去了；1993年 7 月，我从一家旧书店淘得早在 1989 年就出版了的萨特著作中最通俗的书——《词语》。我没看过一页，其时我已经和老萨说拜拜了，我买这部书，只想证明自己书架上的那一排萨特的著作当中不缺这本书，和现在小孩子收藏张国荣、梅艳芳的碟片一样，因为他们真正喜欢的是燕姿或杰伦。

有人说萨特的时代已经过去。是的，不仅仅是他的思想，还有他在金钱、荣誉、社会责任等方面特立独行和人格尊严。这才是让我真正怀念他的理由。

# 两家书店

读书好比结婚，买书好比恋爱，那么逛书店呢，对了，就是相亲。

从前相亲有几个经典的地方，如襄阳公园、大光明电影院门口。如法推理，我的"相亲"之所，应该是福州路上的古籍书店和上海书店，时间大概是20世纪70年代末。

其时，"四凶"刚剿灭不久，书店少有人光顾，古籍书店更是冷冷清清。记得它由东西两间房组成，东边的一间买些新书，西头的一间卖线装书旧平装，中间用一架屏风作为分隔区域。书架是不开放的，上面的书很少，倒是卖线装本和旧平装的那一间屋子有不少书，但绝不是四周都是书，记得西墙不设书架，用装饰板贴面。东西两间房中间各放一张大桌子，上面放着一些书。书的价格极低，一本《庄子》才5分钱，其他诸子差不多都是这个价。

最西的一开间，是收购处，一张清道人的法书挂在墙上，好像还有一张俞曲园的《枫桥夜泊》的拓片，橱窗里有几件古玩，常常引得好奇的读者驻足。

277

古籍书店的二楼（其实是假二层）是不开放的，做了办公室。但有一回我上去过，因为有个小规模的特价书展在上面举行。

我不大有经商的脑子，但在淘书上倒是有点眼光。中华书局、上海古籍出版社重版的那些国学基本丛书，一出就是几十本，而且出版周期长达十几年，我认定它们具有受用一辈子的价值，便以极大的耐心去收集。相信家藏中华版"二十四史"的人都有那种甘苦，我们从古籍书店一史一史地往家搬，甚至把乘车的钱都搭在了里面！我敢说，藏有这套书的人，绝大多数是进出古籍书店的常客。拥有如此稳定和固定的顾客的书店，除古籍书店外，没有第二家。曾经有一段时间，我在古籍书店附近处办公，几乎天天要到那里"报到"，庶几成了那里的"巡按使"。每天都有朋友到我办公室里歇脚讨茶喝，他们无一例外的已经去过"古籍"了。我家里有四只顶天立地的书架，被专门用来放置那些大师的著作，比如陈寅恪的"寒柳堂"、钱锺书的"管锥编"等，都是初版，什九是从古籍书店扛回来的。

一些老读者恐怕还记得，古籍书店的后门的一家石库门里，曾经做过单位的供应处。这里非常安静，新书也来得快，我喜欢到那里买书看书，后来与营业员熟了起来，成了朋友。这已经是80年代末90年代初的事了。

许多人以为古籍书店就是卖古籍的，吓得不敢入门，因此相对于其他书店，这里显得比较冷清安静。这当然是一种误解，其实它的社科类书籍相当齐全，商务版的"汉译世界名著丛书"，我从古籍书店里淘得不少。我喜欢这里宁静的气氛——一种有别于吵吵闹闹大卖场的气氛。这种喜欢，一直持续到现在，没有半点改变。

世事沧桑，古籍书店的经营范围和格局也在发生着变化，如今在它的二楼，你仍然可以闻见那种老"古籍味"。

"旧书不厌百回读，古砚微凹聚墨多。"杨瀚书写的一副对联被镌刻在了古籍书店门口，真是妥帖极了。我想，这种其他书店少有的书卷气，让人留恋。古籍书店是在我等爱书人身上赚了不少，但我要说，我们在那里得到了更多的东西。

到古籍书店的人，大概很少不去对面上海书店逛逛的。

我最初逛上海书店，也就是到古籍书店看书的时候。那时到上海书店的读者不很多，原因是旧书不多。其实说旧书不多也不确，上海书店在"文革"时收进的那么多旧书，足够放几个上海书店的，但这些书都属于"问题书"，不好公开出售。因为新版少，所以卖出的也少。

走进大堂，也是东西两间房，以当中的一座楼梯作为分隔的标志。东面的一间卖旧书，西面的一间卖杂志，西间靠门口的是收购处。其实上海书店是有专门收购处的，就在书店的西边。至于为什么收购处收缩到店堂里，我猜想是主事者出于出租房子的需要。

在90年代，上海书店的业务扩大，才把二楼的办公室让出来，做了营业大厅，不过它主要是卖一些特价书，不卖旧书。在特价书展最风光的时候，这里是书迷们喜欢来的地方，人们大捆大捆地提着特价书，呼啸而出，喜悦之情，溢于言表。

当时搞特价书，除了摆满书架，中间有一些桌子摊着一叠叠书。上午九点一到，久候在门外的读者，用百米冲刺的劲头争先恐后，三步两步，跨入店堂。我亲眼看见一位老先生张开双臂，扑在桌子的书堆上，大叫："都是我的！"

我在上海书店淘得不少书，这是确实的，因为我近水楼台，得天独厚。大概有三四年时间，我就在这幢楼的五楼办公，因此总要比一般读者来得便捷。

朋友们也都知道我的优势，他们有时会开一个单子给我，让替他们张罗书籍，我没有回绝过。大家都是爱书人，有共同的语言，聚在一起谈谈书，很开心。

这个时期，是我结识朋友最多的时期，大学教授、著名学者、编辑记者等等，夸张点说，都以和我订交为乐，说穿了，是因为他们有求于我。我想，这是上海书店给的面子。

我在上海书店淘到过两册旧版的《越缦堂读书记》，后来无偿提供给了一家出版社做了底本。也许这可以说是"取之于民，还之于民"，心里很踏实。

在上海书店淘书的这一段经历是令人难忘的，所有爱书者一定与我有同感。

感谢上海书店，希望它能在文化街上站得更牢。坚持上海书店的经营特色，你会觉得天地其实很宽广，真的。

# 完成了一个轮回

　　我和图书馆有点缘分。这句话听起来像是我很爱看书似的,其实不是那么回事。我的这个态度,比起有些娱乐明星或"相约星期六"里的少男少女,动辄标榜自己的业余爱好——"读书",要消极得多也诚实得多。我与图书馆打交道,很多时候是被动的:我才不愿意泡在那儿呢。

　　在读大学的时候,想把试考得好一点,我发狠心把中外文学史教科书上提到过的名著,一本接一本地读了一遍,为此,每天都得泡在学校图书馆里"用功",严寒酷暑,坚忍不拔,苦得不得了。工作之后,对于图书馆,当然敬而远之。为了少跑图书馆,我在20世纪80年代末和90年代初,按照"基本书目",就已把中外文化史上的重要典籍请到了家里。

　　20多年前,为编好《中国近代文学大系》,编委会要求所有文本,最好采自初版的出版物。有位主编先生,身在外埠,不能方便地查书找书(须知中国近代文学的载体,比如报纸、杂志等出版物,绝大部分在上海出版印制），便开具了一纸书目，让编辑部自行解决版本和付印文本。

起初，编辑部里除了我是二十多岁的小伙子，其他人都已七十开外了。像这类跑腿的事，非我莫属。于是我与上海图书馆的徐家汇藏书楼，有了一段难忘的亲密接触。

几乎，每天藏书楼一开门，我便第一个报到。选定一张靠窗的桌子，将想要查阅的出版物"调出"，有时堆得山高，考量它的版本流转情况。经过一段时间的摸索，形成了初步结果，专家认可后，便要转入下一步：录入。

录入两字，说起来很轻巧，但实际上不太容易。当时手头的那些文本，有一定的文物价值。藏书楼规定：只准手抄，不准复印。想想吧，那么多的文本需要逐字逐句、逐篇逐本地抄，谁有这个耐心？要知道那个时候，我还没摆脱"青春期躁动症"啊！当年鲁迅先生颇有心抄录古碑，要说他老早就想到不能让这一缕中华传统文化的香火湮灭，而且还要发扬光大，我敢说绝不是唯一的理由。那时候的鲁迅先生，在教育部干得不太得劲，和朱安女士也来不了电，有点苦闷，找点事做打发时间，很实在。我的情况比鲁迅先生好多了，至少有电影看，有音乐听，还有女朋友拍拖……居然做着他老人家同样的工作，觉得有点亏。和鲁迅先生不同的是，他业余，我专业；他消遣，我糊口；他愉快，我苦恼。但有一点相同，大家都在为保存中华传统文化做点事儿，只不过我的自觉性相对不足。

之前，我还从来没有每天趴在图书馆的同一张桌子上"看书"的经历，现在终于有点像在大英图书馆看书的马克思了。当然，我待得时间短，肯定"磨"不出脚下的"坑"。

就这样抄啊抄，在藏书楼里听晨钟闻暮鼓，抄了几十篇小说，总算告竣。

那时，和我一道在藏书楼里做"抄袭勾当"的，好像还有陈子善和丰一吟两先生，前者大约是在辑录周作人在"大报""亦报"的文章，后者恐怕在为编"丰子恺文集"作准备吧。

最让我郁闷的是，花了很大的气力，从《东方杂志》上把周瘦鹃译的高尔基一部小说抄录下来（据说是高尔基作品的首译）后的第二天，我到一所大学图书馆查阅资料，发现整套《东方杂志》影印本赫然列于架上，也就是说——复印无碍，差点没晕过去！

好在我们编的书，从图书馆里取回材料，加工后又卖给了图书馆，完成了一个轮回，没亏。

# 《大系》系我

正文兄以"我的第一本书"为题，命作一文。我大窘，盖因我虽然写过一些乱七八糟的文字，却从未裒为一集。我原是出版出身，老老脸皮印它一本集子，恐怕相对容易些，但总觉得没多大意思，所以出书的猴急感是从未有过的。眼下正文兄逼得紧，我无可逃遁，只得仿雍正帝改诏之法，弄成"我编的第一本书"以报命，不知正文兄能"恩准"否？

说起"我编的第一本书"，我想应该是《中国近代文学大系》。这里，我要乘机将与这部书有关的人和事说一说。

先说人。

当初策划和主持这部含12个专集30大卷共2 000万字的书编辑出版的，是范泉先生，他从前是永祥印书馆的总编辑，编过有名的《文艺春秋》和一些报纸，如《文汇报》《大美晚报》等。他从青海师大退休返沪，不甘寂寞，想重操旧业，编出一套有分量的书来，媲美赵家璧主编的《新文学大系》那样的书，使自己的编辑生涯有一个完美的终结。他是搞现代文学的，对近代文学不熟，所以请三个老朋友来帮忙，他们是，上海文艺出版社退休、正在古籍出版社帮忙的周劭先生；上海辞书出版社退休、《辞海》编委王知伊先生；上海古籍出版社退休的编审杨友仁先生。其时，他们四个人都已是七十二三岁的老人了，需要一个年轻人在做编辑的同时能兼跑腿的工作，这样，我便走进了这个编辑部。

范泉先生是个极顶真的人，做任何事一丝不苟，实为罕见。他精力过人，是个工作狂，跟他共事，绝对需要忍耐和毅力。为了沟通编辑部与编委和各主编之间的信息交流，他每两周编一份《编辑工作信息》，像模像样，连两张纸的装订及两个订书钉的位置都要求整齐划一。我现在编完稿，时常神经质地觉得有这样那样的错误或者不周到，恐怕与长期受范先生的教诲有直接的关系。他的敬业精神，已经影响和渗透到我的工作和生活之中了。周劭先生具有极高的古代文化修养，文章写得风流倜傥，他从前业律师，却奔走于林语堂门下，自称平生三大嗜好：抽烟、喝酒、写文章，有名士习气。我很喜欢他的行文风格，文白杂糅，从容不迫。他可以说是我写文章上的私淑老师，尽管我有大量的机会直接向他请益文章之道。王知伊先生是开明书店的老编辑，为人诚恳，谦逊而有主张，处理人事问题很有经验。他的特点是谨严，爱憎分明，乐于助人。他的两个公子有朋、有布，克绍箕裘，一个做了辞书社的图书馆馆长，一个做了译文社的领导，后来都成了我的好朋友。杨友仁先生是个散淡的人，好学不倦，但述而不作，他是个社会活动家，似乎跟谁都合得来，在他身上有着极浓重的旧文人习气，但对新事物的反应倒很快，不过摇头的比首肯的多，是个很有趣的人。我镇日跟他们在一起，自然也学到了一些东西，现在想起来，从他们那里听来的掌故，恐怕要比他们言传身教的编辑业务多得多。我之所以能以现在那样的编辑面目示人，与他们的影响不无关系。

知伊先生在《大系》编到一半时病逝，可谓"出师未捷身先死"；范先生在《大系》编竣几年后去世。在这之前的不多时，《中国近代文学大系》荣获国家出版方面的最高奖，他也算是克享盛誉，没什么遗憾了。我很怀念范、王两位先生，而周、杨两先生垂垂老矣，开始向九十挺进，他们仍然是我最要好的忘年交。

再说事。

我虽然忝列《中国近代文学大系》的编辑，更多的时候是充当一个跑腿的。《大系》的编委、主编虽然都是一时之选，但有些人工作起来，还是遇到不少困难，比如，《翻译文学集》的主编施蛰存先生，不良于行且耳聋，有一段时间，我差不多每周要去施宅二三次，传递信息，联系图书馆，提供资料；《小说集》主编之一的时萌，在近代文学方面下过很深的功夫，但他偏于常熟一隅，资料匮乏，他只好开个选目，而把所有编辑工作交我处理，我差不多就成了个"执行主编"的角色。那时，我三天两头往徐家汇的藏书楼去，因为藏书楼例不允许复印，我只得做抄书的勾当，作息时间与图书馆上下班时间同，与那里的工作人员也相熟起来。其时，陈子善兄为编周作人的文集、丰一吟女士为编丰子恺的文集，都在那里做艰苦的辑录钩沉工作，我经常见到他们。与他们不同的是，我不仅在为他人作嫁衣，同时还在为他人代劳。这一段的生活是很难忘的，我吃了足够的苦，耐了足够劳，但它对于我后来所形成的一套编辑思路和风格是起到过决定性的影响。

还有一件事我要特别地提一下，那就是在处理徐枕亚的《雪鸿泪史》时，我自以为是地把里边的一句"狠如羊"的话，改成"狠如狼"了。因为我想，从前出版业不发达，手民误植的事司空见惯，且"狠如羊"于义理上也讲不通。后来我看到一篇考据文章，专门讲这个词，说是从前的羊是很凶残的。

其实《史记》上也有这个词，原作"很如羊"。后人随意修改，于是变成"狠如羊"了，意思并不通。有人考证说，很，亦可作"不顺从"，"犟"，"倔"解，这样就通了。可见我读书不细，不多，想当然更是要不得，误导了读者。从此以后，只要一想起这件事，我就好像林教头的脸被刺了字一样地不舒服。现在，熟悉我的同事也许都知道我喜欢查辞书，我想这得"归咎"于我曾经受过的这个刺激。

# 放诞：文人的另一面

常常，文人也并不全是"文质彬彬"的，这丝毫不意味着一定要趋向"文"的另一端——"武"——或舞刀赶棒，或弯弓射雕，而是现出那样的一种情态：放诞。这放诞，大概即狂放中加些微怪诞的意思了。举止放诞的文人，多半有非凡的才智，他们向往精神上的自由自在，仰慕人格上的超迈拔俗，追求形体上的无拘无束。可是，人们对于文人的放诞，总是颇有微词。晋代的文豪阮籍，是其中被人议论较多的一个。

刘义庆《世说新语》："阮籍遭母丧，在晋文王坐进酒肉。……籍饮啖不辍，神色自若。"又："阮籍当葬母，蒸一肥豚，饮酒二斗，然后归诀……"邓粲《晋纪》："籍母将死，与人围棋如故，对者求止，籍不肯，留与决赌。既而饮酒三斗，举声一号，呕血数升，废顿久之。"

阮籍的上述所作所为，无论在古人还是今人看来，都算得上"放诞"了。可晚清名士李慈铭却很为他抱不平，认为阮有至慎之称，文藻斐然，性当不远，晦迹尚通，何至闻母死而留棋决赌，临葬母而饮酒烹豚？一定是八达之徒，沈溺下流，妄诬先达。断言："邓粲所纪，《世说》所贩，深为害理，贻误后人。"慈铭学问好，书也读得多，但这回却把书读"死"了。他的差处，在于用"理"而不是用"史"的眼光来打量这事。他的同乡后辈鲁迅则看得分明，说：曹操司马懿何尝是著名的孝子，不过将"不孝"的名义，加罪于反对自己的人罢了，"于是老实人以为如此利用，亵渎了孔教，不平之极，无计可施，激而变成不读礼教，不信礼数，甚至于反对孔教——但其实不过是态度，至于他们的本心，恐怕倒是相信礼教，当作宝贝，比曹操司马懿要迂执得多"。阮籍可能就是这种"老实人"。至少可见得他的"放诞"，并不是别人虚构，而且能曲折地映射出其深刻的历史背景。说来令人难以置信，孔教的创始人孔子居然很欣赏文人的放诞。他的两个弟子琴张和曾皙，在莫逆之友临丧时，竟放喉歌唱。孔子却称赞他们"有志而不掩其行"。相反，对取媚于世者，则以为"过我门而不入我室，我无憾焉"。他取舍的态度是那样地明朗。另据《孔子家语》载，孔子重丧仍旧赴宴。看来，孔子当是文人放诞的先驱了。

翻开一部文学史，放诞的文人还不少呢。李白，贺知章说他"性放旷，言论倜傥，晚年尤加纵诞，无复规检，自号四明狂客"；苏轼，"老夫聊发少年狂，左牵黄，右擎苍"，俨然一副轻薄少年相；龚自珍，为人简傲，不喜治生，急得好友魏源写信劝他"苟不择而施，则于明哲保身之谊，深恐有关"云云。然而这三人，正是中国诗史上最了不起的人物！此又作何解释？林语堂以为"这个世界太严肃了，因为太严肃，所以必须有一种智慧和欢乐的哲学以为调剂"。也许，文人的"放诞"，与这种哲学有点瓜葛吧。其实，严肃的文人，又何尝没有那一刹那"放诞"的体验！如果用心理分析的话说，只不过是更多地受着"意识的检查"罢了。杜工部的生活虽然严谨得要命，可不也有"酒肉如山又一时"，"楼头吃酒楼下卧"的经历？钱玄同治学一丝不苟，却厌烦批阅考卷，一而再、再而三地拒绝阅卷，最后闹到把卷子和薪水一起退给校方的地步。无独有偶，"住家和尚"周作人，外表冲和理性，但据金克木回忆，周阅卷不用手，竟是用脚来踢！对于他们，可入"文人的放诞"一类，而不能视为"放诞的文人"。

总而言之，文人的放诞，既不是一种价值取向，也不是一种道德尺度，而是个性特征与特定环境之间冲撞的产物。还是 D. H. 劳伦斯比喻得妙："拉磨的驴子从这个方向走，可以把粮食碾出来，换个方向，则可能将粮食踩进泥里。"文人的放诞，很可能就是那么一回事。

# 告别矫情

如果有闲情，你不妨把文人身上最令人难受的德性细细地推究一番，或许会获得一点发现的乐趣：以前所有的"文人刻薄""文人相轻"之类，都不算太坏，而那种叫做"矫情"的玩意儿，却着实够呛。"矫情"一词，一名"不自然"，俗称"做作"。

大致地说，文人最大的愉快，莫过于自己的意见得以发表。文学是人学，是心学，也是情学。写文章不是需要"情"么？对，没有感情的投入，假使已经铺纸握管，也万难措辞，无从下手。感情处于癫狂状态，理智被吞没，我们即便不能从中读出伟大，至少可以感觉生命的冲动和精力的扩张，欣赏到一种人性的真实，得到一份审美的快感。相反，感情衰退、苍白，以致要倚重矫饰，因而失去本色的文人，其为人、为文，都不足观了。《老残游记》叙老残走江湖跑到黄河边，对景兴起，作诗题壁，朋友在旁"撬边"叫好，可大字不识一个的"应召女郎"翠环并不买账，约略说："我在二十里铺的时候，也常有客人题诗在墙的，我最喜欢请他们讲给我听。听来听去，无非说那个姐儿同他怎么样恩爱。我有一回发了傻性子，去问了问，那个姐儿说： 他住了一夜就麻烦了一夜，天明问他讨数两银子体己，他就抹下脸来，乱嚷：'我正账昨儿晚上就开发了！'那姐儿再三央告：'正账的钱全是领家的妈、店伙、掌柜的拿去。'他给了二百钱、一个小串子，望地下一摔，还要撅着嘴说：'你们这些强盗婊子，真不是东西！混账忘八蛋！'你想有恩情没有？因此，我想，做诗这件事是很没意思的，不过造些谣言罢了。"这话虽出自妓女之口，实在骂得痛快！可见矫情的文人在人们心目中的分量了。幸亏老残毕竟"老"，且善于"补残"，只一句"各师父各传授，各把戏各变手，我们师父传我们的时候，不是这个传法，所以不同"的妙语，就轻轻地把自己开脱了，然而，正不知有多少矫情的文人，还在这"情"字上变着怎样的戏法呢。"君行殊不返，我饰为谁荣。炉薰阖不用，镜匣上尘生。嘉肴既忘御，旨酒亦常停。"读着上述由那些善为"艳体"的文人所挖空心思苦吟出来的诗句，你能相信这是他窝在心里，搁不住，自然而然地流露出来的？倒是民间传唱的"弗来弗往弗思量，来来往往挂肝肠。好似黄柏皮做子酒儿，呷来腹中阴落落，生吞蟛蜞蟹爬肠"的山歌，恐怕更能博得读者那一丝会心的微笑吧。

仿佛是这样，矫情，作为一种姿态，除了填补无聊和空虚外，还是一种切合文人身份的需要： 期望上升到某一层次的文人，往往会故作惊人之态，来求得世人的瞩目、认同。晋代的王恭，肚子里的货色很有限，然好做名士，他的诀窍是："名士不必须奇才，但使常得无事，痛饮酒，熟读《离骚》。"现代文坛上的"凤辣子"苏雪林，鲁迅从未开罪过她，她竟无端地对鲁迅进行恶毒的人身攻击，连胡适也觉她太过分了。个中原因，无非要取悦鲁迅的论敌，或者不甘沉寂，以引起轰动效应，揽个"反鲁健将"的虚名而已。另有一种情况，即：有声名之累的文人，明明才情已近于被掏空，总要装腔作势地小心保护自己的良好感觉和形象。曾朴笔下的李纯客，遇到文人雅集，没有"十二道金牌"请不来他，实际上他早就神往极了，不过卖个关子，好教人家掂量一下"文章魁首，士子班头"的价码罢了。同样，享有世界声誉的英国大诗人叶芝，他的"像演戏似"的自诵活动以及"矫揉做作的打扮"，使得对他极为佩服的茨威格也颇感"不足"。具有讽刺意味的是，对功成名就的文人来说，拒绝矫情，似乎比再写一部杰作难得多。

在商品经济大潮的冲击下，耐不住寂寞的文人纷纷转向，从事卖座的通俗作品创作，这本来是一次选择和调整，无可责难。偏偏他或她，绝不承认自己的"通俗"，竭力为自己的新派"纯文学"辩解。无疑，那将成为矫情功利化最不幸的明证，道德面临式微的境地，文人自身悲剧性的结局可能不请自来。

平心而论，矫情只是全部人性中的一个侧面，作为一种缺陷，并不算太坏。但就文人而言，则不能作如是观，因为他的读者，是那些把铅字真当一回事、把文人看作是道德化身的真诚的人。于是，我们是否可以说：该告别了，矫情？！

# 文人无奈

都说"文人无行"，殊不知文人也很无奈的。

不错，拔山扛鼎的壮士，一掷千金的豪客，比翼连理的恋人等等，是在文人的著作中站着，然而，却不必看作是文人的自叙传，相反，有时正要倒过来论。屠格涅夫是写情老手，但在生活里，他对恋爱学始终只是个门外汉。写武侠小说的，多少夹点侠骨柔肠，除了平江不肖生，对技击一道有两下子的也太少了。至于穷文人写阔手笔的，又太多了。大概正因为文人在某方面诸多无奈，只能在想象中讨生活了。说得好听点，这叫"移情"；难听的，干脆是"画饼充饥"。

声色犬马、丑诋私敌之类，文人一沾边，便犯了"无行"，自然没得话讲。但，"无行"中藏着万般无奈，又有谁晓得？《三国演义》里的陆绩，到袁术家做客，主人请吃橘子，他想到老娘爱吃这玩艺儿而自己无力购买，无奈之下，往怀里揣了几个。诸葛亮不谅，以为这是"无行"，于是在大庭广众面前兜了陆的老底。也许卧龙先生很是自得，我倒觉得他这一手实在不高明。秋风怒号，把杜甫草屋上的三重茅刮了下来，邻家顽童顺手牵羊，老头一发急，骂了几声"贼骨头"，便有人说这是大欺小，无行啊，连他的"立场"也成问题了。"日啖荔枝三百颗，不辞长做岭南人"，不是苏东坡的句子吗？好事者的眼里竟看出了"文人无行"：贪嘴而乐不思蜀，消极堕落。只不知苏大胡子被贬黜后，一腔无奈该向哪个去诉说！幸亏有了"秀才遇着兵，有理说不清"这样一句极熟极俗的话，才真正道尽了文人不被尊重的无奈心境。设想"秀才遇着女人"，是不是要"无行"呢？我不敢说，但可以肯定，倘若遇着慈禧太后或赛二爷一类，总是无奈的多。邓之诚《骨董琐记》中记汪悔翁，著述几十种，与老婆关系处不好，夫妇勃谿，悔翁被骂得狗血喷头，却无力反击，只能流着泪，偷偷地在小本子上数了悍妇几十条罪状，算是回骂、泄忿。可见文人无奈的程度了。

扯远了，援古证今就显得虚空，那好，就说近的。毕修勺先生是翻译左拉作品的专家，家里译稿堆积如山，无奈不能出版，听凭虫噬霉烂。文人圈无不同情，也只能叹一声"无奈"。不才如我，扳起渊源，算是他的再传弟子，又与出版界有点瓜葛，很想尽力，终归无奈。又是无奈！

因此，说到文人，恐怕还是少提提"无行"，多想想"无奈"的好，我以为。

# 文人尖刻闲话

文人的能耐，差不多就在于会摇几下笔杆。因为一代文宗袁子才说过"为人贵直，为文贵曲"的话，大家觉得有道理，遇见不入眼的，明朗肚里要骂娘，却不肯大白话直笔笔地说出。于是，落在纸面上，只能写点"不三不四"的文章，发些"不阴不阳"议论。不想，竟得着了"文人尖刻"的徽号。

沈归愚选诗，讲究的是"温柔敦厚"，结果把诗家的棱棱角角磨了个净尽。对他这种做法，摇头的就不在少数。如把话说绝了，不尖刻的文人是没有的。它不为文人所专擅，却是文人的特质之一。放大些，是话含机锋；再大些，是心有睿智。不过这有条件：心要正；有界限：莫名的村骂和无聊的挖苦，不是"文人的尖刻"，而是虚妄，不在此例。

华盛顿·欧文算是美国文学之父的，有了这资格，他对新进士就不大客气，寒碜得厉害，可见之于他的《旅行述异·文家生活》，不妨抄一段：

"酒罢，别趋一室，饮咖啡。其中尚有余人不与席而但啜茗者。此等人盖能为小书，以蓝布作书帙者是也。其人一见股东，则肃然如敬父兄，而又尽礼于股东之夫人，且亲近其孺子。然此尚有胆干者，若猖懅之人，则合三数人挤立屋隅，或侧身偷眼翻琴台之谱，数页即止。而案上谈吐生风者，仍为二首座之人。此二人即坐股东夫人之左右，语语承迎夫人，道夫人懿美。……"

这里的"股东"，即现在所谓的"出版商"。翻译者林琴南是不通外国语文的，是否添油加醋就不知道了，也懒得查原著。妙在他的一句批语："天下亦断不能无此种人也，无此种人以点缀，则亦不成其为世界。"点缀谁？是功成名就的欧文，还是稿酬累万的林琴南？饥溺不能关心，倒过来还加以嘲讽，欧、林两氏实际上并不能"尖刻"，而是无聊。

在新文化运动中，胡适是很出风头的。老派的章士钊酸溜溜地影射胡有"领袖欲"。胡还其一矢，说章"不甘心落魄""立志要做落伍者的首领"，所以要反对新文化。这种缺少风度的针芒相向，似乎离"尖刻"远，离"对骂"近，不可取。

说到可取，现成就有一例。"狂飙社"中坚高长虹对许广平患着单相思，不成，迁怒于鲁迅："我对于鲁迅先生曾献过最大的让步，不只是思想上，而且是生活上。"恶意攻击使鲁迅终于挥起如椽之笔道："因为他是天才而且革命家，许多女性都渴仰到五体投地。他只要说'来！'便都飞奔过去了，你的当然也在内。但他不说'来！'所以你得有现在的爱人，那自然也是他赏赐你的。"高受此一击，便无地自容。说鲁迅这话不尖刻，是为尊者讳，没道理。话还得说回来，像这样的绝活，是只有高智商的文人才能办的。

真的，"文人尖刻"也很不容易咧。

# 一间自己的屋子

作家卖稿，也买书，只"出"不"进"的，还真没听说过。郁达夫《自况》云："绝交流俗因耽懒，出卖文章为买书。"这，该是爱书人的一幅绝妙的自画像了。

说起作家，操觚写文章自是当行拿手，倘若一头撞进了坊间，全变做红了眼的"杀手"！旧时北京的厂甸、上海的四马路、天津的劝业场和南京的夫子庙，无一不是他们麇集出没的地方。书到人到，好书为之尽。嗅觉之灵，脚头之勤，缠劲之足，叹为观止。缘于此，钱玄同有"厂甸巡阅使"的美称，鲁迅每年的书账达千元，钱穆5年中购书5万册，至于阿英、郑振铎，竟是以藏书家名掩盖了文名。这样一大摞一大捆地往回搬，总不见得用来支床或一丢了事，咋办？阔佬巨贾替飞鸟走狗筑室，太太小姐为宝钿金钗安家，那么作家为心爱的书籍弄个置身之处，大概不过分吧。于是，他有了一间自己的屋子——书房。

在一切的房间中，与人的基本生活条件最不沾边的，是书房。论吃，不及厨房餐厅；论住，不若卧室客堂，然而它却是作家最爱"孵"

的所在。心目中的书房，无需漂亮的装潢和齐全的设施，甚至像卧室的舒适、客堂的典雅、餐厅的洁净之类，都不必太讲究的，只要有书，不，好书。晚唐作家皮日休就认为："唯书有色，艳于西子；唯文有华，秀于百卉。"他自豪地说："家资是何物，积帙列梁栿。案头见蠹鱼，犹胜凡俦侣。"这样说，难免有人不服气：同样地坐拥书城，图书馆和书房的意境不是一样吗？此话有理，但也不尽然。且不说清代作家何维栋所欣赏的"孤馆青帘，名山绛帐，糖荔蒌边，藜燃阁上，左有《汉书》，右有斗酒"的那份闲情，是只在自家书房才有，即如许多作家在读书时"读到精彩处高声叫绝，读到开心处鼓掌狂笑，读到悲愤处拍案而起，读到哀怨处痛哭流涕"的那种况味，也很难在自家书房以外的地方尝到。正因如此，闻一多喜欢把自己关在书房里，以致别人戏言他是"何妨一下楼主人"，也不以为忤。

一间好的书房，应该使厌学者感到乏味、狂妄者觉得惭愧、求知者如堕爱河、好学者似老饕食不厌精。它的主人应当是生活的创造者，也是知识的传播者。作家不就是这样的人么？

曾经看过《读书》杂志上刊登许国璋、吕叔湘等名家的书房小影，可谓各有千秋。大致地说，作家的书房可分"治"与"乱"两大流派。治者如周作人的书房，有条不紊，一尘不染，清清爽爽。书是那样的整齐，不但一类类的分得很清，而且绝对没有高低不齐或者倾斜。主人读书写作，必是正襟危坐；乱者如周贻白的书房，桌上横七竖八地摊满了书，还有小纸条、碎纸片。他穿着一件浴衣，赤脚拖着鞋皮，振笔疾书，写他的戏剧史；两三只小猫在参考书或稿纸上爬来爬去，他非但不嗔喝，反而用手去抚摸它们。不管是"治"还是"乱"，作家对书房的感情都是那样的真挚深厚，乃至把它看作是生命的一部分，虽然表达这种感情的方式也很不相同：陈寅恪把自己最欣赏的才女柳如是所作一首词的词调和题目作为书斋名；茅盾喜爱在书房会客；胡适的书房只允许极少数好友进入；翻译家朱雯称自己"是一个身无长物的人"，但"那小小的书室，却是一笔最可珍贵的财宝"。其中，以法国著名散文家蒙田对书房的见解最有意思："书房就是我的王国。我试图实行绝对的统治，使这个小天地不受夫妻、父子、亲友之间来往的影响。在别处，我的权威只停留在口头上，实际并不可靠。有一种人，就在自己家里也身不由己，没有可安排之处，甚至无处躲藏。我认为这种人是很可怜的。"这是趣话，也是实话。

由此看来，对于作家而言，书房就是"一间自己的屋子"，实在一点不错。

# 作家与客厅

"作家，就是坐在家里的。"这话够幽默，即便带点刺，也无碍。作家的职业特征不是让它抓着了吗？但坐在家里总还有采访者、约稿者、崇拜者、通音讯者乃至告贷者接踵而至。于是，所有文人都存了一个念头，那就是家中最好是有个客厅。

客厅之于作家，虽不若笔和纸，须臾不可去身，但也不会显得多余。杜工部是寒士，却好客："竟日淹留佳客坐，百年粗粝腐儒餐。"可见到了草庐茅椽的境地，客厅还是要的。从前西方时兴"沙龙文学"，实际上就是"客厅文学"。没有福楼拜的客厅，就不存在"短篇之王"的莫泊桑，而乔治桑的客厅，又煽起过多少有才华的作家的创作激情！

诗有诗格，文有文心，客厅则有"眼"，作家的风致神韵，有时恰恰就在这阿堵之中了。例如，有人就这样描述过周作人还是在当"隐士"时的客厅："其风格和主人公一模一样，整整齐齐，清清爽爽，处处无纤尘。墙壁和地板，有一种日本式的西雅趣。陈设是考究的，而

302

且，桌椅或装饰品，不多不少，恰到好处。这里一个坐垫，那里一个靠枕，又添了舒适之感。"每当读到这段文字，我就疑心：他恐怕是太欣赏这种"雅趣"了，以致山河破碎时，竟不能"隐"下去，而去做了"叛徒"。和他相比，鲁迅的便逊色多了："海婴公子的玩具橱也站在客厅里，里边是些毛猴子，橡皮人，火车汽车之类……过新年时在街上买的兔子灯，纸毛上已经落了灰尘了，仍摆在玩具橱顶上。"把玩具请进客厅，这是"俗"，并能"俗"到底，也就正好为鲁迅的"孺子牛"作注解，从而就能把握他何以"横眉冷对"的底蕴了。能爱能憎，在"雅士"那里是很难办到的。

凡客厅，空空四壁是不行的。只要不摆谱、不矫情、不做作，点缀一些、装饰一些、甚至炫耀一些，都无伤大雅。文山尺树，寸马豆人，总要求其相称：与身份相称，与专业相称，与性情相称。钱仲联教授的客厅，高张陈石遗的题匾和夏敬观的扇画，这一切似乎在暗示主人与近代文学的因缘；王元化先生的客厅一隅，放着一对精致的牛角，是初民的饰品，在这里焕发出强烈的现代感；红学家端木蕻良的客厅陈设，古色古香，使人联想起怡红院或潇湘馆。

不过话又说回来，凡作家都较偏爱客厅，但在他们的笔下，则对于客厅又没有太多的好感了，至少在他们的作品里是如此。茅盾笔下的客厅，是资本家们尔虞我诈的渊薮；萨特笔下的客厅，则弥漫着"他人即地狱"的哀鸣。可见世上之事就这么奇怪，有时矛盾到都无法细想下去。作家尤其是这样，谁教他们是"坐在家里"的呢？

# 方向感

苏浙一带尤其是上海人喜欢拿"东方"两字颜其居名其业,比如东方商厦、东方明珠等,以其地处祖国之东也;两广等地则以"南方"自居,故"南方"当头字的单位遍地,如南方高科、南方日报等;与之相对应,秦岭－淮河以北地区,为中国的北方,那里的人自然多"北方"意识,北方文艺出版社、北方航空等企事业,都以"北方"相标榜。照理说,我们应该还有一个"西方"的概念,事实上我没有听说过有以"西方"冠名的机构,想来是为了回避另一个"西方"的缘故,所以人们用"西部"代之,无论从哪个角度看,"方向感"都很强。

北京坐落于华北,但那里的"东方"色彩颇浓,中央电视台有"东方时空""东方之子",人民出版社的副牌是"东方出版社"。此间的"东方"就不能理解为"国之东"了,应该是指代"中国"。"中国屹立于世界的东方",这是众所周知的。上海有家出版社叫"东方出版中心",听上去口气很大,但知道它背景的人都不会觉得有什么不妥,因为它是一家国家级出版社的一个分支。

从地缘文化的角度说，所谓"东西方文化"中的东方，就不仅仅指中国，而是和欧洲文化相对应的亚洲文化，其中伊斯兰教和佛教文化是东方文化的主要代表。冷战时期，有"东西方"对峙的说法，这里的"东西方"主要是指当时"北约"（西欧）和"华约"（东欧）的军事抗衡。阿·克里斯蒂《东方快车上的谋杀案》，其"东方"的意思，是从法国巴黎开往罗马尼亚朱而朱，谁也不会认为列车是开往亚洲乃至中国的。这点常识，一般人还是有的。

　　龚自珍自称"好西方之学"，有人因为他是近代中国伟大的思想启蒙者，便想当然地认为他倾心于"西学"，其实这是望文生义。龚之所好，乃在佛学，盖因印度在中土之西，和《西游记》之"西"，是一个意思。

　　前些时候，经济学者周洛华兄为其业师张幼文教授的著作撰写书评时，对出版社取名"远东"颇多腹诽，不明白为什么要起这样一个带有"欧洲中心"色彩的名字。据他说，其祖父周谷城一生从不承认英国是世界的中心，也不接受中国位于远东的概念。我看了之后很吃惊，说实话，我对"远东"一词的感觉是麻木的，真是惭愧。后来我借助网上搜索引擎，查得以"远东"为关键词的词条竟有近 30 万条！

　　看来，一向很有方向感的国人，在这个问题上倒是有点失去"方向"了。

# 风　度

有一阵子，坊间有部叫《民国风度》的书相当流行，我不曾买来看过，只是从一些报纸文摘版上读到若干。风度这个词，中性偏褒。我们常常说某某有风度或没有风度，而不说什么"坏风度"，就可以说明一切了。

民国风度。什么情况？看字面很难想象。民国这几十年，对于中华民族来说，多灾多难，若说风云还差不多，说风度，那就有点"不生孩子不知道肚子疼"了。也许作者是截取了这个历史阶段当中的某个侧面？一查，果然，涉的大多是知识界、文化界的事情。

现在，我们可以说这样一句话了：民国时期文化的繁荣和成就，是空前的（也许未必绝后）。其标志，是大师辈出，名著云集。之所以有这种结果，我以为是争鸣和包容的风气盛行起了决定性的作用。如果只是争鸣而缺少包容，等于一直在打架，不是此鼻青就是彼眼肿，更谈不上擦亮智慧之光了；如果只是包容而缺少争鸣，那就仿佛驴子拉磨，原地踏步，没有去芜存菁的过程，得了肥胖症，怎么推动文化的发展。所谓民国风度，应该是指那些为繁荣那个时代学术文化的人们身上所体现出的精神气质——既服膺真理，又包容异端。

在有些人的印象里，鲁迅的心胸有点"褊狭"，好辩。但有一件事，现在的人极难做到。20 世纪 20 年代中期，陈西滢道听途说，指鲁迅《中国小说史略》"整大本的剽窃"了日本盐谷温的著作。鲁迅予以反驳："盐谷氏的书，确是我的参考书之一，我的《小说史略》二十八篇的第二篇，是根据它的，还有论《红楼梦》的几点和一张'贾氏系图'，也是根据它的，但不过是大意，次序和意见就很不同。"说得清清爽爽。事实上，盐谷温的《支那文学概论讲话》涉及小说的部分只有 5 000 字，而鲁迅《中国小说史略》约有 12 万字，孰是孰非是很容易判断的（最最有趣的是盐谷温 20 年代末还拿了鲁迅的《中国小说史略》在东京帝大讲授中国小说史）。倘在现在，已经爆得像鲁迅那样大名的人该怎样做呢？自然先是痛骂，然后就是打官司，因为胜算太大了。然而鲁迅没有这样做，因为他自信在这方面自有比法官更内行更有发言权的人，不认为司法手段可以完全解决笔墨官司。也许那个时代的人还记得蒙田的一句话："我们的法律只给我们伸出一只手，而且还是左手。"（蒙田时代认为左手较右手差）所以，笔墨官司笔墨打，这是那一代人的共识，鲜有对簿公堂，就是这个道理。1935 年，也就是鲁迅被人"构陷"后的第十年，日译《中国小说史略》出版，鲁迅才在《且介亭杂文二集后记》中提到："现在盐谷教授的书早有中译，我的也有了日译，两国的读者，有目共见，有谁指出我的'剽窃'来呢？呜呼，'男盗女娼'，是人间大可耻事，我负了十年'剽窃'的恶名，现在总算可以卸下……"

倘若一个人，或者是一对论敌，都以为自己手上有一把可以开得了锁的钥匙，又何必去找对锁一窍不通的铁匠把锁砸开呢？

风度很可贵，自信更重要。

若说鲁迅甘于唾面自干，是个给人打了右脸之后还要把左脸转过去让人打的人，那是闭着眼说瞎话。

当年，梁实秋冷嘲鲁迅"拿卢布"（暗指替苏共张目），鲁迅则热讽梁实秋是"资本家的'乏'走狗"，双方剑拔弩张，毫不客气，按现在的尺寸，可能要缠上了"诽谤罪"和"侵犯名誉罪"，怎么没见他们嚷着要打官司？是他们的法律意识不强？以他们的身份和人脉关系而言，动用"朝里人"的关系以行政手段来干预也不是件难事。可是，他们没有这么做。坊间传说的伏尔泰"我不赞成你说的话，但我拼死命拥护你说你的话的自由"这句话，是那个时代的学人恪守的游戏规则。正因为如此，他们才会有让我们欣赏的风度——如今纠结于名利场上的人绝对看不懂的风度。

# 批评家的气度

先讲一段文人旧事。

话说当年清华国学研究所除四大导师外，还坐镇着一位德高望重的大学者——林宰平。据说他起初撰文对另一位大学问家金岳霖之《论道》据理驳辩，措词严厉。有人见了，便问他："这样写，是否语气有点尖锐？"林未置可否。过了一段时间，他拿出另一稿本示人，语气与前稿迥异，且凡书中精辟可取处一一表而出之。前后两稿似不出自同一人之手。林说："初稿不免感情用事。龙荪（金岳霖的表字）学养功深，不宜一笔抹杀。若非足下提及，几铸大错。古人说'下笔令人惭'，信非虚言！"

这则轶事，有趣的成分恐怕很少，然它留给我们思考的空间却很大。在宰老身上，当然有可供后人警戒的教训，但更重要的，是令我们领悟到什么是一个真正的批评家应有的气度。

文化人之间，磕磕碰碰本是常事，而说到气度，似乎针对受批评的一方居多。确实，挨批的滋味不好受，人的自尊和所谓的"气度"总是很难亲和。但我以为，批评家本身恐怕也要有点"气度"。具体来说，在不牺牲原则的前提下，它要求爱人以德，不要予人脸色。批评的目的在于辨是非明事理，是助人而非"杀"人，既如此，得饶人处且饶人，不必把话说绝，此其一；存宽容之心，要允许有异己的思想存在，"己还所不欲为，勿施于人"，不感情用事，此其二；对那些尚不明朗、有待时间考验的文化现象，要沉得住气，有耐心，保持适当的距离（距离产生真知），此其三，也是最重要的。

现在各种传媒机构有了长足的发展，为批评家提供了很多阵地，批评家队伍也逐渐壮大。可令人不安的是，不少批评家尤其是通俗文化的批评家如影评人、乐评人等，似乎缺少一点气度。他们急功近利，以抢新闻的方式抢评论，生怕自己那点可怜的"思想"让别人说了去，专了利，而且下笔尖刻狠毒，结果导致捉襟见肘、隔靴搔痒、伤心丧气的现象层出不穷。比如当初钢琴热、散文热、流行音乐热兴起时，讥之曰"附庸风雅"者有之，讽以"短寿"者有之，大肆攻击者有之，但事实胜于雄辩，如钢琴热等非但没被批倒，相反正朝着健康的方向发展。这种教训很多，值得那些至今还活跃在文化批评论坛上的浮躁批评家们深思。

其实，真正好的批评，其价值不仅仅在于时（及时），更多地在于效（准确、效力）。周作人评郁达夫《沉沦》、傅雷评张爱玲、夏承焘评钱锺书《宋诗选注》，那么多年过去了，依然闪烁着知性的光芒，其中的道理说起来也很简单：他们有真正的批评家的气度！

# 咬嚼与学问

　　余秋雨、金文明两位先生之间的笔仗，引起社会广泛的关注，孰是孰非，相信自有公论。不过，这场论争倒也促使我们去思考和廓清一些问题。

　　从余秋雨反驳金文明的文章里，我们依稀可以感觉得到他对于"咬文嚼字"作为一种学习或研究的方法的不以为然，他甚至在回复青年朋友的信中也婉转地表达了这个意思。以秋雨教授的身份和学养，提出这样的看法，是一点问题也没有的。私心所愿，秋雨教授对于"咬文嚼字"的不满，仅仅限于"金文明式"的，而不是全部。只是，对于那些敬崇秋雨教授的人来说，会不会误读秋雨教授的话，以为"咬文嚼字"就是这样的"琐碎"又"狰狞"，因此不屑于"咬文嚼字"，转而去做学力不逮却自以为"大一点的文化课题"？——这或许是我的杞忧。

　　最近在本地的一张倡导读书的报纸上读到几篇"呼应"秋雨教授的文章，深感我的"杞忧"不是一点道理也没有。其中一位写道："既然有人坚决认定三乘八等于二十五，你何必再去论证'三八二十四'？""尽管指谬在前……也不必大惊小怪，连连咄咄。这样较真，使人想起明朝那些大臣，冒着廷杖的危险而'谏'，挨廷杖之后仍愚忠地'谏'。"另一位则写道："大家都不容易，那么急匆匆赶路，去抓些什么占有些什么，忙中出错，漏下些什么妄添些什么，那不是太正常的事吗？"……一言以蔽之：不必顶真。

这算什么话！

# 玩《周易》

汉字真是不可思议，表现力那么强，又那么地富有弹性。就拿一个"搞"字来说，"搞饭吃""搞对象""搞科研"，无不妥帖，尽得风流。现在，恐怕终于要让位于一个"玩"字了。"玩股票""玩文章""玩电影"，到处是"玩"。某君研究的是一门高深的学问，路遇之，我向他道乏。不料对方只淡淡地一笑："哪里，玩玩罢了。"吓！学问也可以"玩"了。这一"玩"，在我的心目中，他的形象一下子高大起来。你想，用一种超然、轻松的态度来从事某种绝学的研究，还不让人钦羡么？由此而犯疑的是，为什么那些"卷入"《周易》热中的人，就没有标榜"玩《周易》"的？至少我的所见所闻就是这样。

朋友P君，业编辑，对《周易》颇有心得，不久前应邀赴"文王拘而演《周易》"之地出席"易学"盛会。果然是"天下英雄，尽人彀中"了，不远万里、自掏腰包的也不少。P君大开眼界。逢到饭局开张，餐厅里二十多张大圆台面就像二十多张太极图晾在那儿，两百多双筷子如同卦爻符号般扑朔迷离。休息时，不断地有人挟着"成果"

313

到 P 君房间串门，洽谈出版事宜，户限为穿。如某公认为，物质世界并非由电子、质子之类连小孩子都懂的东西组成，而是由他所发现的什么"子"构成。又如某公，自称发现了千百年来研究《周易》的人都没有发现的一处大错误。大家都不太明白，只得放下架子请他"点拨点拨"。他竟甩下一句："你们连这个都不懂？不和你们讲了！"拂袖而去。再如某公，说经多年研究，研究出了一种"预测绝方"，灵不灵当场试验。结果，说"惭愧"的不是"预测家"，而是 P 君——根本上是牛头不对马嘴。

《易》云："知周乎万物而道济天下。"有些人连基本的文字学、训诂学、数学、天文地理等都弄不清楚，开口《易》学，闭口《易》学，似乎《易》学就是"容易之学"。据我所知，国学大师章太炎就不敢谈《周易》的。这倒不是说研究《周易》只是某个人的专利，而是说，既然"知"都成问题，又何以"济天下"呢？我的陋见是，倘若"学有所得"，要著书立说了，先不忙摆谱或装出怎样一副架式来，慎提"研究"，不妨赶赶时髦，多说个"玩"字，以示声明在先。否则，万一有个认真的糊涂虫读了听了，一时想不开，做出让人可气可笑而绝不可歌可泣的傻事，那可真不是闹着玩的！

从前戏班子里有句老话，叫做："戏是出出好，可惜让孩子们唱坏了。"这样说，未免太"九斤气"，不过，看看那些实际在玩《周易》而不肯说"玩"的先生们，觉得这话还不到一笔抹煞的地步——如果作为一味"醒酒汤"而不是"蒙汗药"的话。

# 重译之风缘何起

　　近来，关于名著重译的讨论在读书界引起很大的反响。普遍的观点是：重译（包括多几个译本）有好处，可以提高译文的质量。这话一点没错，众人拾柴火焰高嘛！正如某档综艺节目，主持人考嘉宾，嘉宾们依次回答，而胜利往往属于最后的那个回答者，因为倘若他不是个傻瓜的话，他就不会"重蹈覆辙"，一定会有所发明。名著重译的意义当然不会被这个蹩脚的比方一笔抹煞，不过，一部名著既已出现了七八个译本，而这些译本仅是彼此彼此，实际上并不能产生出"最后的胜利者"，那么重译的意义似乎是很微茫的。这不难令我们联想起荧屏前小孩子对着主持人考嘉宾的镜头大喊"烦死了"的情形。

　　眼下的这股重译之风，不夸张地说，可谓"悲壮"至极；如换个角度，把它看作是一场"圈钱运动"，也似无不可。先说"悲壮"，同时代的几名译家盯住一部名著，大家都在为自己的译品能在风格、传神和准确性上略胜同侪一筹而暗暗较劲，虽然不至于如角斗士间厮杀得那么惨烈，但他们刻意追求智能上的卓越的精神，岂不是有点悲壮？

再说"圈钱"，这个词似乎很难听，但用在此处颇为恰当，只要琢磨琢磨，还是能感觉得出它与骗钱、偷钱、抢钱、诈钱等词的区别。总之它是一种透明度颇高的获利勾当。也因此，它常常为人所忽视。

说起这个勾当，它与翻译家们（除少数滥竽充数的译手外）倒是无涉，翻译家们只想完成自己的"豪举"，而主其事者，正是策划、经营机构。因为名著总是有人读的，一代一代，从不会弃之如敝屣。从前这些名著通常由一两家大出版机构专营专利，现在禁区有所冲破，大家都想吃名著饭，分一杯羹，但碍于版权，只好另请译手"重译"，要求当然有，最重要的，是要译出"特色"，说白了，就是要译得与其他译本不同。这样，出版机构既能高张"提高译文质量"这面旗帜，又能稳收出版利润，于是名利双收了。或问：重译之风缘何起？我看，大概什九可说是起于斯了。为什么傅雷译的巴尔扎克、罗大冈译的罗曼·罗兰、董秋斯译的狄更斯没有人去重译？为什么司汤达的《巴马修道院》、萨克雷的《名利场》等作品引不起译家重译的兴趣？是因为这些译品真的已臻于完善了？不是，主要原因，恐怕是它们在目前没有太大的市场，不能为出版机构带来丰厚的回报！

严几道论译事三难，曰信、雅、达。这三难，过去是，现在是，将来还是。因为语言的差异而使原文与译文不能完全对应是一个无法解决的难题。即使在"信"上已无懈可击，但因译者的文字功夫、文化素养以及气质、才情等诸多因素影响而不能完全达到"雅""达"也是可以理解的，此外还有见仁见智的问题，故没有必要视别人为"陌路""野狐"，非得自己另起炉灶不可。就一般读者而言，他阅读的终极目的是要获取关于作家和作品的真实信息，至于译本的优劣不是他所定要关心的，他甚至根本没有能力作出判断，也不会购买同一名著的两个以上的译本。因此，重译对于普遍读者没有实际意义。我以为，假使译本没有重大、众多的错、讹、漏、节、背和语言严重不适于今者，大可不必兴师动众地重译。译本若不够完善，可以用修订的方法来解决，这方面是有例可援的，如朱生豪先生译的《莎士比亚全集》和施蛰存先生译的伐佐夫《轭下》，都是经人修订后重版的，效果不错。我非常赞同有人提出翻译家、出版机构应将重译的精力、财力、热情转移到开拓新选题上去的观点，因为，在这些方面，我们的智力资源和物质资源比较短缺，而要做的事确实很多。据说日本在 20 世纪初已将西方经典作家的全集译出。对此，我们又应该作何想呢？

翻译家、出版家，请三思而译！

# 娱乐圈的"性福生活"

　　娱乐圈是体验经济和注意力经济最称职的实践者，娱乐圈的"多事"，是人气指数，是行业风向标，甚至就是一种盈利模式。

　　娱乐圈的"性福生活"就是多。只是，《阁楼》倒了，珍妮·杰克逊栽了，下回轮到谁倒霉呢？

　　据英国《观察家报》报道，有名的色情杂志《阁楼》老板鲍勃·古奇奥尼破产了。有许多原因导致他的失败，我不知道木子美在网上发表的《性爱日记》是否抢走了《阁楼》的一部分客户，但最近有个叫"竹影青瞳"的人，在网上实时上传自己的裸照，肯定会使《阁楼》新东家马克·贝尔先生恼火：嗨！谁动了我的奶酪？

　　一些开放度很高的社会学家也许不会像我们大惊小怪，认为从理论上说人有权支配自己的身体。而性心理专家更有社会舆论将进一步宽容的预期。在这种情况下，"竹影青瞳"的"献身精神"，好比当年尼采一声怒吼"上帝死了！"那样有振聋发聩的效果。网民们未必想效尤，但比起关起门来看限制级的影碟，心理上的委琐阴影一扫而光，因为"竹影青瞳"进入公众流通领域，人们看她就像点击"拉登被捕在即"的新闻那样从容自在。这些网上的裸照，一个月内的访问人数竟达13万多。也有人怒斥，对此"竹影青瞳"辩解道："人体的最原始的表现，不正是一个人最真实的表现吗？"

仿佛是一种呼应，一本名为《充满争议的忧郁人体艺术：另类金陵十二钗》的图集日前在网上发表，葬花的林黛玉、扑蝶的薛宝钗、课子的李纨等人都是赤身裸体。作者诠释说："中国人对经典的理解已经形成概念，我想从视觉上带来冲击，要表现一种'有血有肉'的人物形象。"话说到这个份儿上，质疑已是多余，要"原始"，要"有血有肉"，除了脱光了衣裳，还能咋样？然而，著名学者朱利安·罗宾逊说过："假如社会塑造的完美身体丧失所有象征作用，回复原先的生物性功能，只吸引我们注意生殖器官和交媾行为，那么，人类也就丧失其所以有别于其他灵长类动物的主要因素了。"

前些时候，一个初中生写出一本小说，里面对于男女敦伦的描摹细致入微。

人们惊讶于少年何以有如此丰富的性知识！其实小朋友肚里的货色，不过是他们熟练运用 Ctrl＋C（复制）和 Ctrl＋V（粘贴）的结果罢了。而王蒙《青狐》的推出，使所有在"性福"的康庄大道上前行的人们看到了另一种生命姿态。这部被作者自称为"抡圆了胳膊写性"的作品，雄踞畅销书榜的季军位置，和早些时候大师的另一部畅销书《我的人生哲学》的排名不相上下。想不到大师哲学和性学功底都那么醇厚，脚踏"理性""感性"两只船，乘风破浪，向着"诺贝尔"又走近了一步。不得不承认，大师的这部书做得确实好，绝非木子美之流可比；而大师的运气也真是可以，赶上了一个好年头！当年张贤亮只不过卷了点袖子写了"人死了，河里漂着的，也是男人朝下女人朝上"（《绿化树》），让冰心老人难过得掉下了泪，弄得很下面子。现在看来，张老师只是在一个不适当的时间发表了不适当的文章。在这方面，平凹老师也有教训，不过最近传出《废都》修订本要出版了。看样子，这趟浑水大家都想蹚一蹚。

李少红的《恋爱中的宝贝》被认为是一部"限制级"的影片，按照常理，李导定会抗议，但这回她的态度有点暧昧，她深知"限制"对于票房具有怎样的号召力。果然，"情人节"那天，这部影片和玫瑰花一样被热卖。这个"档期"，李少红赶得真好。

无独有偶，一本叫做《中学生不必读》的书春节期间现身坊间。"不必读"，是因为其中相当的作品牵涉了"性福"。这种玩世的营销策划，让我想起童年时"药老鼠"时总要说："这里有好吃的东西（毒饵），不可让老鼠知道。否则老鼠会来糟蹋。"据说老鼠听得懂人话，要不了多时，它就会自投罗网。我担心，在《中学生不必读》看来，我们的中学生正可能成为这样的"老鼠"。

娱乐圈的"性福生活"就是多。你就瞧吧，没准珍妮·杰克逊另一边的乳房又会露出来。我们这里也不例外。只是，《阁楼》倒了，珍妮·杰克逊栽了，下回轮到谁倒霉呢？

# 该谈技术的地方不要胡扯

　　炒作文艺明星，是时下传媒的一大共识。奖掖新进之士、为艺术家喝彩，是一种美德。古今中外，并无二致。如胡适之于沈从文，舒曼之于萧邦，皆传为美谈。对于真正优秀的文艺人才，传媒要宣传，这不仅仅是为"票房"，也是一种社会责任和良心。掌握合适的尺度，往往是区别品位高下的重要标志，而现今的传媒恰恰失度，不是失之过火，便是隔靴搔痒，不到位。比如，部分初出道的演艺界人士，八字还没一撇，咱们的传媒便按捺不住，倾注过多的热情，"名家专列"迳朝她（他）开去，"明星"的桂冠满天飞。于是，有识之士不满意，认为这是"捧杀"；老百姓也不满意，以一"炒"字蔽之。要说"满意"的，只是那些"星"，尽管他们口口声声说"不希望曝光"。没有批评，没有商榷，也没有探讨，一片叫好之声。倘若偶有微辞，"抗议"之声即起，甚至评论者挨揍的奇闻也时有所闻。这种不正常的现象直接妨碍了公正、客观的艺术评论的产生。很清楚，"炒"和艺术评论是两码事。被"炒"的"星"和炒作的"庄家"之所以忌讳认真的艺术评论，关键在于它要进行技术面上的分析，不仅说"成"和"得"，也要说"败"和"失"。而这些，是那些人所不愿意看到的。

我们需要一种扎实的艺术评论，这种艺术评论，不是借"艺术"之光传播绯闻，也不是假"评论"之名敷演"明星"故事，说白了，就是：该讲技术的地方，就讲技术，不必东拉西扯，遮遮掩掩，"王顾左右而言他"。所谓"技术"，对于影视演员来说，就是演技；对于歌唱演员来说，就是唱法；对于画家来说，就是画法，等等。这是实实在在的东西。一个艺术家能否"站"得起来，主要靠这个。达斯汀·霍夫曼、艾尔·帕西诺之所以让人倾倒，不在他们的外形、经历和媒体宣传，而是缘于他们在《雨人》《闻香识女人》中的精湛演出。现在演艺界有所谓"实力"与"偶像"之分，虽然未必确切，但"群众的眼睛是雪亮的"，他们懂得"技术"在评价艺人中的"含金量"。而我们的媒体却不以为然。前面我们提到的"该讲技术的地方"中的"该"字，实有所指，具有两种含义：一指现在的媒体不重视技术评价，不知因为这种文章难写呢还是容易得罪人？二指有些文章即使涉及了技术问题，往往轻描淡写或拍马而过，以"风格流畅""表演细腻"之类套语搪塞一通。此即所谓"扯淡"。如此，文章好做了，麻烦没有了，但我们的读者、艺人们能得到什么实惠呢？平庸。我们的媒体在制造平庸的读者、平庸的艺人，媒体自身也将平庸下去！

看看齐如山、赵丹等人的论艺文章，看看他们是怎样评论梅兰芳、石挥等艺术家的。技术，始终是他们最关注的。他们的努力，确实得到了很好的回报。所以，今天我们提倡多讲"技术"，该不是一种"扯淡"吧。

# 这点屁事不难看

原先在屏幕上从容不迫的小崔，这回可有点急，是真急，是猴急。一万五千字的文章，怎么看都算不上"文艺评论"，倒像是一篇檄文。

本来嘛，小崔这等机智体面的人，碰上那个东北娘儿的小人之心小人之口，骂一通已经有点走远了，须知"女人和小人为难养"，这是古代的圣贤老早就告诫过的；后来一气之下，居然和那个叫"何东"（此人是记者、评论家还是所谓的事件策划人？）鼓捣出这样一篇看什么像什么又不像什么的玩意儿，那就走得更远了。

说远，还有几个意思，一是小崔似乎喜欢拿"道德审判"的架势指着人家的脊梁说事，言下之意，不仅冯小刚有"自愚自乐"的倾向，咱们普通观众的趣味和审美也都成问题，就仿佛好多年前有关部门某些官员的那种口气，怪不得"很多作家打电话给我，说这门老手艺又在我手上回来了"（崔永元语）；二是小崔看不起有票房号召力的作品，"票房就是一个屁！它什么也都说明不了"，这与市场经济的理念好像有点距离，到底人家是供职于中央电视台这个强势媒体，衣食无忧，好比从前"京派"看不起"海派"一样；三是小崔标榜自己从本意来说"是想做比较纯粹的文艺批评"，但结果令他自己也不满意，他承认"可能是我的功力还不够"，他又补充说："既然是文艺批评，就不应该只是个人观点，我应该列举更多的事实，引用一些权威人士的观点，像马克思怎么说，鲁迅怎么说"，看来他对于此道实在是外行，尽管大家都知道他的牢骚里有自鸣得意的成分。

然而这都不要紧，因为现在除了一些基本国策等需要认同外，有些东西，比方对于文艺作品是否要"舆论一律"，早已不是悬念。小崔喜欢作"道德审判"，无可指责，因为文艺批评界中就有这个流派，多了小崔一个，不会像国有股转让那样使股民过敏；看不起有票房号召力的作品也没什么，一个社会少了小崔那样有责任感的人出来提个醒儿，纳税人倒是要担心自己的那点存款能不能传之后代。我所感到有点看不懂的，是小崔有个说法，即："无论电影人还是电视人，当他只能搬弄翻腾自己圈子里那点屁事时，那就意味着其创作能力差不多是灯干油尽了，肯定对生活没有什么真挚体验了。所以也只能拿出圈子里那点鸡零狗碎出来抖落一番。……电影圈里那点事搬完了，（冯小刚）又开始埏进到他并不真正熟悉的电视圈里的事情了。"

我们读书或工作时，前辈们总是谆谆教导：要写自己熟悉的题材。怎么到了小崔嘴里，"搬弄翻腾自己圈子里那点屁事"，"就意味着其创作能力差不多是灯干油尽了，肯定对生活没有什么真挚体验了"？就算小崔对，那么，"开始埏进到他（冯小刚）并不真正熟悉的电视圈里的事情"，又怎么不对了呢？我们究竟应该洗耳恭听小崔的哪条教诲？再说，（冯小刚）"圈子里那点屁事"，怎么就不能搬弄翻腾？小崔对《大腕》很不满，就是因为这些"屁事"不入他的法眼；小崔对《手机》更恼火，是因为"这个影片是在影射我们新闻节目主持人、谈话节目主持人，那就是莫须有地泼了一桶很脏的粪水"。让人为之担心的是，学术界向来有"说有易，说无难"的戒律，你小崔敢说新闻节目主持人（包括外国的）中的芸芸众生都毫无可议之处？即使回避了"对号入座"的问题，文艺作品的虚构，是否也要受到质疑？

话再说回来，"搬弄翻腾自己圈子里那点屁事"，也不见得大逆不道。我们不是也见识过暴露媒体阴暗的引进版电影电视吗？新闻节目主持人和总统一样，都是公众人物，都可以成为文艺作品的观照对象。就算是一点"屁事"，只要还有点意思，就可以成为存在的理由，何必非"重大"不可？非要像《实话实说》不可？

我想冯小刚再没有理由保持沉默，有一个理由足以让他对小崔表示不屑：小崔只看了十分钟的《手机》，如果他能耐着性子多看一些片子，可能就会看到严守一说自己要写一本书，名字叫《我把青春献给你》。谁都知道这意味着什么。小崔的跟头，就栽在这十分钟里。

可惜！

# "学的散文"还是"人的散文"

　　题目是杜撰的，得先解释一下。"学的散文"是指"带学术性的散文"，而所谓"人的散文"则是指那些被"大众认同的散文"或"一般意义上的散文"。

　　之所以提出这么一个古怪的问题，是因为"学人散文"这个概念现在频繁地出现在各种媒体上。尽管许多人使用了这个概念，但他们未必清楚它的内涵和特质。你只要看看那些标榜"学人散文"的作品，把它们归归类，就不难发现其中差别甚大。这也难怪，因为"学人散文"究竟该如何界定，见仁见智，至今没有权威性的结论。我的理解，"学人散文"至少应有两种类型体，即一为"学人写的散文"，一为"带学术性的散文"。倘若将"散文"这个词再考究一下，那等于捅马蜂窝，因为所谓的"散文"其实也得分两种，一是相对于诗、小说、戏剧等而言的文体，另一种是相对于韵文的散体文字。所以，"学人散文"这笔账究竟该怎么算，恐怕一时还难以定义。

　　鉴于目前这个概念的宽泛性而导致使用上的混乱，我认为，把

"学人散文"与"带学术性的散文"挂起钩来较为妥当。理由：

一、如果"学人散文"指的是"学人写的散文"，那就意味着有一种"非学人写的散文"的存在，那么请问，学人的标准是什么？是不是要以"教授""研究员"的职称来衡量？这样，巴金、秦牧、王蒙、黄裳、流沙河等算不算"学人"？如不算，难道还要把他们赶到"非学人"的行列中了？如果算，那么现代文学史上大概除萧红、赵树理等少数人外，还有谁不是在写"学人散文"？何其芳当然是个"学人"，但他的《画梦录》能标举"学人散文"吗？如是，那么茅盾、郭沫若、叶圣陶、徐志摩、郁达夫等一大批人的散文均可冠以"学人"了，何以先前从无人称之为"学人散文"？再举一例，沈从文是写过不少散文的，似乎无人把它归入"学人散文"；他在中晚年写过不少富有学术价值的文章，好像也没有人把它视作"散文"的。这又该怎么看？"学人散文"是个新概念，若按现在所谓的"学人写的散文"来观照现代之前的中外文坛，从唐宋八家、桐城师弟到曾门四子的文章都可说是"学人散文"了，要知道这些作家可是都进过学的！而外国的兰姆、赫兹里特、德·昆西、莱·亨特、蒙田、欧文等若非腹笥便便，断不能写出《论旅行》《论〈麦克白〉剧中的敲门声》等闪烁知性光芒的散文！可为何他们也没被套上"学人散文"的光环？说句玩笑话，在他们那个时代，除了"学人散文"外，还有什么不是"学人散文"的？所以，用"学人写的散文"来诠释"学人散文"，虽然不错，但要圆说则颇为困难。

二、把"学人散文"视作"带学术性的散文"，则可免去许多麻烦。首先它可以摆脱关于"学人"之名实的纠葛，一切从作品性质出发。如果某个作者写出相当数量带学术性的散文作品，就可作"学人散文"视之。因为（1）所谓"学人"，其实就是指从事学术活动的人，不管是业余的还是专业的；（2）只要作者写的内容是涉及学术性的，也不管是精深的还是粗浅的，便可认为其作品是一种"学人散文"。这是有例可援的，如"书人"，当指从事编辑、出版、写作的人，好像并不根据著作人的身份、地位来定性的。其次，"学人散文"应该有其独特的个性，即要有学术色彩或通俗地讲要有相当的知识含量和思辨成分，这种学术色彩是广义的，涉及人类生活的各个侧面，理性成分大于感性成分。否则，"学人散文"岂不是与"工人散文""农人散文""军人散文"一样？金克木写过不少学术小品，这是名正言顺的"学人散文"，但他也写过一些类似回忆录的小文章，基本上不涉及学术问题，我以为这不能算。

我在这里啰嗦了半天谈什么是"学人散文"，主要是基于目前一些出版物打着"学人散文"的旗号但收入的作品却很少有"学术味"，令人遗憾。我是"学人散文"的推崇者，但不希望看到缺少学术性的、与一般散文无甚区别的所谓"学人散文"。

书窗

# 爱老师，爱真理

"我爱老师，但更爱真理"，是古希腊哲学家、逻辑学家和科学家亚里士多德的一句名言。

亚里士多德是西方思想史上一位百科全书式的人物，他的思想对西方文化有重大影响。从 17 岁起，他在雅典从师柏拉图学习达 20 年之久。柏拉图是西方客观唯心主义哲学的创始人，他的学问和思想在当时都是首屈一指的。亚氏主要在柏拉图影响下形成自己的思想。柏拉图死后，亚氏去小亚细亚阿苏斯从事学术研究，其间还受聘任马其顿王子亚历山大的师傅，以后又返回雅典，开设自己的学校——亚里士多德学园。他最早的著作，讲的都是关于来世的思想，显然是被柏拉图所讲述的苏格拉底（柏氏之师）的灵魂不朽学所感动的产物。

学生与老师，一脉相承，原是一件自然而然的事，但是，亚里士多德作为一个富有创造力和擅长逻辑推理的天才，并不拘泥于师传的那一套，也不盲目地全盘继承柏拉图的学说，而是怀着"我爱老师，但更爱真理"的执着追求，向自己老师的学说进行"考问"。许多人认为，亚里士多德作为柏拉图的高足，他是既批判师说而又继承师说的，其中批判的部分远比继承的部分重要。在文艺对现实的关系问题上，柏拉图认为现实的物质世界是理念世界的摹本，而艺术作品则是理念世界的摹本的摹本，这样，柏拉图就否定了现实世界的真实性，也就否定了艺术作品的真实性；而亚里士多德则肯定了现实世界是真正的存在，因此摹仿现实世界的文艺也是真实的。在文艺的社会功用问题上，柏拉图把感情当作人性中的卑劣部分，攻击诗人损害了人们的理性；亚里士多德则针锋相对地指出，感情是人所不可缺少的，悲剧作品能引起怜悯和恐惧，使这种感情得到宣泄或净化，因而对人是有益的。亚里士多德还根据柏拉图认为诗人凭灵感而创作的观点，提出创作要靠天才，不靠灵感或疯狂。柏拉图、亚里士多德师徒在许多方面观点不一。一般认为，亚里士多德的见解确实要比老师高明。亚里士多德是第一个以独立体系阐明美学概念的人，他的概念竟雄霸了两千余年。他的《诗学》是 19 世纪前一切美学概念的根据。

　　亚里士多德的成就，是他本着"我爱老师，但更爱真理"的态度积极探索的结果。他是爱老师的，从未在著作中诽谤或讥讽老师；他又是爱真理的，当老师和真理在天平上需要抉择时，他毅然走向真理的一边。因为，他确信，老师手里有真理，但并不是真理的化身；而真正爱老师的人，首先是真理的追逐者。"我爱老师，但更爱真理"，就是亚里士多德的真实写照。多少年来，这句名言，一直激励着那些勇于探求真理的人们。

# 上帝死了

在 19 世纪末的西方，响起了一声耸人听闻的呼喊："上帝死了！"它给信仰上帝的人们带来了空前的尴尬。这一呼声，就是出自于当时还不十分著名的尼采之口。

尼采（1844—1900）是德国近代著名的哲学家、诗人。他著述颇多，字里行间总是洋溢着浓厚的诗意，文风特别，影响深远。《查拉图斯特拉如是说》是其代表作。尼采为什么要诅咒上帝的存在呢？这与西方社会的历史文化背景有关。

公元 4 世纪，基督教从被迫害的秘密宗教团体跃居罗马帝国的国教地位。5 世纪末，罗马帝国覆灭，西部的罗马教会组成天主教，成为欧洲政治和精神一体性的主宰者。从此，愚昧、贫困、战乱充斥欧洲，历时一千多年，史称"黑暗时代"，即中世纪。文艺复兴运动动摇了西方中世纪的封建神学的垄断地位，人们呼唤人类理性的复归，这样，以理性主义为主流的西方近代哲学应运而生了。近代理性主义认为，知识的标准是人类理性而不是神学权威。虽然理性主义者在解决以实证性为特征的近代自然科学问题时是很奏效的，但在对人类信仰和行为等作出解释时，就显得无能为力了。他们只得把"上帝"请出来，用基督教的基本学说来填补。结果，作茧自缚，差不多和宗教神学殊途同归了。黑格尔甚至说："哲学除去上帝以外，没有别的对象，因而它在本质上是唯理的神学，也是为追求真理而对上帝所持的始终不渝的崇敬。"对理性主义的消极面和局限性，尼采之前的一些哲学家已有了认识和评判，直到尼采，才促使它走向衰落。

尼采认为，理性主义本想以理性来替代迷信上帝，但因其崇尚必然和绝对存在物反而成为上帝存在的最后支柱。所以，尼采要杀死上帝，这样，也就等于杀死了理性。从前，人类总是围着上帝转。现在，上帝死了。尼采兴奋地描述着上帝死后的情景：地平线对于我们仿佛终于重新开拓了，即使它尚不明晰，我们的航船毕竟可以重新出航，冒着任何风险出航了。求知者的任何冒险又重得允许了。海洋，我们的海洋又重新敞开了，也许从来不曾有过如此"开阔的海洋"。什么事都可以做了。尼采因此而欢呼：上帝死了！

上帝死了，但人类的前景、希望又属于谁呢？尼采认为，它不属于那蝇营狗苟、无所用心的弱者，而应当属于那些能充分体现生命意志、具有旺盛创造力的强者——超人。

然而，尼采对上帝的否定和呼唤"超人"的出现，也不免笼罩上了虚无的光环。

# 梦是利比多的伪装

做梦，对于我们每个人来说，是一件极平常的事。但是，奥地利精神病学家、心理学家、精神分析学派的创始人弗洛伊德却说，梦是一种心理现象，包含着深刻的意义。他花费两年多时间，翻阅了大量材料进行分析，写出了一本厚厚的专门讲"梦"的书——《释梦》。初版600本，用了8年时间才销完，可见当时的人们是怎样看待这位善于"说梦话"的科学家的。然而弗洛伊德以为，这本书"包括了我好运得来的所有发现中最有价值的部分，像这类的顿悟或许多人都有，不过一生中只会有一次。"他对此是很自负的。果然，这本书出版10年后，受到了各方面的注意，一版再版，有着世界性的影响。

弗洛伊德认为：梦，是利比多的伪装。所谓"利比多（Libido）"，弗氏说"和饥饿相同，是一种力量，本能——这里是性的本能，饥饿时则为营养本能——即借这个力量以完成其目的"。在弗氏后期著作中，"利比多"这个概念被泛化为一种包罗一切的"生命本能"（原欲），成为潜伏着生命自身的创造力（也兼有着破坏力）。

梦是利比多的伪装，包含着这样的意思：在梦中，一件事情被凝缩成别的事情，一个人被另外一个人所置换，梦者的愿望常以乔装打扮的形式来满足。举例说，一个健康女子梦见上衣沾满乳汁，被释为这是"盼望"有更多的乳汁给即将诞生的孩子吃；一个动过下颚手术的女病人，在梦中总是把动过手术的颊上冷敷的布料撕掉，被释为是她处在不愉快的境遇而"想"更愉快的事。这都和"欲"有关，与我国"日有所思，夜有所梦"的说法颇相类似。

既然梦是因利比多（欲）的冲动而起，它又是那样的隐蔽，有时连梦者本身也记不清，何必改头换面地伪装一番呢？这正是弗氏释梦理论精彩之处。弗洛伊德认为，儿童做梦的内容多半是不加掩饰的，他在梦中得到满足的欲望，如饮食、游玩等多种多样，却都与生命冲动（利比多）有关。而成人做梦也是要达到一种欲望的满足，但它常常处于被压抑的状态，因为要受意识的检查，便有了顾忌，便采取另一种形式。弗氏假设说，在人的心灵中有两个系统：一个是无意识即梦中表现出的欲望内容，一个是意识即扮演检查者的角色。当欲望无法为意识所容纳时，它就要化装一下，躲过意识的检查。这就好比在社交场合中的虚伪客套一样。弗洛伊德就是这样阐述为什么梦是利比多的伪装的。他的学生荣格对老师的研究作出如下评价："在本世纪初，使梦这样不受欢迎的东西成为一个严肃讨论的对象，却是一个具有巨大科学勇气的行为。给我们年轻的精神病学家印象最深的既非技术，也非理论，而是竟然有人敢于对梦加以调查研究的这样一个事实。"

# 历史积淀

　　所谓历史积淀，是一种复杂的历史现象，大致说来，它是特定的社会内容和社会感情，融化在形式、感受中，随着岁月的流逝，时代的变迁，这种原来有一定意味的形式，因其重复的仿制而逐渐变为失去这种意味的形式，变成一种不可用概念表达的深层情绪反应。

　　为了说明的方便，我们还是举一个例子吧。像龙这样一种在过去和现实生活中都不存在的东西，多少年来一直被视为中华民族的象征。在许多场合里，中国人总喜欢以"龙的传人"自诩。身在异国他乡，偶尔看到龙的形象，会使海外游子激动不已，也是常见的现象。但是，龙究竟意味着什么，多数中国人是语焉不详的。然而，这并不重要，重要的是人们拥有了龙——一种被称为龙的形式，而且到处使用：皇帝的子孙被称为龙子龙孙，皇帝一怒谓之龙颜大怒，结婚仪式上不用龙凤呈祥不足烘染喜庆气氛……而据考古学家的研究，在初民的心目中，龙是一种有着深刻内涵的东西。龙以蛇身为主体，接受了兽类的四脚、马的毛、鹿的脚、狗的爪、鱼的鳞和须，这可能意味着以蛇图腾为主的远古华夏氏族、部落不断战胜、融合其他氏族部落，即蛇图腾不断合并其他图腾逐渐演变为龙。这，当然也不过是一种假想罢了。千万年来，由于龙一再被仿制，它身上的原始意义已经丧失，人们已经说不清龙所包含的特定的社会内容和感情究竟是什么，如今我们只能欣赏龙的外在线条了。而且龙的形象潜伏于中国人心理结构的深处，变成一种情绪化的东西。遇到节日，舞龙灯、划龙舟、搭龙门等成了不可或缺的助兴节目。不是因为龙身上有什么可资纪念的东西，不过是它能够传递人们内心深处那些不可名状的情绪，隐隐约约，代代相袭，不绝如缕。

那么，历史积淀是否可以看作是历史传统呢？这里应该是有所区别的。以历史传统而言，它的源流承继关系、表达的观念都比较清晰明朗。如中国古代文论中有"文以明道"之说，源出于荀子，经过历代不断补充，成为影响至今的中国文学传统之一。而历史积淀则不同，它所蕴含的观念不是用理智、逻辑、概念所能诠释清楚的，它不断地积淀在感官感受中，表现为深层的情绪反应。

因此，当我们在考察历史对后人的影响时，除了那些带有历史印记的传统影响外，可别忘了还有历史积淀的成分呢。

# 凤凰涅槃

西方传说中有一种叫 phoenix（凤凰）的鸟，活满 500 岁时，聚香木以自焚，从火中而得到新生。我国一代文豪郭沫若、沈从文，外国大哲学家黑格尔都为凤凰的涅槃、更生而纵情欢呼。这只不过是一个美丽的神话罢了，然而，它却暗合了人们生活中的一条规律——否定之否定。

所谓"否定之否定"，是指事物的矛盾运动都要经过一个从肯定到否定，再到新的否定这样一个发展周期。具体来说，任何事物的内部都包含着两个方面：肯定方面和否定方面。肯定方面是和现存事物性质相一致的方面，是保持现存事物存在的方面；否定方面则是和事物的性质相反的方面，是促进事物灭亡的方面。事物的发展趋势，就是由这两个方面的斗争决定的。当事物内部的肯定方面居于矛盾的主要方面时，事物的性质不变，这是事物的肯定阶段。当事物内部的否定方面通过斗争，战胜了肯定方面而跃居于矛盾的主要方面时，事物就发生质变，否定自己，变成别的事物，这是事物的否定阶段。而事物的否定阶段同样包含着自己的矛盾，也要质变，否定自己，变成第三个事物，这就到了否定之否定阶段，即新的肯定阶段。事物发展经过由肯定到否定，再到否定之否定，完成一个周期：这就是唯物辩证法的基本规律。

有人不禁要疑惑起来：这不就是代数学里的"负负得正"吗？如果从表述的外在形式来看，很有相似之处，因为彼此都经历了两次否定形成肯定的结果。但是，"负负得正"充其量不过是向旧的方向的回复，而"否定之否定"，仿佛也是向过去的状态回复，但这种回复是更高基础上的"回复"，是一种螺旋形的上升。如麦粒——麦秆——麦粒，后一个麦粒无论在数量质量上都不同于前者了。

否定之否定规律是在自然界、社会和思维发展中普遍起作用的规律。水力发电，由机械能转为电能，再用电能转动机器，电能就能转为机械能，这就是否定之否定的过程。其他如卵——蝴蝶——卵、岩层——风化——新的岩层等等。在社会科学领域，从自发的朴素的辩证法到形而上学，再到唯物辩证法，说明人类的认识发展，也是一个否定之否定的过程。

不过话又得说回来，否定之否定，是事物自己内在的发展过程，而不是可以随意操纵的。

# 没有两片叶子是相同的

一个青春少女，伤心已极，对生活毫无留恋，维系生命延续的，是窗外的一树翠绿。季节更替，树叶飘零，所剩无多。少女发誓，当最后一片树叶随风而逝的时候，她将随之而去。好心的画家赶在一场暴风骤雨来到之前，手绘了一片树叶，牢牢地安置在树枝上。翌晨，少女被这一片树叶顽强的生存欲深深地感动了……

这是美国小说家欧·亨利笔下的一个充满浪漫情调的美丽故事，一个没有交代结果而无须交代结果的故事。假如一个缺少想象力的人提出这样一个问题：这个少女难道永远看不出那是一片假树叶吗？这倒是要陷作者于困窘之中了：不要说是假的，即使是真的，世界上也找不到两片相同的叶子啊！

地球上有太多的树，太多的树叶，因为多，而给人们区别两种相似的东西制造了不少麻烦，麻痹了观察的敏锐性。

以树叶为例，众多的树叶，它们的生长环境几乎相同，同一树种、同一块土地、同一母体，但我们还是不能从中找出两片相同的叶子，这是为什么呢？且不说植物内在的细胞质、细胞壁的不同，就外形来看，由于每片叶子在一棵树上占据的空间位置不同，有上下高低之别，东西南北之分，加上光照时间、从根系获取养分的时间有先后，因此，进行光合作用的条件存在差异，那么每片树叶的色泽、叶脉，及树叶边缘的锯齿状也就不同。也因此，要寻找两片相同叶子就显得不可能了。

自然，以树叶为例，不过是一种比喻而已，要在现实生活获取两个没有丝毫差别的事物，看来并不容易，这多半和想得到两片相同树叶的遭际差不多。这一切，最终可归结为生存环境中时间、空间变化的制约因素。

我们知道，宇宙空间是一个不断运动着的天体，时空的承启转换成为必然规律。有时这种变化是人所能感觉的，如昼夜更替，季节嬗变；有时则是人类难以察觉的，如宇宙射线、地气、地壳运动的微变。这种微变，也在促使万物发生微变，如果不借助一定的工具，人们是不易发现的。但变是绝对的，否则我们就不能解释为什么50多亿双手伸出来，指纹竟然各不相同！

这样，我们就不难理解德国哲学家莱布尼茨为何提出"在自然中决没有两个东西完全相似"的命题了。

# 生活之树长青

"一切理论都是灰色的，只有生活之树长青"是德国伟大诗人、剧作家和思想家歌德的名言。他是一位百科全书式的人物。花费六十多年写成的诗剧《浮士德》是他的代表作。歌德把他对西方启蒙运动以来的事变的总结和自己长期的经验和体会，都艺术地概括在这部巨著里了。上面的那句格言，就出自这部作品。

在一间哥特式的狭隘居室里，读了差不多五十年书的浮士德哀叹道："唉！我到而今已把哲学、医学和法律，可惜还有神学都彻底地发奋攻读。到头来还是个可怜的愚人！不见得比从前聪明进步；夸称什么硕士，更叫什么博士，差不多已经有了十年，我牵着学生们的鼻子横冲直撞地团团转——其实看来，我并不知道什么事情！……上天创造生动的自然，原是让人在其中栖息，你反舍此就彼，而甘受烟熏霉腐与人骸兽骨寸步不离。"脱离现实的书斋生活，烦琐僵死的知识，使浮士德陷入苦闷的深渊，甚至想到自杀。魔鬼靡非斯特乘机同他订立契约：甘愿做浮士德的仆人，带他到天地间去追求，帮他解除苦闷，一旦浮士德感到满足，魔鬼就算赢了，浮士德就要为魔鬼所有。于是，靡非斯特带着浮士德环游世界。浮士德喝了魔汤便返老还童，恢复青春。他同市民出身的少女玛甘泪恋爱，既经历了爱情的享受，也因此造成过失，感到了内心谴责的痛苦。一群精灵浴以迷魂川水，使他生命的脉搏鲜活地鼓动，有了一种坚毅的决心，不断地向最高的存在飞跃。浮士德目睹瀑布的虹彩，领悟出"人生就在于体现出虹彩缤纷"。浮士德娶妻生子，但很快就遭受了子死妻走的打击。浮士德并不消沉，全身心地投入改造大自然的伟大事业，他要填海造地，建立理想王国。尽管他已是百岁老人了，双目失明，但仍雄心勃勃。在快要倒下长逝时，他认识到"智慧的最后结论"是：要每天每日去开拓生活和自由，然后才能有自由与生活的享受。在这一瞬间，浮士德对生活心满意足，不禁失声道："你真美呀，请停留一下！"

浮士德从厌倦生命到留恋生命，这种转变，是他对生活的真谛认识的结果。不过，我们千万不要以为，所谓"理论"就是和"生活"相对立的，其实，理论的学习，也是生活的一部分，并反过来指导生活的方向。只有当理论脱离了生活实践，成了僵死的东西、阻碍生活的进程时，才是灰色的。正是在这个意义上，"一切理论都是灰色的，只有生活之树常青"这句话才成为一句至理名言、一种价值尺度。关于这一点，一部《浮士德》是说得明明白白的。

**图书在版编目(CIP)数据**

汉书下酒 / 西坡著.—上海：文汇出版社，
2017.8
 ISBN 978 - 7 - 5496 - 2102 - 6

 Ⅰ.①汉…　Ⅱ.①西…　Ⅲ.①随笔—作品集—中国—
当代　Ⅳ.①I267.1

 中国版本图书馆 CIP 数据核字(2017)第 097419 号

---

## 汉书下酒

作　　者 / 西　坡

责任编辑 / 陈今夫
封面装帧 / 王震坤
扉页题签 / 陆　康
封底篆刻 / 陆　康

出版发行 / **文汇**出版社
　　　　　上海市威海路 755 号
　　　　　(邮政编码 200041)
经　　销 / 全国新华书店
排　　版 / 南京展望文化发展有限公司
印刷装订 / 江苏省启东市人民印刷有限公司
版　　次 / 2017 年 8 月第 1 版
印　　次 / 2017 年 8 月第 1 次印刷
开　　本 / 890×1240　1/32
字　　数 / 230 千字
印　　张 / 11.25

ISBN 978 - 7 - 5496 - 2102 - 6
定　　价 / 38.00 元